한국 아동문학과 가족서사

안점옥 ● 전남대학교 신문방송학과를 졸업하고 광주대학교 문예창작과에서 석·박사 학위를 받았다. 「바보 문식이」로 2007년 제5회 푸른문학상 새로운 작가상을 받으며 등단했고, 이후 『비밀 시험지』 『다른 반으로 이사 갈 거야』 『국회의원 서민주, 바쁘다 바빠!』 등을 썼다. 논문으로 「동화에 나타난 가족 이데올로기와 그 서사적 대응방식」이 있으며, 현재 광주대와 동신대에서 강의를 하고 있다.

아동청소년문학총서 11

한국 아동문학과 가족서사

2016년 11월 21일 1판 1쇄 인쇄 / 2016년 11월 29일 1판 1쇄 발행

지은이 안점옥 / 펴낸이 임은주
펴낸곳 도서출판 청동거울 / 출판등록 1998년 5월 14일 제406-2011-000051호
주소 (10881) 경기도 파주시 문발로115 (파주출판도시) 세종출판벤처타운 201호
전화 031) 955-1816(관리부) 031) 955-1817(편집부) / 팩스 031) 955-1819
전자우편 cheong1998@hanmail.net / 네이버블로그 청동거울출판사

책값은 뒤표지에 있습니다.
잘못 만들어진 책은 바꾸어 드립니다.
지은이와의 협의에 의해 인지를 붙이지 않습니다.

ISBN 978-89-5749-188-1 (94800)
ISBN 978-89-5749-141-6 (세트)

이 도서의 국립중앙도서관 출판시도서목록(CIP)은 서지정보유통지원시스템 홈페이지
(http://seoji.nl.go.kr)와 국가자료공동목록시스템(http://www.nl.go.kr/kolisnet)에서
이용하실 수 있습니다. (CIP제어번호: CIP2016028229)

아동청소년문학총서 11

한국 아동문학과 가족서사

안점옥 지음

청동거울

머리말

'가족'이 심상치 않다. 한 번 주어지면 돌이킬 수 없는 운명이었던 것이 수많은 선택지 중 하나가 되었다. 계절의 순환만큼이나 자연스러웠던 결혼과 출산은 무언가 곤혹스러운 것이 되어 버렸고, 어렵게나마 시작된 가족이라는 것도 늘 불안과 회의에 가득 찬 시선 아래 놓여 있다.

그러나 '선택'은 어른의 몫이지 아이의 것은 아니다. 아이들은 생물학적으로 부모에게서 태어나고 부모들이 구축해 놓은 일상으로 던져진다. 아이들은 자신이 살아갈 환경을 선택해 태어날 수 없고 성장하여 독립하기 전까지는 주어진 환경 안에서 살아내야만 한다. 아동은 가족 간의 상호작용 안에서 성장하기에 가족은 그들의 생존의 토대인 한편으로 아동이 만나는 첫 번째이자 강력한 타자이기도 하다. 한 사회를 구성하고 있는 다양한 이데올로기들을 아동은 가족을 통해 직접적으로 경험하며 이는 성장과 정체성 형성에 중요한 요소가 된다. 아이들에게 가족은 여전히 운명이자 그들의 실제적 삶인 것이다. 아동문학에서 가족이 서사의 기본 인자이자 공간이며 주제인 것은 여기에서 비롯된다.

특히 세계사에도 유례가 없는 급격한 변화를 겪어온 한국 사회는 그 압축적 변화의 이면에 가족주의 질서는 꾸준히 강화되는 모습을 보여 왔다. 식민지배와 분단, 개발독재와 시민사회의 성장, 작금의 신자유주의적 경쟁체제가 숨 돌릴 틈 없이 전개되면서 한국 사회 구성원들은 생존과 발전을 '오로지 가족'을 중심으로 꾀해 왔다. 이런 와중에 아동은

'오로지 가족' 중에서도 가장 그 미래가 열려 있어 성취지향적 임무를 꾸준히 부여받았다. 아동문학은 아동이 처한 이러한 사회적 처지와 향방에 그 예민한 촉수를 향하였고 그들 삶의 갈피를 서사화해 왔다.

이 책은 2000년대 이후 작품을 중심으로 한국 아동문학에 나타난 가족서사를 다루고 있다. 2000년대는 1990년대부터 시작된 가족의 변화—사랑과 화해를 바탕으로 하는 혈연적 공동체의 지위에서 개인 삶의 성찰적 기획의 일부가 되어가는—가 아동문학 서사에 본격적으로 출현하는 시기이기 때문이다.

구체적으로 분석하고 있는 작품은 최나미의 『엄마의 마흔 번째 생일』과 『걱정쟁이 열세 살』, 남찬숙의 『괴상한 녀석』과 『누구야, 너는?』, 그리고 김중미의 『괭이부리말 아이들』과 『모여라, 유랑인형극단!』이다. 세 작가는 1990년대 이후 활발한 활동을 펼치며 각자의 작품 활동을 통해 나름의 세계관과 지향을 뚜렷이 보여 왔다. 최나미는 유교적 가부장제가 현대의 가족에서 어떻게 작동하는지, 남찬숙은 도구적 가족주의가 어린이의 삶에 어떤 영향을 미치는지 그리고 김중미는 한국 사회의 가족주의에 대응할 만한 공동체의 서사를 보여주고 있다는 점에서 변별점을 보인다. 그들이 주목하고 있는 가족과 아동의 처지와 현실은 지금 한국 가족들이 겪어내고 있는 문제들의 핵심을 짚어내고 있다는 점에서 의의가 있다.

이 책이 완성되기까지 애정어린 관심과 노고를 아끼지 않으신 배봉기 교수님과 신덕룡 교수님께 이 자리를 빌어 다시 한 번 진심어린 감사를 드린다. 또한 부족한 원고임에도 기꺼이 출판을 허락해 주신 청동거울에 고마움을 전한다.

미흡한 원고나마 세상에 내놓는 것은 학문적 연구의 지평을 꾸준히 넓혀 가고 있는 아동문학에 작은 초석이나마 되었으면 하는 바램이 컸다. 이 책의 크고 작은 실수와 잘못은 모두 필자에게 있음을 고백한다.

2016년 10월

안점옥

| 차 례 |

제1장_아동과 가족

/ **제1절** /

아동과 가족서사

아동과 가족을 뗄 수 없는 만큼이나, 아동문학[1]과 가족서사는 매우 긴밀하다. "가족은 아이가 경험하는 최초의 사회조직이고, 부모는 아이가 대면하고 의문을 가지게 되는 최초의 권위자이다. 아동은 부모에게 신체적 감정적으로 의존하고, 성장의 주요부문은 부모 보호로부터의 자유와 관련된다."[2] 그런 의미에서 가족은 아동이 만나는 최초의 세계이다.

가족은 아이가 인격·인성을 형성하는 가장 중요한 장소이고 단위이다. 아이는 가족 속에서 가족 구성원에 의해 일차적으로 사회화된다. 이 사회화에 의해 아동은 그 사회의 가치와 역사·문화를 공유하고 사회의 성원이 되는 것이다. 아동은 가족 구성원의 따뜻한 배려 속에서 사랑과 이해의 감정을 배우며 자기만의 여정을 떠날 준비를 하기 마련이다. 결국 아동에게 가족은 태어나고 성장하는 물리적 토대이자 생존의 근거지이며 최초의 학교가 된다.

이렇듯 가족은 한 인간의 출생 이후의 성장 과정을 지켜주는 공간이

1 본고에서는 아동소설에 해당되는 작품들을 주로 다루고 있지만, 범칭으로 아동문학이라는 용어를 사용하겠다.

2 마리아 니콜라에바, 조희숙 외 옮김, 『아동문학의 미학적 접근』, 교문사, 2009, 104쪽.

자 황폐한 현실에서 근원적인 힘을 주는 생활력의 공간이다. 하지만 가족은 그 자체가 억압적이고 제도적인 공간이라는 측면에서 양가성(ambivalence)을 지닌다. 가족은 생물학적으로 탄생하지만, 명확하게 사회와의 상호작용을 통해 만들어진 구성된 실체이다. 또한 사회의 여타 제도로부터 끊임없이 영향을 받는 하나의 사회제도이면서 가장 강렬하며 지속적이고 개인적인 감정적 의존관계의 장이라는 점에서 개인의 역사와 사회의 역사가 만나는 곳이다. 가족은 한 인간의 심리적 토대라는 개인적 의미에서 혈연으로 이어진 공동체로, 그리고 사회에 대한 은유로 끊임없이 확장되는 것이다.

따라서 가족서사도 가족이라는 매개항을 가지며 전개되는 것이지만 그 함의(含意)는 가족 자체에만 한정되지는 않는다. 가족서사는 '가족'이 함의하는 개인적이고 심리적 맥락이 어떻게 사회적·정치적 맥락으로 확장되고 있는가에 논의의 초점을 맞춘다.[3]

장편소설의 역사에서 19세기 이래 '가족'은 '성장'과 더불어 가장 익숙하고 친근하게 다루어져 온 소재 가운데 하나다. 장편소설이 감당해야 하는 '긴 이야기'의 시간적 흐름을 생각한다면 가족의 탄생과 변화·쇠락의 과정은 인간사의 굴곡을 담아내기에 매우 좋은 형식이다. 소설들은 가족서사를 매개로 인물들이 자리하는 시대적 현실을 가깝게 끌어들여 근대적인 가족서사에는 개인과 사회의 긴밀한 관계를 담아내는 주제의식이 강력하게 작동한다.[4] 특히 '소재' 개념에 가까운 고전서사의 '가족'과는 달리 근대소설은 근대적 현실에 대한 '은유'관계를 포함한다. 결국 가족서사[5]는 "개인의 정체성을 형성시키는 서사의 구성 모델일

3 이용군, 「근대 장편 소설의 '가족 서사' 연구」, 숭실대학교 박사학위논문, 2006, 21쪽 참조.

4 백지연, 「장편소설의 현재와 가족서사의 가능성」, 『창작과비평』, 40, no.156, 2012.6, 243쪽 참조.

5 국학자료원의 『문학비평용어사전』에 의하면, '가정소설'은 '가정을 배경으로 하여 가정 문제나 가족 생활, 또는 가족 관계를 소재로 삼는 소설'이고 '가족사소설'은 '한 가족의 흥망성쇠(興亡盛衰)의 내력을 다룬 소설'을 의미한다. 그러나 이 용어들은 '가문소설' '가족소설' 등의 용어와

뿐 아니라 사회의 변전과 갈등, 이에 따른 사회·정치적 정체성을 탐색하는 서사 모델이자 구성 원리"[6]가 된다.

아동문학 역시 같은 맥락에서 이해할 수 있다. 가족서사를 통해 아동이 처해 있는 구체적 현실과 그 현실이 가족 내에서 작동하는 방식, 아이들의 삶에 미치는 영향 등을 살펴볼 수 있다. 가족은 아동문학의 중요한 시공간적 배경이자 등장인물이 살고 있는 실제적 환경이며 그 자체로 강력한 주제이기에 더욱 그렇다. 출생 이후 아동은 일차적으로 가족 간의 상호작용 속에서 성장하게 된다. 이때 가족 구성원은 아이가 만나게 되는 첫 번째 타자라는 점에서 주체로서의 성장에 중요한 역할을 한다. 부모와의 관계, 가족을 둘러싼 다양한 이데올로기의 경험들은 아동의 성장과 정체성 형성에서 중요한 요소가 된다. '가족서사' 연구는 가족이 필연적으로 반영할 수밖에 없는 당대의 시대상을 통해 어린이의 삶을 고찰할 수 있다는 점에 의의가 있다. 뿐만 아니라 그것은 근본적으

함께 포괄적 의미에서 같은 개념으로 쓰이며 다음과 같이 설명된다. "사실 가족의 역사를 소설화했다는 점에서는 일치한다. 혈연관계로 이루어진 가족 구성원간의 상호 갈등과 화합, 이산 등을 다루기도 하며, 넓은 의미로 볼 때 친족관계인 세대 간의 갈등은 물론, 역사와 사회 속에서 가족의 변동 상황 또는 그 운명들을 제시하기도 한다. [···중략···] 현대소설의 그것은 가족 구성원 간의 갈등과 대립이 중요한 요소가 되는 것은 사실이지만 가족 내의 개인보다는 가족이라는 집단의 동태를 중시한다. 그래서 가족소설은 결과적으로 연대기 소설의 형태를 취한다. 가족사소설이 가족의 역사적 삶을 중시한다 하더라도 개인을 단순히 가족 집단의 경험을 대표하는 몰개성적 존재로 취급하는 것은 아니다. 가족사소설에서 가족이라는 범주는 어디까지나 인간 현실의 역사적, 사회적 차원을 돋보이게 하는 장치일 따름이다. [···후략···]" (한국문학평론가협회 편, 「가족사소설」, 『문학비평용어사전』 상권, 국학자료원, 2006, 88쪽. 윤소희, 「한국 아동문학의 가족서사 연구」, 중앙대학교 박사학위논문, 2010, 47쪽 재인용.) 용어 개념의 문제를 좀 더 살펴보자면 김성진은 '본격 가족 이야기'라는 용어를 사용하고 있다. 그는 '가족동화'를 '가족 구성원을 주요 등장인물로 삼은 이야기를 범박하게 아우른 것'으로 이해하는 것을 기본으로, 이에 세 가지의 사항을 더 고려하여 '본격'이라는 수식어를 사용하고 있다. '본격'이라는 수식어는 가족 제도에 대한 메타적 성찰을 보다 자각적으로 전개시킨 동화를 차별하기 위한 것이다. 고려하고 있는 세 가지 사항이란, 여전히 가족주의와 가부장 질서를 은밀히 옹호하는 동화들과는 분리하는 가운데, '사실 동화'가 어느 정도는 '가족 동화'의 속성을 지니고 있다는 점과 페미니즘 비평 쪽에서 '가족 이데올로기'를 분석하는 기왕의 용법도 나름대로 존중하기 위한 것이라 설명한다. 김성진, 「90년대 이후 가족동화의 특징에 대한 연구: 이금이, 최나미의 작품을 중심으로」, 『아동청소년문학연구』1, no.1, 한국아동청소년문학학회, 2007.2, 9쪽.

6 이용군, 위의 논문, 21쪽.

로 성장서사와 합일점을 갖기도 한다. 결국 아동의 삶과 성장을 이야기하는 아동문학에서 가족의 문제는 작품의 배경과 사건을 이루는 기본 인자이자, 아동문학의 영원한 테마[7]이며 지배적 서사유형이다.

본고는 2000년대 이후 발표된 아동문학 가족서사를 이데올로기 차원에서 분석하는 데 목적이 있다. 더불어 가족서사에 드러나 있는 사회·심리적 현실을 적시하고 그에 대응하는 인물행동을 규명해 시대적 현상으로써 어린이의 삶도 함께 살펴보려고 한다.

2000년대 이후를 연구시점으로 삼은 이유는 첫째 1990년대부터 가족을 소재로 하는 동화들이 이전의 동화들과는 두드러지게 다른 특징을 보이며 그 변화 또한 가속화되고 있기 때문이다. 그 특징은 한마디로 다른 무엇이 아닌 바로 "가족 자체를 문제로 삼고 있"[8]다는 점이다. 이제 가족은 변함없는 사랑과 혈연을 바탕으로 하는 안정된 원형적 공동체의 지위를 상실하고 불안과 회의로 가득 찬 시선에 노출되어 있다. 그동안 수많은 아동서사에서 가족들은 쉽게 화목을 유지하고 성숙이라는 이름으로 갈등을 매끈하게 극복해 나갔고, 고통을 보이더라도 감히 아버지를 부정할 수 없다는 보이지 않는 규율의 지배를 받고 있었다. 그러나 이제는 너무도 다른 이야기가 쓰이기 시작한 것이다.[9] 이는 물론 전체 사회에서 가족이 차지하는 위상의 변화와 결부되어 있다. 이제 가족은 한번 주어지면 돌이킬 수 없는 운명이 아니라, 과거와 현재 그리고 미래를 연결시키기 위한 성찰적 기획[10]의 일부가 된 것이다. 지금 우리 가족들에게 일어나는 일들은 분명 개인 차원의 사건이 아니다. 따라서 이러

7 최윤정, 「1920~30년대 한국 아동문학의 가족모티프 연구—아동잡지를 중심으로」, 건국대학교 박사학위논문, 2012, 3쪽.

8 김성진, 「90년대 이후 가족동화의 특징에 대한 연구」, 『아동청소년문학연구』, no.1, 2007.2, 8쪽.

9 김현숙, 「나, 아빠, 엄마 그리고 가족」, 『창비어린이』, no.7, 2004.11, 145쪽 참조.

10 한국 소설 역시 같은 양상을 보여, 2000년대 한국 소설의 지형을 가늠할 수 있는 척도 가운데 하나는 가족의 재현이라 말한다. 정혜경, 「2000년대 가족서사에 나타난 다문화주의의 딜레마」, 『현대소설연구』, no.40, 38쪽.

한 변화의 양상과 원인, 그에 대한 아동문학의 대처를 알아보는 것은 의미 있는 일이 될 것이다.

두 번째 이유는 지금까지의 아동문학 연구가 시기적으로 일제식민지시대에 태동한 한국아동문학의 형성과정을 주로 다루고 있기 때문이다. 아동문학사 연구는 이제 발돋움해가는 한국아동문학의 역사적 근원을 밝히고 기틀을 마련한다는 점에서 당연한 수순이다. 또한 그를 통해 식민지라는 특수한 조건에서 출발하여 사회적 현실과 아이들 삶의 관계를 해명하며 전통을 세워온 한국아동문학만의 독특한 성격과 역사적 지향을 밝혀내고 그 결과로 감동적인 작품들을 발굴해 아동문학의 자부심을 드높이는 성과도 이루어냈다. 그러나 문학사 연구는 필연적으로 당대의 현실로부터 멀어질 수밖에 없어 '지금 여기'의 아동문학을 규명하기 위한 연구는 새롭게 요구된다.

분석대상 작품은 최나미의 『엄마의 마흔 번째 생일』과 『걱정쟁이 열세 살』, 남찬숙의 『괴상한 녀석』과 『누구야, 너는?』 그리고 김중미의 『괭이부리말 아이들』, 『모여라, 유랑인형극단!』으로 선정했다.

세 작가 모두 한국아동문학의 르네상스기라 할 수 있는 1990년대 이후[11] 활발한 활동[12]을 펼치며 각자의 작품 활동을 통해 나름의 세계관과

11 1990년대를 기점으로 한국 사회는 형식적 민주주의의 확립과 시민사회의 성장을 경험했다. 아동문학 역시 이러한 변화의 수혜자라 할 수 있다. 양적으로도 질적으로도 한 단계 발전한 작품들이 쏟아졌고, 그러니만큼 소재나 주제도 풍성해졌다. 지나친 학업의 부담과 무한경쟁, 왕따, 가족의 해체, 다문화 가족 등의 서사가 사실동화 혹은 판타지로 양식을 달리해가며 창작되었다.

12 최나미는 2004년 『바람이 울다 잠든 숲』 발간을 시작으로 아동문학 작가로서 발을 내디뎠다. 그 후 본고에서 다루고 있는 작품들 외에도 『진휘 바이러스』, 『학교 영웅 전설』, 『움직이는 섬』과 청소년소설인 『셋 둘 하나』, 『단어장』 등을 펴내며 활발한 집필을 하고 있다. 그는 아이에서 어른으로 넘어가는 십대들의 심리를 특히 잘 잡아낸다는 평을 듣고 있다. 남찬숙은 2000년 『괴상한 녀석』을 출간하며 작품 활동을 시작하였다. 그의 작품으로는 『사라진 아이들』, 『안녕히 계세요』, 『할아버지의 방』, 『가족사진』, 『받은 편지함』 등이 있으며 『받은 편지함』은 2005년 올해의 예술상을 수상하였다. 김중미는 창비에서 주관하는 제4회 '좋은 어린이책' 원고 공모에서 『괭이부리말 아이들』이 당선되면서 동화작가의 길에 들어섰다. 그 후 『내 동생 아영이』, 『종이밥』, 『우리 동네에는 아파트가 없다』, 『거대한 뿌리』, 『꽃섬고개 친구들』, 『다시 길을 떠나다』, 『너영 나영 구럼비에서 놀자』, 『조커와 나』 등 아동문학과 소설 등 장르를 불문하고 작품 활동을 하고 있다.

지향을 뚜렷이 보여주었다는 점이 첫 번째 이유이다. 이전의 아동문학에서 가족이 주로 편안한 안식처이자 화해와 사랑의 공간으로 그려졌다면, 이 시기 이들의 작품은 가족이 어린이들에게 또 하나의 억압기제로 작용하는 양상을 보여주고 있다. 가족은 어버이와 자식이 서로 애정을 나누는 집단이기도 하지만 서로 다른 개성과 욕망을 가진 존재들의 공동체이기도 하다. 이들은 가족이 가지고 있는 다양한 속성들을 아동서사에서 드러내고 있다.

두 번째로는 이들 세 작가가 한국 사회의 가족 현실과 지향에 대한 나름의 판단과 해석에 기초해 자기만의 차별화된 작품세계를 지속하고 있다는 점이다. 최나미는 유교적 가부장제가 현대의 가족에서 어떻게 작동하는지, 남찬숙은 도구적 가족주의가 어린이의 삶에 어떤 영향을 미치는지 그리고 김중미는 한국 사회의 가족주의에 대응할 만한 공동체의 서사를 보여주고 있다는 점에서 변별점을 가진다.

가족에 대한 가치체계를 살펴보는 것은 현대 사회를 구성하고 있는 이데올로기적 층위를 재검토하는 작업이 될 수 있다. 또한 가족의 문제를 논의하는 것은 우리를 둘러싼 가치 판단의 체계들—그것의 산물이자 그것을 형성하는 물적 토대를 포함하여—을 소환하는 작업[13]이라는 측면에서 연구의 의의가 있다.

본고에서는 이들 세 작가의 가족서사를 통해 당대의 현실과 가족 이데올로기가 당대의 어린이에게 가하는 억압과 부정성에 대한 아동문학의 서사적 대응을 분석해 볼 것이다.

2장에서는 가족주의의 형성과 양상에 대해 살펴볼 것이다. 가부장제는 한국 가족의 오래된 특질로 이해하기 쉽지만, 실제로는 인류에게 사유재산이 발생한 이래 가장 지배적인 가족제도이다. 특히 근대에 들어

---

13 권명아, 『가족이야기는 어떻게 만들어지는가』, 책세상, 2000, 17쪽.

자본주의 경제체제로의 변화에 따라 핵가족 제도가 정착되면서 더욱 심화된 공적/사적 영역의 구분 · 어린이의 발견 · 모성애의 발명 등에 대해 살펴보려고 한다. 이러한 자본주의 핵가족의 기본 성격은 가족 내에 가족주의를 꾸준히 배태시켜 온 바 있다.

이에 기초해 한국의 가족주의에 보이는 고유한 특질에 대해서도 살펴보려고 한다. 식민지배와 해방 · 전쟁과 분단 · 독재와 민주화라는 격동의 역사를 거치는 동안 한국 사회는 변화에 대처하고 대비할 만한 여유를 전혀 갖지 못한 채 시공간의 압축적 변화를 견뎌온 바 있다. 이러한 과정에 국가와 사회공동체에 의존할 수 없었던 한국인들은 오로지 가족을 중심으로 위기에 대처하고 새로운 기회를 도모해 나간다. 그런 측면에서 한국의 가족주의는 생존의 기제였다고도 할 수 있다.

3장에서는 가족서사에 대해 구체적 분석을 하였다. 최나미의 대상작품은 『엄마의 마흔 번째 생일』[14]과 『걱정쟁이 열세 살』[15]이다. 두 작품은 '전근대와 근대'의 착종이라는 측면에서 살펴보고자 한다. 전근대라 함은 유교적 가부장제에 대한 부분을, 근대는 가부장제의 타자이면서 동시에 개인적 주체로서 자리매김되는 여성들—엄마와 딸—을 가리킨다. 물론 두 작품의 각각의 어머니들이 당면한 문제 및 그에 대한 대응방식이 상이하고, 두 작품의 어린이 화자인 가영이와 상우 역시 다른 처지이지만 그들이 겪게 되는 문제의 뿌리는 하나라는 점을 확인할 수 있다.

남찬숙의 『괴상한 녀석』[16]과 『누구야, 너는?』[17]은 역사적 연원이 깊은 한국 사회 특유의 도구적 가족주의를 분석할 수 있는 텍스트이다. 조선조 유교 사회에서 여성이 남편 가(家)에 뿌리내리기 위한 유일한 방편이

---

14 최나미, 『엄마의 마흔 번째 생일』, 사계절, 2012. 이 책은 2005년 청년사에서 출간되었다가, 2012년 사계절에서 재출간되었다. 본고에서는 사계절 간을 대상으로 하였음을 밝힌다.
15 최나미, 『걱정쟁이 열세 살』, 사계절, 2006.
16 남찬숙, 『괴상한 녀석』, 창비, 2012.
17 남찬숙, 『누구야, 너는?』, 문학동네, 2009.

었던 '자궁 가족' 만들기가 입신양명과 만나 발생한 '도구적 모자관계'가 오늘날 더욱 심화된 형태로 발현되고 있는 것이 도구적 가족주의이다. 이는 특히 어린이들에게 미치는 영향이 큰데, 어린이는 아직 인생의 출발점에 있으므로 모든 것이 열려 있고 가변적이기 때문이다. 어린이가 도구화될 때 어린이는 영향력을 행사하기 가장 이상적인 '활동 영역'으로 여겨지게 된다.

김중미는 위의 두 작가와 달리 개별 가족의 문제가 아닌 한국 가족의 근원적 문제인 가족주의에 대한 대항으로 공동체에 대한 서사를 선보인다. 그 대표적 작품인 『괭이부리말 아이들』[18]과 『모여라, 유랑인형극단』[19]을 중심으로 본고에서는 밥상 공동체와 대안공동체의 의의와 차이점을 살펴볼 것이다.

최나미와 남찬숙의 문제의식은 현 시대 가족주의의 가장 대표적이고 중심적인 측면을 제기하고 있고, 김중미는 그에 대한 실천적 대안이라 할 만한 서사를 전개하고 있어 의의가 있다.[20]

4장에서는 가족서사에 나타난 성장서사적 의미를 따로 기술할 것이다. 가족서사는 가족을 통해 그것이 인간관계나 삶의 방식 혹은 우리 역사의 어떤 방향성과 관련되어 있는가를 밝히는 서사의 양식이지만, 아동문학에서는 아동의 정체성 형성과 내면의 성장과 깊이 관련되어 따로 떼어낼 수 없는 측면도 있다. 가족서사와 성장서사는 아동문학의 본질적 두 측면이라 할 수 있다.

---

18 김중미, 『괭이부리말 아이들』, 창비, 2006.
19 김중미, 『모여라, 유랑인형극단!』, 낮은산, 2009.
20 세 작가 모두 단편들도 적지 않게 발표했지만, 각자의 문제의식을 심층적이면서도 폭넓게 조망한 작품을 선정하기 위해, 작가마다 두 편의 장편 아동소설을 대상 텍스트로 선정했다.

/ 제2절 /

가족서사에 관한 연구들

가족을 주제나 소재로 한 작품들이 아동서사에서 많은 비중을 차지함에도 불구하고, 지금까지의 아동문학 연구는 아동문학사 연구나 아동문학의 형성과정 그리고 한국 아동문학에 주요한 족적을 남긴 작가에 대한 연구인 작가론이 주류를 이루어왔다. 이는 타 문학 장르에 비해 상대적으로 짧은 아동문학 연구사에서 기인하는 문제일 것이다. 하지만 아동문학의 특성상 '가족' 관련 연구가 중심 주제가 아니라 할지라도 대개의 경우 '가족'은 부분적으로나마 다루어지는 경우가 많다.

본고에서는 연구 주제가 가족서사인 경우는 물론이고 한국 아동문학 전반에 걸쳐 '가족' 혹은 '가족서사'와 관련된 연구들을 개괄적으로 살펴보려고 한다. 아직 연구의 축적 자체가 하나의 주제나 갈래로만 묶기에는 부족해 폭을 넓히기 위한 선택이기도 하고, 더불어 '가족' 자체가 거의 모든 아동서사의 주요한 공간인 까닭에 작가론이나 성장서사 연구에서도 상당한 부분을 할애하고 있기 때문이다.

황현숙[21]은 현실세계와 가족의 변화 속에서 미성숙한 아동이 자기정체

21 황현숙, 「가족 결손 성장 서사물 연구」, 한남대학교 석사학위논문, 2006.

성을 확립하여 성숙의 세계로 나아가는 과정을 성장서사의 측면에서 살펴보고 있다. 연구 대상 작품으로는 성장소설과 동화를 함께 선정하였는데, 동화만 살펴보면 이혼과 재혼이 초래하는 혼동의 측면에서는 이금이의 『너도 하늘말나리야』와 조성자의 『마음이 자라는 소리』, 도덕적 정체성의 혼란의 측면에서는 박완서의 『자전거 도둑』이다. 프로이드의 가족로망스를 토대로 동일시의 대상인 부모가 부재할 때 아동들은 불안으로 인하여 정상적인 발달단계로의 이행에 어려움을 겪게 된다는 점을 지적하며, 이 세 작품의 주인공은 공통적으로 〈길의 발견〉 모티프로 새로운 성장을 이루어낸다고 분석한다. 특히 결론에서 성장소설과 동화의 주인공이 '어린이'라는 점은 동일하다고 할지라도 각각의 장르적 특성으로 인해 차이점이 있음을 밝힌다. 성장소설의 어린이가 어른에 대립되는 의미로서의 어린이라면, 동화의 어린이는 자연적 의미 그 자체의 어린이라는 점을 언급하며 그 구체적 차이를 거론하고 있다.

이경희[22]는 이금이의 가족동화에서 한국 현대 사회의 가족 변화 및 재구조화가 어떻게 구현되고 있는지를 분석하고, 리얼리즘 동화의 계승과 발전이라는 의의를 밝혀내고 있다. 동시에 이금이 동화가 가지는 한계점으로 사회·역사의식의 적극성 결여에 대해서도 지적하는데, 고통스러운 현실을 관념적인 방식으로 해결하려 하거나 이웃끼리의 인정과 나눔으로 대체해 버린다는 점을 확인하고 있다. 그럼에도 불구하고 상당히 많은 작품을 발표한 이금이의 작품세계를 살펴보았다고 하기에는 분석 동화 자체가 적고 또한 가족동화라는 개념으로 묶인 대상작품 분류를 어떤 기준으로 하였는지 명확하게 밝히지 않은 아쉬움이 있다.

윤소희[23]는 가족서사를 연구의 중심 주제로 삼아 한국 아동문학사 전반에 걸쳐 가족서사를 통사적으로 살펴보고 있다. 특히 한국 아동문학

22 이경희, 「이금이 가족동화 연구」, 경일대학교 석사학위논문, 2008.
23 윤소희, 「한국 아동문학의 가족서사 연구」, 중앙대학교 박사학위논문, 2010.

이 가족과 어린이의 삶을 어떻게 다루고 있는지를 살피면서 궁극적으로 가족 안에서의 어린이의 주체성에 대해 탐구하고 있다. 동시에 동화나 아동소설들이 가족 관계의 갈등으로 인한 가족의 붕괴와 해체를 배경으로 하면서도 정작 어린이 자신보다는 엄마를 관찰하고 이해하고 포용하는 어린 주인공으로 그려지고 있는 것이 아니냐는 의문을 제기하며 아동관을 검토해야 한다는 점을 지적하기도 한다.

그의 연구에서는 입론의 차원에서 고찰한 식민지 시대의 동화에 나타난 가족 연구가 눈길을 끄는데, 이를 통해 식민지배와 계급주의에 대해 냉철한 시각을 견지하고 있었던 카프 계열 작가들이 정작 어린이들은 얼마나 타자화하고 있었는지를 잘 보여주고 있다. 계급주의 작가들이 인식한 불평등은 아버지의 문제였을 뿐, 어린이들은 오히려 가정 내에서 그 아버지들의 울분과 폭력의 대상으로 전락하고, 그러면서도 효와 희망의 존재로 그려지고 있는 것이다. 이는 카프 계열 작가들이 세상의 계급주의는 명민하게 포착했지만, 가족을 바라보는 시각은 여전히 가부장제 이데올로기에 단단히 사로잡혀 있었던 불철저한 인식을 반증하고 있다는 지적이다. 무엇보다 이 논문은 한국 아동문학사를 '가족서사'라는 단일한 테마로 묶어 분석해낸 그 자체로 의미가 크다.

최윤정[24]은 1920~30년대 근대 가족의 형성과 어린이의 위치에 대해 연구하여 아동의 달라진 위상이 가족의 변화된 시선과 제도를 배경으로 하고 있음을 밝힌다. 그가 1920~30년대에 주목한 까닭은 한국 사회가 식민지라는 특수한 상황 속에서 근대적 지배 양식을 통해 가족제도의 변화를 맞이하는 전환기적 시대이고, 동시에 근대적 아동기가 형성되기 시작한 시기이기 때문이다. 당시 아동서사에서는 해체된 가족의 서사가 많은 비중을 차지하는데 이는 시대적 현실의 반영이기도 하지만, 한편

24 최윤정, 「1920~30년대 한국 아동문학의 가족모티프 연구」, 건국대학교 박사학위논문, 2012.

으로는 영웅형·애상형 아동을 만들어내고자 했던 근대 아동문학 작가들의 무의식적 열망과도 관련되어 있다고 그는 주장한다. 또한 그들의 무의식적 태도는 가족 해체 이후 고아가 된 남매와 형제들을 재구성해 수직 원리의 전통적 가족관계를 부정하고 새로운 가족 형태를 꿈꾸는 데까지 나아갔다고 보고 있다. 이 연구에서는 가족이 생활하는 '집'을 주거공간이라는 물량성과 가족의 삶의 공간이라는 정서적 공간으로서의 관념성이라는 중의적 의미로 설정하고, 집/집 떠남이 당시 아동문학의 하나의 모티프가 되고 있음에 주목한다.

이승득[25]은 1950년대 아동소설들을 가족담론의 차원에서 연구하고 있다. 1950년대는 전쟁으로 인해 가족과 사회는 와해된 상태에서 한편으로는 새 국가 건설에 대한 희망이 교차하는 시기였다. 그러나 새로 건설되는 국가는 강대국의 이해관계에 따라 분단되고 말았다는 역사적 특수성을 가진다. 이에 국가는 국가의 기반을 공고히 하기 위해 가족의 안정화에 힘썼으며 이러한 과정에서 생산된 가족담론은 상당히 복잡한 양상을 띨 수밖에 없다.

아버지는 부재함으로써 오히려 신비화되고, 아버지를 대신하는 조부는 나약하기만 하다. 아동은 이런 빈틈을 메워 줄 강력한 조력자를 꿈꾸게 되는데, 이는 덕 있고 강한 통치자로서의 미군·국군이라는 기표를 강력히 요청하는 결과를 가져왔고 이를 기반으로 국가 이데올로기가 일상 속에 자리잡게 되었다. 아버지의 부재로 어머니가 공적 역할을 부담하게 되는데, 어머니에게는 전통적 가부장의 예속과 사적 영역인 가정에서의 역할도 동시에 주어진다. 아동들은 새로운 국가 건설의 주체로 호명된다. 이를 위해 국가는 가족을 사회적 통제의 매개수단으로 활용하며 반공 이데올로기를 강화시켜 나간다. 한편으로는 아동 발달에 관

25 이승득, 「1950년대 아동소설 가족담론 연구」, 부산대학교 석사학위논문, 2012.

한 모든 지표를 가족 아래 예속시킴으로써 가족주의를 강화해 나가는 반면, 가족 속에 있지 않는 아동은 불량한 범법자로 몰아 배제하는 이중적 태도를 취한다.

1950년대의 가족담론에 드러난 가족의 모습은 현재의 한국 가족과 거의 다르지 않다는 측면에서 이승득의 연구는 한국적 가족주의의 역사적 과정을 밝혀주는 의미가 있다. 특히 국가가 가족을 통치의 말단 구조로 위치시켜 국가 이데올로기로서 반공주의를 강화시키는 측면에 대해 작품을 예로 들어가며 분석해 눈길을 끈다. 하지만 분석의 대상이 되는 작품들의 선정기준이 제시되지 않아 대상 작품들이 그 시대를 대표할 만한 작품인지에 대한 판단이 불분명한 점은 아쉽다.

김태호[26]는 아동문학의 성장서사를 성인문학의 성장서사와의 차이점을 중심으로 구획지어 '아동성장서사'라는 새로운 서사 유형으로 분류하고 있다. 아동문학은 본연의 속성상 성장소설과 공통분모가 많기 때문에 연구들 중에는 성장소설의 측면에서 아동문학을 바라보는 경우[27]들도 있다.

반면 그의 연구는 아동문학과 성장소설의 차이점을 중심으로 아동성장서사의 특성을 서술하고 있는데, 그 특성은 아동 인물이 작품 내에서 표상되는 방식과 인물의 성장과정 그리고 담론의 제시 방식이다. 작가의 시선이 아동의 본질적인 특성에 대한 탐색보다는 성인의 관념을 전수하려는 교훈 이데올로기를 행하고 있다면 그것은 '계몽'의 서사이지만, 아동이 자신을 둘러싼 세계와의 상호작용 속에서 주체로서 성숙해

---

26 김태호, 「한국 현대 아동성장서사 연구」, 한국교원대학교 학위논문, 2012.

27 본 논문의 연구사 검토에서 살펴본 황현숙의 논문도 가족결손과 성장서사를 연결시켜 보고 있고, 최하영의 연구도 비슷한 맥락에 있다. 최하영은 권정생의 작품 중 소년소설에 해당하는 작품으로 『초가집이 있던 마을』, 『몽실 언니』, 『점득이네』와 『슬픈 나막신』을 분류해 입사소설의 구조와 내용을 기본으로 많은 부분에서 공통성을 가지기에 권정생의 소년소설은 성장소설로 분류한다고 밝히고 있다. 최하영, 「권정생 성장소설 연구」, 영남대학교 석사학위논문, 2010.

가는 과정을 그린 것은 '성장'의 서사라 구분지어 놓는다. '아동성장서사'라는 새로운 서사 유형이 요구되는지는 논의가 더 필요한 부분이지만 그간 혼용되어 어지러이 사용되었던 성장소설과 아동문학의 성장서사의 차이를 정리해 놓은 것은 의미가 있다고 생각된다.

이현옥[28]은 작품의 시대적 구분을 전통가족·핵가족·현대 가족으로 나누어 살펴보면서 특히 현대 가족은 사회구조의 분화로 다양한 형태의 가족이 출현하는 것을 고려해 입양가족·재혼가족·다문화가족으로 세분해 분석했다. 그런데 이 가족의 분류기준이 애매모호하다. 전통가족과 현대가족은 시대적 특징으로 나뉠 수 있지만, 핵가족은 가족의 구성적 특징으로 분류한 것이기 때문에 동일한 분류기준으로 놓는 것 자체가 무리이다. 그러다 보니 작품 분석의 기준이나 방법이 불분명해 인상비평에 머무르고 마는 한계를 보인다.

가족서사를 청소년문학으로 확대해 살펴본 연구는 최미령[29]에게서 찾을 수 있다. 그는 연구에서 청소년소설에 나타난 한국 가족의 문제들로 가족의 해체와 부모의 위상의 변화·오히려 가족문제 해결의 주체가 되는 철든 청소년들을 거론하며 그 근본 원인으로 가족주의를 든다. 특히 청소년 주인공들이 자신의 새로운 탄생에 귀결되지 못하고 성급하게 가족의 품으로 돌아가는 결론에 대해 청소년 서사에서마저 가족공동체를 강화하는 경향이 나타나는 것이 아닌가 하는 우려를 표시한다.

지금까지의 검토에서 아동문학에서는 '가족' 관련 논의가 중심주제가 아니라 할지라도 '가족'은 배경이자 제재 혹은 서사 유형으로 거의 모든 연구에서 다루어지고 있음을 알 수 있다. 한국 가족 안에서 어린이의 주체성 형성과 가족 내 지위 변화를 역사적으로 고찰하기도 하고, 사회

---

28 이현옥, 「아동문학에 나타난 가족과 어린이의 삶」, 성공회대학교 석사학위논문, 2012.

29 최미령, 「한국 청소년소설에 투영된 가족 이데올로기 연구」, 가톨릭대학교 석사학위논문, 2010.

구조의 분화와 가족 형태의 변화에 따른 서사 유형도 살펴보고 있다. 작가론의 경우에도 역시 작품의 주요 배경이자 사건의 인자로서 가족서사적 측면은 연구되고 있다.

하지만 2000년대 이후 확연한 변전을 보이고 있는 가족서사에 대한 연구는 아직 일천하고 가족 이데올로기적 측면에서의 분석도 미흡하다. 혈연 중심의 폐쇄적 가족만을 정상 가족으로 여기며 차이와 다양성을 인정하지 못하던 가족 이데올로기는 1990년대 급격한 사회변동으로 약화되었고, 이를 반영한 가족해체 서사도 본격적으로 등장하였다. 아동문학 장(場)에서도 기존의 보편화된 가족 관념을 벗어난 탈근대적, 탈가족주의적 서사들이 점차로 발표되고 있어 이에 대한 논의의 필요성이 제기되는 상황이다.

본고에서는 2000년대를 기점으로 이전의 가족서사와 전혀 다른 양상을 보이는 아동문학 가족서사를 이데올로기 차원에서 분석하겠다.

제2장_가족주의의 형성과 양상

/ 제1절 /

가족주의 이데올로기의 형성

가족의 일차적 특징은 자연 발생적인 혈연 관계를 중심으로 모인 소집단으로 구성원들의 선택이나 이탈이 자유롭지 못하다는 점을 들 수 있다. 그래서 가족이 무엇이냐는 질문 앞에 사람들은 쉽게 답변을 찾지 못한다. 가족은 원래 있었던 것이고, 일상화된 인간관계를 구성하는 가장 기본적인 집단이어서 늘 전경으로 자리하고 있는 까닭이다. 간단히 말하자면, 가족은 공동생활을 하는 공동운명체적 집단으로 생활 공동체이자 소유 공동체이며 운명 공동체다. 또 가족은 우리 사고 속에 이미 전제되어 있는 가치이자 제도이고 양식이자 습관인 것이다. '자연적인 것'과 '사회적인 것'이라는 별개의 층위가 가족에 대한 느낌과 생각에서처럼 그렇게 뒤엉켜지고 혼재되는 경우는 어디에도 없을 것이다.[1]

가족에 대한 도덕적인 주장들은 대부분 가족을 사회적 기구라기보다는 생물학적 단위로 가정한 채 수행된다. 사실 자연적이라는 이유 하나로 사람들의 생각을 끌어들이기 가장 좋은 것은 성별(gender)·성·결

1 다른 여러 문제들의 경우에는 이 두 가지가 엄격하게 분리된다. 굶주림, 질병, 잔인성, 살인 등은 자연세계에서는 항시적으로 발생한다. 그리고 그런 현상들을 제거하려는 노력은 문명 진보의 표식으로 명백히 인간적인 것으로 여겨진다. 그러나 가족에 오면 상황은 역전된다. 미셸 바렛·매리 매킨토시, 김혜경 옮김, 『가족은 반사회적인가』, 여성사, 1994, 40쪽.

혼·가족의 영역이다. 이러한 생각은 어떤 것은 신성시됨으로써, 또 어떤 것은 비난받음으로써 공고화된다. 현행의 가족 형태는 불가피한 것·자연적인 것·생물학적으로 결정된 것으로 여겨진다.[2]

그러나 가족에 대한 이해를 위해서는 전체 사회의 경제적·정치적·이데올로기적 체계를 이루는 하나의 구성 요소로 가족을 위치시키는 시각이 필요하다.[3] 흔히 사회학에서는 가족이 사회나 체제를 이루는 기본 단위이며, 사회의 생존을 위하여 핵심적인 특정의 기능을 수행하는 보편적 제도라고 주장해 왔다. 예컨대 머독(Murdok)은 가족을 "공동 거주, 경제적 협력, 그리고 재생산으로 특징지어지는 사회집단이다. 가족은 적어도 그 가운데 두 사람은 사회적으로 용인된 성관계를 유지하는 양성의 성인들과 성적으로 동거하는 성인들이 낳았거나 또는 입양한 한 명 혹은 그 이상의 자녀를 포함한다."[4]고 정의했고, 이 정의는 이후 사회학의 가족 정의의 초석이 되었다.

남녀의 생물학적·인성적 차이에 근거해서 성립한 기능적 단위로서의 가족이 인류 역사상 부정된 적은 거의 없었다. 사회는 가족이라는 세포로 구성되므로 결혼하여 가족을 이루고 사는 것이 인간으로서 가장 자연스러운 삶의 방식으로 여겨졌다. 이른바 '가족생활'이라는 것이 시간과 공간을 초월해서 모든 인간 사회에 존재했다는 것은 부정할 수 없는 사실이다. 가족은 가장 오래된 인간 조직이면서 인간이 가장 오랫동안 추구해온 유토피아의 원형, 곧 '오래된 미래'다. 가족은 '능력에 따라 일하고, 필요에 따라 분배하는' 인간이 꿈꾸는 가장 이상적인 공동체의 원형을 이루고 사람들이 가족에 대해 가지는 유토피아적 환상은 여기에 기인하는 바가 크다 할 수 있다. 그럼에도 불구하고 가족은 가부장제라

---

2 미셸 바렛·매리 매킨토시, 위의 책, 39~40쪽.
3 다이애너 기튼스, 안호용 외 옮김, 『가족은 없다』, 일신사, 1997, 13쪽.
4 다이애너 기튼스, 위의 책, 93쪽.

는 사회적 이데올로기를 유지시키는 도구였다는 점에서는 '지킬 박사와 하이드' 같은 양면성을 가지고 있다.

가족은 명백히 정치적인 이데올로기이고 동시에 역사적 창조물이다. 가족은 어떻게 이데올로기가 되었을까? 흔히 근대 가족의 성격을 규명하면서 가부장제의 본질에 대해 언급하지만 가부장제는 그 역사가 거의 인류 역사와 맞먹을 만큼 뿌리가 깊다. 인류 역사상 친아버지가 누구인지 알지 못하는 원시시대에는 여성이 씨족 내에서 지배권을 행사하는 모권사회였다. 공동체의 사유재산이 증대할수록 가족 내 남편의 지위가 높아짐으로써 마침내 모권의 전복이 일어났고 이것을 엥겔스는 '여성의 세계사적 패배'[5]라고 지칭했다. 이후부터 남성은 가족 내에서 지배권을 장악하고 여성은 노예로 전락했다. 이것이 가부장제의 시작이고 가부장 가족의 기원이다.[6]

일례로, 영어에서 패밀리(family)의 어원은 라틴어 파밀리아(familia)로 이 단어는 노예를 의미하는 파물러스(famulus)의 파생어다. 파밀리아는 우선 한 지붕 아래 거주하는 노예와 하인 그리고 온 가족과 주인을 지칭했으며 또한 주인의 지배하에 있었던 안주인과 아이들과 하인을 가리켰다. 이처럼 가족은 가부장적 재산권에서 유래했고, 18세기까지 사용되던 '가족'이란 말이 가지는 본래적 의미는 한 가구 내 모든 성원에 대한 가장의 권위를 가리키는 것이었다. '나머지 성원'에는 여성과 어린이는 물론 하인과 도제도 포함되었다. 따라서 가족은 그 정의에 따르면 가장의 권위와 권력을 전제로 하는 불평등한 제도였다.[7]

가부장제는 이처럼 남성 가장이 아내와 자식들을 지배하는 가족제도로서 농경시대부터 시작하여 근대까지 견고하게 이어져오고 있는 것이

---

5 프리드리히 엥겔스, 김경미 옮김, 『가족 사적 소유 국가의 기원』, 책세상, 2007, 89쪽.
6 김기봉 외 지음, 『가족의 빅뱅』, 서해문집, 2009, 37쪽.
7 다이애너 기튼스, 앞의 책, 60쪽.

다. 프리드리히 엥겔스는 『가족 사적 소유 국가의 기원』[8]에서 역사의 궁극적인 요인은 인간이 삶을 유지할 목적으로 하는 생산과 재생산이라고 했다. 이 둘은 다시 의식주에 소용되는 것들을 생산하는 것과 인간 자체의 생산 곧 번식으로 나뉜다. 전자를 통해서는 사유재산이 그리고 후자를 통해서는 씨족이 생겨났다. 이 둘을 결합하기 위해 탄생한 것이 가족이며, 그래서 가족이 사회와 국가의 기원을 이룬다고 주장했다. 또한 특정한 역사 시대에 특정 지역에서 사는 인간은 사회적 제도 안에서 살아가는데, 이 사회적 제도는 두 종류의 생산—한편으로는 노동의 발전 단계, 다른 한편으로는 가족의 발전 단계—에 의해 규정된다[9]고 했다. 이때 말하는 가족의 발전 단계는 근대 자본주의 사회의 가부장제적 핵가족을 말하는데, 생산양식의 변화가 가족 구조의 변화를 근원적으로 규정하였기 때문이다.

"가족의 개념 자체는 18세기 후반까지 오늘날과 같은 방식으로 사용되지 않았다. 하나의 개념과 이데올로기로서 가족의 발달은 자본주의 발전 후반기의 산업 부르주아의 발달과 궤를 같이 한다. 초기의 종교적 가부장제 이데올로기와 과학적 합리주의의 성장과 함께 나타난 사회의 세속화가 서로 결합한 것으로 사회가 개념화되는 과정에서 가족에 대한 이데올로기의 영향력이 증대한 것을 볼 수 있다."[10] 이때 근대가족이 탄생한다.

근대의 생산양식인 산업화 · 분업화와 더불어 일어난 중요한 변화는 가정과 작업장의 분리였고, 이는 공과 사의 영역 분리를 수반했다. 시민계급 여성은 가정으로 퇴각했고 남녀의 역할 구분은 강화되었다. 이 시기에 부르주아들은 무언가 자신들만의 새로운 철학을 정립하고 싶어했

8 프리드리히 엥겔스, 김경미 옮김, 『가족 사적 소유 국가의 기원』, 책세상, 2007.
9 프리드리히 엥겔스, 위의 책, 16쪽.
10 다이애너 기튼스, 앞의 책, 227쪽.

는데, 그때 가장 중요하게 등장한 요소가 가족이었고 부르주아들 사이에서는 가정성(domesticity)을 이상으로 하는 이데올로기[11]가 나타났다. '가정은 경쟁적이고 물질주의적인 자본주의와 분리된 천국'으로 묘사되었고, 가정을 신성한 안식처로 만드는 일은 여성의 의무이자 천부적인 사명으로 포장되었다.[12]

결국 자본주의가 공동체를 해체하고 안겨준 개인의 해방과 자유는 (그것이 반쪽에 불과하다 할지라도 그것마저) 남자의 경우에만 해당되는 것이었을 뿐[13] 여성은 더욱 더 가정에 갇히게 되었다. '집안일'을 하는 존재가 아니라 '집안일만' 하는 존재가 되었던 것이다. 장 자크 루소는 『에밀』에서 여성은 "더이상 자기 자신을 위해서 창조된 것이 아니라 남편의 마음에 들고 복종하기 위해서" "남편을 편안하게 해주기 위해서" 그리고 "남편에게 양보하고 심지어 남편의 부당함마저 참기 위해서 창조된 것"[14]이라고 말한다.

『에밀』보다 이백여 년 후에 출간된 알리스 슈바르처의 『아주 작은 차

---

11 가족의 진전은 사회성(sociability)의 후퇴를 대가로 해서 진행되었다. 집이라는 공간은 이제 공공성을 상실하고 외부와 단절된 폐쇄적 공간으로 변환된 것이다. 이에 대해 홉스봄 역시 예리하게 지적하고 있다. "가족은 한 가지 점에서 외부 세계와 완전히 대조적이었다. 즉 가정은 전쟁의 세계 속의 평화의 오아시스, 다시 말하면 전사의 휴식처였던 것이다." 집은 이제 삭막한 세계와 아늑한 천국, 공적 영역과 사생활의 영역이라는 구획적 분절을 만들어내며, 집의 벽을 경계로 근대의 공간 간에는 넘을 수 없는 이질성의 벽이 가로놓인다. 이진경, 『근대적 시 · 공간의 탄생』, 푸른숲, 1997, 252쪽.

12 김기봉 외 지음, 앞의 책, 184~185쪽.

13 근대의 시민적 자유를 보장했던 계약을 애드리언느 리치(Adrienne Rich)는 '남성의 성 권리의 법'이라고 명명했다. 이는 근대 계약 자체가 가부장제를 반대한 것이 아니라 궁극적으로 근대 가부장제를 만드는 수단이 되었기 때문이다. 그런데 이를 인식하지 못한 것은 '가부장제'를 '아버지의 지배'로만 해석했기 때문이다. 아버지의 권리는 가부장제를 이루는 가부장적 권력의 한 차원일 뿐, 가부장적 권력은 아버지로서의 남성 권력이 그가 한 여성(아내)에 대한 한 남성(남편)의 가부장적 권리를 행사한 이후에 도래한다는 것을 간과한 데서 온 착오이다. 이에 캐럴 페이트만(Carole Pateman)은 성적 계약의 이야기가 누락된 또다른 이유로 사회계약이 시민적 자유의 공적 영역에 관해서만 이야기하고 있다는 점을 들고 있다. 따라서 사적 영역에서 행해지는 결혼 계약은 그들 관심의 중심에서 배제된 것이다. 이금란, 「박경리 소설에 나타난 가족 이데올로기 연구」, 숭실대학교 박사학위논문, 2006, 8~11쪽 참조.

14 장 자크 루소, 김중현 옮김, 『에밀』, 한길사, 2003, 646~668쪽 참조.

이』에서 분석한 여성에 대한 입장도 크게 변하지 않아 "집안 살림에 필요한 일들을 여성에게 맡겨버림으로써 가장 중요한 경제자산을 확보한 셈이었다. 산업사회 이전에는 이렇게 자질구레한 일을 하녀나 하인들에게 맡겼지만, 사회의 민주화가 이루어지면서 남자들은 어느덧 결혼을 통해 각자의 하녀를 하나씩 쓸 수 있게 된 것이다."[15]라고 증언되기도 한다.

자본주의를 위한 핵가족제도는 이렇게 시작되었[16]고 그와 동시에 가정은 정서적 공동체로서의 성격이 강조되기 시작하였다. 중간계급은 '가족'을 뭔가 성스럽고 본질적이고 단일체적인 것으로서 신성시[17]했고, 점차 가족 자체가 종교적이고 도덕적인 제도로서 강조되었다.

특히 근대에서 결혼은 가문과 가문의 결합이 아닌 남녀 개인의 만남으로 여겨지면서 사랑과 결혼이 일치할 수 있는 조건이 만들어졌다. 이 같은 일치는 '낭만적 사랑'이라는 신화를 낳고, 그런 식으로 신성화된 결혼은 남성의 한 여성에 대한 성적 독점 계약의 형태로 가부장 가족을 지키는 제도가 되었다.[18] 연애라는 '사랑종교'와 그 결실로서의 결혼 그리고 그 사이에서 태어나는 아이로 인하여 완벽한 하나의 가족을 이루는 것 자체가 하나의 이데올로기[19]로 자리잡은 것이다.

이렇게 여성에게 가정의 영역을 맡김으로써 집안일과 자녀의 양육으

---

15 알리스 슈바르처, 김재희 옮김, 『아주 작은 차이』, 이프, 2001, 305쪽.
16 엘리자베트 벡 게른스하임, 이재원 옮김, 『모성애의 발명』, 알마, 2014, 7~8쪽.
17 다이애너 기튼스, 앞의 책, 79쪽.
18 김기봉 외 지음, 앞의 책, 20쪽.
19 이러한 방식으로 근대의 어린이는 발견된다. 생각해 보면 '아동이 탄생했다'는 것과 '아동을 발견했다'는 것은 그 행위 주체가 달라지는 미묘한 차이를 가진다. '발견'이라는 표현은 일차적으로 이미 있는 것을 '비로소' 보게 되거나 전혀 다른 방식으로 '새롭게' 보게 된 문화적 단절 상황을 보다 극적으로 묘사하는 데에 사용되었던 것이지만, 부차적으로는 우리에게 너무나 자명해서 더 이상 볼 수 없게 된 것들을 역사적으로 상대화시킴으로써 인식 가능케 하는 방법적 시선을 지시하는 것으로 사용할 수도 있을 것이다. 가라타니나 아리에스의 '발견'이라는 수사적 표현은 이러한 인식의 효과를 상기시키면서 사용될 때 단순히 장식적인 것이 아니라 근대성에 대한 성찰적 비판의 태도를 함축한 것으로 받아들여질 수 있을 것이다. 가라타니와 아리에스가 갖는 아동기에 대한 관심의 배면에는 근대적 제도와 관습에 대한 본원적인 성찰이 있었다고 볼 수 있다. 조은숙, 「'아동의 발견'이라는 화두와 아동문학 연구의 새로운 지형」, 『아동청소년문학연구』, no.1, 2007.12, 92~93쪽.

로부터 해방될 수 있었던 남성들은 여성들의 도전을 방어하기 위해 모성을 불러들[20]인다. 이제부터 여성은 본질적으로 (때로는 오로지) 모성을 바탕으로 정의되고, 출산과 육아를 담당해야 했던 여성의 신체적 특성으로 인해 성별 분업은 고착된다. 공적 세계로부터는 추방당한 채 아이와만 연결되어 모성애가 탄생하는 것이다. 가정에는 어머니와 아이만 남아 서로에게 필수 불가결한 존재가 되어 일상적·정서적으로 적극적 결합을 하게 된다. 오늘날 우리에게 친숙한 모성의 형태는 의외로 아주 새로운 제도다. 또한 유례가 없는 것으로 부유한 사회의 산물이다. 왜냐하면 대부분 인류 역사에서 건강한 성인 여성은 매우 가치 있는 노동력이어서 오로지 아이를 돌보는 일만 하도록 놔둘 수 없었기 때문이다.[21] 새로 등장하는 부르주아 사회에서 여성에게 요구되는 이러한 종속은 자유와 평등이라는 부르주아적 원칙과는 모순되지만 '본성'에 의해 그리고 어머니 역할에 의해 정당화된다. 어머니 노릇은 남성과 여성의 삶의 가능성 사이에 존재하는 차이를 고착시킨다. 남성에게는 시장이 요구하는 독립성이, 여성에게는 육아가 요구하는 자아 포기가 삶의 가능성이 된다. 이제 여성의 활동 영역은 점차 집으로 국한되면서 여성은 눈에 띄지 않고 언제나 준비되어 있는 '가족을 위한 존재'가 되는 것이다.[22]

점차 직접적인 활동 영역만 분리되는 것이 아니라 남성과 여성의 '본성'에 관한 관념까지도 구분된다. 남성적 '본질'과 여성적 '본질'이 서로 '보완'하도록 세계 계획 속에 예정되어 있다는 이념이 지배하게 된 것이다.[23] 가족 이데올로기는 동시에 젠더 이데올로기가 된다. 가족도 젠더

20 조성숙, 『어머니라는 이데올로기』, 한울아카데미, 2002, 92~93쪽. 이승득, 「1950년대 아동소설 가족담론 연구」(부산대학교 석사학위논문, 2012)에서 재인용.

21 엘리자베트 벡 게른스하임, 앞의 책, 56쪽. 첨언하자면 이 점은 현대에도 여전히 유효해 빈곤계층의 여성은 모성애보다 생존을 우선시해야 할 때가 많다.

22 1957년 6월 18일에 공포된 독일의 남녀평등법의 서문에는 이렇게 나와 있다. "원칙적으로 가족을 부양하는 일은 남성의 직분에 속하며, 이에 반해 여성은 가족을 사랑하는 일을 자신의 가장 고귀한 임무로 여겨야 한다." 엘리자베트 벡 게른스하임, 위의 책, 133쪽.

23 엘리자베트 벡 게른스하임, 앞의 책, 59쪽.

도 '자연적'이고 '생물학적'이며 영원한 것으로 규정되는 것이다. 또한 이는 남성과 어린이 사이의 권력관계가 행사되고 정의되는 방식도 규정한다.

가부장 이데올로기는 현대에도 가족이나 사회 내에서 여전히 작동하는 일종의 '사회적 무의식'이다. 수천 년 동안이나 존속해온 가부장제 이데올로기가 종교 · 사회 · 문화 등에 뿌리깊이 각인되어 우리의 의식과 무의식을 암암리에 지배하고 있기 때문이다.[24] 결국 따지고 보면 인류 역사의 가족 제도는 모권 사회의 붕괴 이후 줄곧 가부장제의 지배를 받아왔다고 할 수 있다. 근대가 표방하는 평등과 자유라는 가치도 역시 가정 내에서는 통용되지 않았고 오히려 가족이 가부장제라는 사회적 이데올로기를 유지시키는 도구로 작동하면서 여성과 아이에게는 억압과 질곡이 된 측면이 있다.

그럼에도 가족은 이제 신화화되어 척박한 현실 속에서 언제나 개인의 유일한 위안처이며 최초이자 최후의 근거지[25]로 여겨진다. 가족은 보편적인 인간 가치가 명백하게 드러난 것이며 모든 사회에서 발견되는 영원히 거기 있는 어떤 것으로 상정된다. 또 가족사랑은 너무 당연한 것이어서 이 말은 의문을 미리 제압할 정도로 막강한 권력을 가진다. 가족에 대한 신화는 교훈적이며 꿈은 즐겁고 희망은 합리적이다.

가족이 이데올로기화될 때 가족은 하나의 신화가 된다. 신화가 된 가족은 실제의 삶을 살아가는 가족들에게 하나의 억압으로 기능할 수 있다. 가족의 이데올로기화는 사회적 불평등이나 성의 경계가 필요치 않은 즉 모든 분리를 조화시키는 유토피아, 위안의 장소라는 점을 적극 강조함으로써 모든 것들을 은폐한다는 맥락에서 쓰인다. 이러한 은폐로 말미암아 가족은 무역사적이고 무시간적이며 따라서 영원한, 본래적이

24 김기봉 외 지음, 앞의 책, 150쪽.
25 권명아, 『가족이야기는 어떻게 만들어지는가』, 책세상, 2000, 13쪽.

고 자연적인 것으로 이데올로기화[26] 혹은 신화화되는 것이다.

현대 가족이론의 가장 중심된 사회학적 명제는 여기에 기초하는 바가 크다. 그들은 가정이 척박한 산업사회의 갈등과 소외로부터 차단된 순수한 애정적 공간으로서 가족원들의 정신과 육체를 온화하게 보호한다고 설명한다. 하지만 바렛과 매킨토시는 가족제도가 부와 빈곤을 세습시키며 사생활권이라는 미명 아래 개인의 개성과 인권을 억누르고 끝없이 반복되는 가사노동에 여성을 묶어두는 것과 같은 근본적인 문제가 있음에도 불구하고, 사랑과 모성애·휴식의 공간·직장의 조직논리에서 벗어나 자기만의 내면세계를 구축할 수 있는 유일한 공간으로 신비화되는 모순을 역설한다. 가족에 관한 이러한 이데올로기가 매스컴·학교제도·결혼제도·법률에 의해 보호받거나 오히려 강화되는 현실을 문제시하는 것이다.[27] 가족이란 마땅히 이런 것이어야 한다고 하는 것도 단지 하나의 관념일 뿐이라는 것이다.

결국 사회적인 것의 침입을 방지하는 엄격한 방어막을 갖는 사적 영역으로서의 '가족'의 창출은 자본주의 사회의 결과라기보다는 이데올로기적 과정이다. 주의해야 할 점은 가족에 근대적 가부장제 성격이 강하다 할지라도 각 나라별 혹은 시대의 변화에 따라 가부장제의 성격도 상이하게 나타난다는 것이다. 이것은 너무도 당연한 일이다. 각 나라마다 역사적 변전 과정이 천차만별이고 문화적 정서적 가치체계도 매우 다르니 말이다. 그런데 가족을 이데올로기화한 실체가 비건강성을 내포한 것일 때 가족 구성원들은 '가족이라는 이름' 속에서 고통받고, 억압은 '가족이라는 이름으로' 정당화된다.

---

26 권명아, 위의 책, 76쪽.

27 미셸 바렛 · 매리 매킨토시, 앞의 책, 5쪽.

/ 제2절 /

한국적 가족주의의 양상

한국적 가족주의는 "가장 튼튼한 울타리는 가족입니다"라는 말로 집약할 수 있다. 이 말은 개인의 운명을 책임져야 할 마지막 보루를 가족의 이미지로 대치시킨 교묘한 바꿔치기다. 그 의미는 두 가지 측면에서 살펴볼 수 있는데, 첫째는 개인의 운명을 책임져야 할 마지막 보루는 여전히 가족이며, 모든 것을 가족 안에서 해결하는 것이 당연하게 여겨지는 것이다. 둘째는 한국 사회는 여전히 시민사회라기보다는 가족=사회라는 등식이 성립하는 '가족 사회'적 성격이 지배적임을 드러내는 것이다. 국가가 공적으로 수행해야 할 임무를 가족이라는 '튼튼한 울타리' 운운하며 가족에게 떠넘기는 것이다. 국가와 시민사회가 제대로 작동하고 있다면 "가장 튼튼한 울타리는 사회입니다"라는 말이 자연스럽게 성립될 것[28]이다.

이러한 한국의 가족집단 중심주의에 대해 김태길은 "가족주의는 가족에 대한 애착과 관심이 다른 의욕과 동기를 압도하고 행동의 주도권을 잡는 생활양식"[29]이라고 정의내린다. 최재석도 "가족이 어떠한 사회집단

28 이득재, 『가족주의는 야만이다』, 소나무, 2001, 16쪽.

보다도 중요시되며 개인이 가족으로부터 독립하지 못하는 현상"[30]을 가족주의의 주요한 특성으로 제시한다.

이렇게 대부분의 한국 사회 구성원들은 가족만이 불확실성의 시대에 자신을 보호해 주고 자신을 배신하지 않으며 따라서 자신의 지원을 받을 자격이 있는 유일한 집단이라고 인식하는 태도를 지니게 되었다. 급기야는 개인들이 생활의 모든 측면에서 철저히 가족중심적 삶을 추구함에 따라 가족은 일종의 '기능적 과부하'(functional overloading)를 겪게 되고 이에 따른 부작용이나 적응 노력은 궁극적으로는 오히려 가족을 약화·해체시키는 결과를 초래하기도 한다.[31]

한국적(韓國的)이라 할 만한 이런 양태의 가족주의는 어디로부터 연원하는 것일까? 물론 한반도의 특수한 역사적 과정에서 기인하는 바가 가장 클 것이다. 한국 사회는 조선 사회의 유산을 청산하지 못한 채 식민 상태에서 일본을 통해 근대가 이식되었다. 그렇게 외부적 요인에 의해 근대의 문물과 가치들이 유입되는 가운데 식민 상태는 종료되지만 자주적 해방이 아니었던 탓에 미군정이 시작되고 이는 또 다른 이질적 가치와의 강제적 접합의 계기가 된다. 결국 한반도에서는 내생적 사회혁명을 통한 봉건적 사회체제의 철저한 극복이 이루어지지 못하고, 전통적 가치와 문화는 근본적인 차원에서 부정된 적이 없는 상태에서 매우 이질적인 문화들이 급속도로 파급된 것이다.

그래서 한국 가족의 특징은 여전히 유교적 가부장제의 잔존을 기본으

---

29 김태길, 『한국인의 가치관 연구』, 문음사, 1982, 164~165쪽. 조정문 · 장상희, 『가족사회학』, 아카넷, 2007, 417~418쪽에서 재인용.

30 최재석, 『한국인의 사회적 성격』, 현음사, 1994, 27쪽. 조정문 · 장상희 『가족사회학』, 아카넷, 2007, 418쪽에서 재인용. 첨언하자면 조혜정도 가족집단중심주의는 가족집단의 강조로 인해 개인의 자율이나 존엄을 무시하는 경향이 있으며, 더 큰 공동체를 형성하는데 장애가 된다고 지적한다. 조혜정, 「가족윤리Ⅱ—공리적 가족집단주의와 도구적 개인주의」, 『현대사회와 가족』, 아산사회복지재단, 1986, 164~182쪽 참조.

31 신용하 · 장경섭, 『21세기 한국의 가족과 공동체 문화』, 지식산업사, 1996, 210~211쪽.

로 하고 있다는 측면에서 먼저 찾아볼 수 있다. 유교는 조선시대의 지배 이념이었음에도 불구하고 오늘날에도 여전히 한국인들의 무의식을 점령하고 있는 강력한 생활 가치관으로 자리잡고 있는 것이다.

요즘 우리가 생각하는 유교적 가부장제와 여성관은 17세기 이후인 조선 후기에야 비로소 형성된 것이다. 조선을 건국한 신흥사대부들은 유교의 원리에 따라 사회 질서를 구현하고자 하였는데 그 핵심이 가족이었다. 공자가 생각한 이상적인 인간 공동체는 가족 공동체를 모델로 한 것이었다. 따라서 가족은 유교적 사회구조의 원형으로 이해되었다. 유교 사회에서는 가족주의가 인간의 개념과 가치규범을 결정할 뿐 아니라 인간을 가족주의적 관점에서 이해한다. 즉 개인은 그 자체로 성립하는 독립된 존재라기보다는 가족이라는 조화로운 전체의 한 지체(肢體)일 뿐이다. 따라서 개인의 자아는 그의 가족과의 관계 안에서 다시 말해 가족 안에서의 위치와 역할에 의해서 비로소 성립하는 것이다. 유교사회에서 개인의 존재는 가족 · 씨족 및 공동체에 속하며 그의 일원으로서만 의미와 가치를 가진다. 입신양명(立身揚名)이라는 말도 있듯이 자기를 성취하는 데 입신(立身)만 하면 소용없다. 반드시 입신을 통해 양명(揚名)해야 하는 것이다.

특히 조선시대 가족의 권력구조에서 '가장권'은 막대한 영향력을 지닌다. 가장이란 '하늘로부터 부여된' 절대적인 권력을 갖는 존재로서, 가장권이란 하나의 조직자(organizer)로서의 성격을 갖고 장유유서와 효의 가족 원리를 기반으로 가족 내의 생활 질서를 조직해간다. 효란 부모 · 자식 간의 천륜의 정을 바탕으로 하여 마음을 다해 어버이를 사랑함을 말한다. 이 진심(盡心)의 대상이 나라가 될 때는 '충(忠)'이 되므로 이는 가족관계를 기반으로 사회관계에까지 확산, 적용되는 특성을 지닌다. 결국 가족은 사회에 대해서 그 사회의 질서를 확립하고 정치체제를 공고히 하는 도구로서 완성되는 것이다. 그리고 이는 유교사상에 의한 가족주의가

한국에서 그토록 확고해질 수 있었던 실제적 기반을 제공했다.[32]

게다가 일제는 식민지 조선에 일본의 호주제를 이식하면서 남성 위주로 순서를 매겨 아들(혼외자 포함)이 아내와 딸들보다 우선적으로 호주승계[33]를 받도록 했다. 조선에 없던 이러한 시스템은 일제의 행정상 편의를 위해 만들어진 것으로 남편의 집안에 여자가 들어가는 부가입적(夫家入籍), 아버지의 집안에 자식이 포함되는 부가입적(父家入籍)을 골자로 하는 부계 혈통 위주의 신분등록제였다. 아버지와는 성씨가 같아야만 한다고 생각하고 어머니와는 성씨가 다른 것을 '정상'으로 여기는 부계 혈통제는 호주제로 지탱되며 가부장 문화의 근간은 더욱 공고해진다.[34]

그러나 해방에 곧이어 발발한 한국전쟁으로 인해 모든 관계는 깨지고 사람들은 나아갈 방향을 잡지 못하는 대혼란의 절망적 상황에 처한다. 어떠한 탈출구도 찾을 수 없는 위기에서 가족은 강력한 구심점으로 작동하고 사람들은 오로지 가족만을 생존기제이자 의지처로 삼게 된다. 강대국의 이해관계로 인해 자주적인 민족국가의 수립이 요원해지고 나라가 분단되는 비극을 맞이했던 상황에서 가장 손쉽게 넣을 수 있는 정치적 상상력의 자료는 가족이었다. 국가 역시 한국적 근대화를 기획하는데 유교적 가부장제를 핵심적으로 이용하기 시작했다. 가족은 국익증대의 기제로 작용하여 출산과 양육이 국가의 계획 하에 이루어지는 등 '성장 이데올로기에 입각한 권위주의'에 가족이 지배[35]를 받는다.

---

32 신수진, 「한국의 가족주의 전통과 그 변화」, 이화여자대학교 박사학위논문, 1998, 58~61쪽 참조.

33 한국은 1960년 민법을 제정하면서 일본이 식민지 강점 시절 만들었던 가족 단위로 만든 법을 그대로 유지했는데 이것을 호적(戶籍)이라 한다. 이에 따라 하나의 호적에 등재된 사람들을 법적으로 '가족'이라고 정의했다. 여러 명을 한데 묶어놓으니 필연적으로 중심이 되는 색인자가 필요하게 되는데 그것을 호주(戶主)라 했다. 이러한 남성 중심의 시스템은 '남자는 씨, 여자는 밭'이라는 무지를 대량 유포하는데 큰 역할을 했다. (사)여성문화이론연구소, 『페미니즘의 개념들』, 동녘, 2015, 510쪽.

34 (사)여성문화이론연구소, 위의 책, 510~513쪽 참조.

35 백진아, 「한국 기혼여성의 가족 경험」, 『미디어, 젠더&문화』, no.8, 2007, 264쪽.

이런 시대 배경 아래 가족은 국가를 구성하는 '국민'이라는 새로운 인간을 주조해야 하는 기능을 부여받았다. 가정이 중요한 것은 가정이 바로 사회를 구성하는 기초 단위이기 때문이고 미래의 국민이 될 아이들이 가정 안에서 성장하기 때문이었다.

국가는 사회를 안정시키고 국가의 기반을 튼튼히 하고자 가족에 적극 개입하기 시작했다. 한국 사회는 이렇게 강력한 권력 집중이 이루어진 국가의 영향력 때문에 근대화와 산업화 과정 속에서도 가부장적인 유교 전통을 가진 가족문화가 더욱 견고해졌다. 가정의 아버지는 곧 군주(君主)와 같은 절대 권력을 갖고 효와 충성을 대상으로 수직화되었으며 이러한 인식이 가족 이데올로기의 파급 효과를 가져왔다.

이렇게 가족과 국가는 서로의 생존과 이익의 극대화를 위해 이인삼각(二人三脚)식의 경주를 펼쳐왔다고 볼 수 있다. 사람들은 격동의 시대를 살아오면서 오로지 가족을 중심으로 자신을 보호하고 부와 지위를 획득해나가며 생존을 도모했고, 개발국가의 입장에서 이러한 가족 자체의 자생력은 반드시 지속시키고 싶은 문화였다. 국가는 이를 기반으로 유례를 찾아보기 힘든 급속한 경제의 발전을 이루고 공교육을 확립시키며 가족을 통치의 기반으로 삼았다.

이러한 과정은 필연적으로 배제되고 소외된 구성원을 낳을 수밖에 없는데 여전히 유교적 가부장의식이 지배적이었으므로 여성들이 피해자가 되기 가장 쉬웠다. 집안의 기둥이자 장래인 오빠와 남동생의 학비 마련을 위해 누나와 여동생은 자신의 학업을 포기하고 그 뒷바라지에 나섰다. 객지로 나간 자식들의 무사한 안착을 위해 시골에 계신 부모님들은 전답을 팔아 도시로 보냈다. 국가는 이렇게 공급되는 어린 누나와 여동생을 싼 노동력으로 산업현장에 공급했고 그들의 지위는 '공순이'라는 말로 표상되었다. 시골에서 생산되는 식량은 저임금 유지를 위한 기반이 되어 농촌경제는 나날이 피폐해져 갔지만 누구도 그에 대한 책임은 지지 않았다.

개발시대에 접어들어서도 유일한 생존기제이자 위안처로써의 가족의 위상은 여전했다. 한국 사회의 구성원들은 자신의 풍요로운 삶과 자녀의 성공적인 삶에 대한 강한 기대를 바탕으로 열심히 교육·훈련에 임하고 누구나 결혼하고 예외 없이 자녀를 낳아 교육시켜 왔다. 이 시기의 가족주의는 살아가는 데 대한 일차적인 윤리로서 점차 배타적이고 소규모 가족 중심의 이기적 성격이 점점 더 강해질 수밖에 없었다. 그러므로 한국 가족관계의 변동은 혼란한 사회에의 적응을 위해 유교적 가족주의를 배타적이고 이기적인 가족중심주의로 재구성하는 과정으로 이해할 수 있다.[36]

1990년대 들어 분위기는 반전한다. 사회의 제도적 민주화가 진전되고 시민사회의 맹아가 싹트기 시작한다. 가족 역시 내부로부터 민주적 의식이 싹트면서 강력하게 지속되어 오던 유교적 가부장권에 대한 의문이 제기된다. 호주제 폐지[37]를 위한 시민의 모임이 만들어지고 부계혈통제가 재고(再考)되기 시작한다. 출산 전 바랐던 자녀 성별에서 아들과 딸의 선호도의 차이가 없어지고[38] 여성들의 사회 진출도 활발해진다. 더불어 이혼이 빈번해지기 시작한다.

이렇듯 한국 사회는 역사적으로 조선시대가 막을 내리고 불과 백여 년 남짓한 기간에 식민과 해방, 전쟁과 분단에 이어 속도전적인 경제개발과 뜨거운 민주화 열망의 분출까지 겪어 왔다. 그야말로 롤러코스터

---

36 신수진, 앞의 논문, 76쪽.

37 1998년 9월 발족한 호주제 폐지를 위한 시민의 모임을 시작으로 여성단체와 시민단체들은 호주제폐지운동을 지속적으로 벌였다. 2005년 2월 헌법재판소로부터 헌법불합치판정이 나고, 국회는 다음 달인 3월 호주제 폐지를 골간으로 하는 민법개정안을 통과시켰다. (사)여성문화이론연구소, 앞의 책, 509쪽.

38 육아정책연구소가 2008년 시행한 '자녀에 대한 부모의 가치관의 변화' 중 출산 전 바랐던 자녀의 성별에 대한 설문조사 결과를 보면 아버지는 딸 37.4% 아들 28.6% 무관 34%로 집계되었고, 어머니는 딸 37.9% 아들 31.3% 무관 30.8%로 집계되어 남아선호사상이 많이 후퇴했음을 알 수 있다.

못지않은 급격한 변화를 어마어마한 속도로 내달려온 것이다. 이러한 경험은 세계사에서도 그 유래를 찾기 힘든 경우여서 한때 해외에서는 '한강의 기적'이라는 찬탄과 함께 한국 사회를 주목하곤 했다.

이와 같은 역사적 과정을 장경섭은 한국인들이 가족주의에 기초한 '압축적 근대성'(compressed modernity)[39]을 일구어왔다고 진단한다. '압축적 근대성'이란 정치적·경제적·사회문화적 변화가 시간·공간적 차원에서 동시에 극히 단축적으로 이루어지고 서로 이질적인 역사적 및 사회적 문명 요소들이 동적으로 공존하면서 매우 복합적이고 유동적인 사회체계가 구성·재구성되는 사회적 상황을 지칭한다.

압축적이라는 말은 단축과 압착의 합성어이다. 단축은 두 지점(시대)이나 위치(지역) 사이의 이동 혹은 변화에 필요한 물리적 과정이 축약되는 현상을 말하고, 압착은 서로 이질적인 시대나 장소에 존재했던 복수의 문명요소들이 일정한 제한적 시공간에 공존하며 상호 압박과 변화를 일으키는 현상을 말한다.[40] 이러한 현상은 필연적으로 부정합성과 강제성 그리고 단절이라는 속성을 지닌다. 이는 실제로 사람들이 맞부딪치며 살아가는 구체적 현실에서 충돌과 대처(對處) 불가능함을 낳는다는 점에서 폭력적 면모를 가질 수밖에 없다.

장경섭 역시 압축적 근대성은 현실적으로는 가족중심적 삶을 통해 개인들에게 체현되어 왔다는 점을 강조하며 다음과 같이 언급한다. "특히

39 '압축적 근대성'이라는 개념은 서울대학교 사회학과 장경섭 교수가 현대 한국사회의 구조적 특질로서 상정하고 여러 사회현상들을 설명해온 개념이다. 하지만 이 개념은 관련 사회현상들을 경험적으로 연구해가면서 개념에 포괄되는 역사적 현실의 범위를 획정해가겠다는 연구전략에 따라 아직 공식화(formalization)되지는 않았다. 압축적 근대성은 분석적 귀납을 통해 한국사회를 연구하기 위한 개념적 도구라고 볼 수 있다. (장경섭, 『가족 · 생애 · 정치경제』, 창비, 2009, 20쪽.) 특히 이 용어는 그가 한국 사회의 역사적 변화과정과 그 이면에서 가족주의 질서가 꾸준히 강화되는 독특한 모습에 대한 분석을 하면서 독자적으로 고안해 낸 개념적 도구이다. 본고에서는 '압축적 근대성'이 한국사회를 규명하는데 적절하고 유용한 시각이라 판단하여 이 개념을 빌어 사용하겠다.

40 장경섭, 위의 책, 20쪽.

일제 식민지배 · 미군정 · 한국전쟁 등을 거치며 사회공동체적 조직과 관계는 계속 해체되고 외부에서 이식된 제도에 의거해 권위주의적으로 유지된 국가는 사회를 제대로 통합하지 못하는 상황에서 가족은 계층과 세대를 막론하고 생존과 발전을 위해 가장 중요한 조직체로서 기능해 왔다."[41] 즉, 국가 · 기업 등 산업자본주의적 근대화의 주도 세력이 경제성장과 자본 축적의 극대화를 위해 가족을 전략적으로 통제 · 동원한 것이다.

산업화와 도시화를 거쳐 절차적 민주주의를 지나온 현재까지도 근대적 가족의 의미가 정착되었다고 하기에는 무리가 따른다. 가족의 구조는 형식적으로 근대적 가족의 양상을 갖게 되었지만, 한국의 유교적 전통과 가부장적 인식은 사라지지 않았기 때문에 근대적 가족 개념이 내면화되는 데 긴 시간이 필요하다. 한국은 혈연적 가족주의가 강력하게 작용하고 있고 역사와 문화적인 맥락으로 인해 그 양상 또한 특수하다고 할 수 있다.[42]

이는 고전적 근대화 이론에서 사회제도 및 이념으로서의 가족은 그 중요성이 근본적으로 약화되고, 다양한 사회적 혹은 탈가족적 요소들에 의해 생산 · 교육 등의 주요한 사회 기능이 충족되는 것이 근대화의 핵심과정으로 상정되는 것과는 상충되는 모습이다. 서구 사회에서 가족이 그 기능과 역할의 축소를 통해 근대화 과정에 기여했던 것과는 정반대로 한국 사회는 오히려 유별난 가족중심주의, 즉 개인 생활과 사회 질서에 대한 가족의 막대한 영향력이 더욱 강화되는 방향으로 근대화가 진행된 것이다.

이러한 한국의 가족주의를 이득재는 '가국체제', 즉 가족과 국가의 논리가 끈끈하게 결합된 체제로 보면서 가족을 파시즘의 씨앗이자 파수꾼으로 규정했다. 전후(戰後)의 무사회적 고립자들이 완전한 가족이라는 준

41 장경섭, 앞의 책, 15~16쪽.
42 윤소희, 「한국 아동문학의 가족서사 연구」, 중앙대학교 박사학위논문, 2010, 12쪽.

거에 의해 상상했던 사회적 · 정치적 · 개인적 관계의 상상태는 분단 이후 한국의 파시즘 속에서 현실적으로 실현되었다는 것이다. 분단체제 하의 한국의 파시즘은 지배 계급의 이해에 의해서 관철될 뿐만 아니라 대중의 집단적 무의식 속에 깊이 각인된 위기의식을 강화함으로써 대중적 기반을 획득했다고 그는 분석한다. 특히 가부장권에 주목하는데, 그는 가부장권을 국가 권력을 대리하여 가족을 통치하는 데 사용되는 국가 권력의 한 형태로 본다.

> 가부장권이 가족을 통치한다고 하면 조금 어색하게 들릴 것이다. 아버지가 자식들을 사랑하는 것이 아니라 통치하는 것으로 여겨질 테니까. 그러나 '통치'란 국가가 가족의 대표인 아버지에게 가부장권을 부여해 주고 그 대신 국가가 할 일, 즉 가족의 통치를 아버지에게 위임시켰다는 뜻이다. 그러니까 가부장권 뒤에는 국가 권력이 숨어 있는 셈이다.
>
> 그렇다면 국가는 가부장제 뒤에서 무슨 일을 할까? 다시 말해 가족을 어떻게 통치할까? 국가로부터 권력을 위임받았으니 가족의 대표인 아버지는 가족 구성원들에게 그 권력을 행사할까? 물론이다. 가족 내의 위계 구조는 권력이 행사되기 위한 틀을 만들어 놓은 것이다. 그러나 아버지만 보아서는 안 된다. 문제는 국가 권력 그 자체에 있다. 가족을 신성시하고 가족을 떠받들면서 정작에는 국가가 수행해야 할 책임을 가족에게, 가족의 대표인 아버지에게 온전히 전가시키는 체제에 주목해야 한다."[43]

그런 가운데 갑자기 한국 사회는 지난 세기 말에 급작스러운 경제 위기를 맞았다. 이는 이미 엄청난 삶의 무게로 비틀거리던 수많은 한국인들에게 결정적 타격을 가했다. 게다가 위기대응책으로서 추진된 산업구

43 이득재, 앞의 책, 16쪽.

조 및 노동시장의 급진적 재편은 대다수 사람들의 삶에서 경제적 안정성을 근본적으로 훼손시키고 말았다. 독일 사회학자 울리히 벡(Ulrich Beck)이 '이차 근대성(second modernity)'[44]으로 명명한 탈현대적 문명 상황이 한국에서도 '압축적'으로 발현되어, 산업경제 · 노동조합 · 정부 · 정당 · 학교 · 복지체계 등 이른바 근대적 사회제도들이 급속하게 그 조직적 기초와 사회적 효용을 위협받게 되었다.

'이차 근대성'은 벡(Beck)이 이른바 '탈근대성(post-modernism)'론에 비판적으로 대응하여 제시한 개념으로, 20세기 후반 이후에 서구 혹은 세계의 문명 변화가 근대성을 넘어선 새로운 원리에 의해 특징지어지기보다는 근대성 원리의 극단화와 범세계적 확장에 의해 이전과는 사회 · 경제 · 생태적 상황이 전개되고 있다는 주장이다.

즉, 현대의 다양한 과학기술 · 사회제도 · 경제질서가 각 사회에서의 구체적 현실적합성에 상관없이 자본 · 국가 · 지식권력 등의 이해와 관행에 따라 '반영적' 혹은 무차별적으로 확대 적용되고 따라서 후기 현대사회는 구조적인 '위험사회'로 변질된다. 여기에 신자유주의로 대변되는 세계화 추세가 맞물려 궁극적으로 범세계적 차원의 위험사회(word risk society)가 도래한다는 것이다.[45] 이러한 이차 근대적 상황은 사회제도들 심지어 (핵)가족까지 위협하고 결국 현대인들은 개인적 차원에서 각자의 삶을 능동적 · 창의적으로 재구성하여 거시적 경제 · 사회 · 생태 질서의 교란에 대처해 나가야 하는 상황에 처한다. 따라서 '개인주의화'는 이차근대의 문명적 요건으로서 진행된다. 그런 와중에 한국 사회는 급

---

44 이는 앤서니 기든스(Anthony Giddens)가 "고도근대성(high modernity)" 개념을 통해 주장하는 바와 상통한다. Beck은 Giddens의 이른바 "반영적 근대화(reflexive modernization)" 논리를 확장하고 있다. 장경섭, 「위험회피 시대의 사회재생산 : 가족출산에서 여성출산으로?」, 『가족과문화』, 제23집, no 3. 2011.9, 5~6쪽.

45 이는 Anthony Giddens가 '고도근대성(high modernity)' 개념을 통해 주장하는 바와 상통하는 것으로, Beck은 Giddens의 이른바 '반영적 근대화(reflexive modernization)' 논리를 확장하고 있다. 장경섭, 위의 논문, 5~6쪽.

진적 신자유주의화가 전개되면서 사회구성원들 전체가 일순간에 '문명적 미아'가 되어 버렸다.[46]

그러나 이러한 이차근대적 혹은 신자유주의적 위험사회화 과정에서 한국인들은 Beck이 전망한 것처럼 개인주의화의 길을 걷기보다는 오히려 가족중심주의적 대응을 강화해 더욱 강력한 가족주의자로 거듭난 면이 있다. 경제 위기가 닥치자 수많은 가정주부들이 실직 가장을 대신해 가족 생계비와 자녀 (사)교육비를 마련하기 위해 취업전선에 나섰고 노부모들은 노후자금과 주택·농지들을 포기했다. 부모들은 끝이 없는 자녀양육기간을 떠맡았고, 가정마다 '아빠, 힘내세요. 우리가 있잖아요.' 노래가 울려 퍼졌다.

이와 같은 가족주의적 대응은 이미 압축근대적 상황에서 누적된 가족의 기능적 과부하 및 이에 수반된 가족 피로 문제를 더욱 극단화시켜 종국적으로 탈가족주의화가 아닌 탈가족화, 개인주의화가 아닌 개인화 현상[47]을 사회 전반에 확산시키게 되었다.

한편, 압축적 근대성은 그 시·공간적 압축성으로 인해 가족이념도 역시 동서고금이 공존하는 현상을 발생시켰다. 이러한 우발적 다원성은 다양한 가족이념들이 시기별·세대별로 순차적으로 나타나지 않고 동시적으로 나타남으로써 발생할 뿐, 한국 가족들의 높은 민주성이나 개방성을 반영하는 것은 아니다. 한국의 가정에 지배적인 가족이념들로는 유교적 가족이념, 도구주의 가족이념, 서정주의 가족이념, 개인주의 가족이념 등을 들 수 있다.

이를 구체적으로 살펴보면 '유교적 가족이념'은 조선시대의 전통적 가족 가치관과 규범 중 상당 부분이 현대에 잔존하거나 재해석된 것으

---

46 장경섭, 위의 논문, 8쪽.

47 탈가족화는 개인들이 가족으로부터 벗어나는 측면과 정도를 지칭하고, 개인화는 개인들이 개인으로서 삶을 영위하는 측면과 정도를 지칭하기 때문에 분석적으로 구분되어야 한다. 장경섭, 위의 논문, 10쪽.

로 급격한 사회·문화적 변동에도 불구하고 여전히 한국 사회 가족이념의 골간을 이루고 있다. 이는 기성세대가 유교적 가족이념을 적극적으로 수용할 뿐 아니라 자신들의 권력을 기반으로 젊은 세대에게도 수용을 요구하기 때문이다. 이 과정에는 역설적이게도 내생적 사회혁명 및 이에 수반한 새로운 문화 형성이 없는 가운데 전통질서가 해체되면서 일상생활의 안정된 조직원리를 되살리고자 한 한국 사회 구성원들의 자발적 수용이 있었다. 반면에 유교적 이념의 존속으로 인해 변화지향적 기능은 제한될 수밖에 없었다. 성·세대·연령의 차이를 기초로 형성된 가족 내의 경직된 권위주의적 위계질서는 가족성원 당사자들에게도 문제를 야기했으며 나아가 사회 전반에 유사가족주의적 심리적 토양을 제공하는 부작용을 낳기도 했다.

'도구주의 가족이념'은 역사상 식민통치·전쟁·절대빈곤·산업화 등 격동의 시대를 살아오면서 오로지 가족을 중심으로 자신을 보호하고 부와 권력을 쌓아나가려는 가운데 생겨난 생존철학 같은 것이다. 급작스러운 사회적 이행기마다 충분한 사전 대응 능력을 가질 수 없었던 사람들은 이 불확실성에 대응하기 위해 거의 유일하게 유지되어온 일종의 '사회자본'이라 할 수 있는 가족성원 사이의 유대·지원관계에 대한 의존을 강화할 수밖에 없었다. 도시로 떠나는 자녀형제에 대한 지원이나 가족 부양이 예이다. 이는 우리 사회의 가족주의 혹은 가족중심주의의 골간이라 할 수 있으며 아울러 거시적 사회·경제·정치 질서의 가족중심성에 직접 연계되어 있다. 도구주의 가족이념은 세대간 계층이동에 대한 한국 사회의 집착을 통해서도 드러나는데 한국 사회 구성원들의 자녀에 대한 아낌없는 혹은 억압적이거나 반사회적이기까지 한 투자는 이로부터 기인한다고 볼 수 있다. 오늘날 한국사회의 거시적 정치·경제·사회 질서가 극도의 가족중심성을 띠는 것은 재벌과 정치엘리트에서부터 기층 서민에 이르기까지 가족관계의 전략적 활용을 통해 생존과 성공을 추구하는 행태가 보편화되어 있기 때문이다. 그러나 가족을 위해 헌신적으로 산다고 생각했던 그간의 신념과 노력의 결과가 오히려 가족에 소홀하고 가정이 불안정해지는 아이러니를 초래한 것이 또한 현실이다.

'서정주의 가족이념'은 가족을 서정적 공간으로 인식하는 태도이다. 서구에서 산업화의 진척과 더불어 여성과 아동이 산업노동에서 가정생활로 점차 편입되고 노동자 가장의 소득이 안정되어 가면서 가족 성원에 대한 정서적 보호 기능을 중심으로 하는 새로운 가족상으로서 대두된 것이다. 한국 사회 역시 급속한 산업화 과정을 거치며 노동자들의 중산층화 경향의 핵심 현상으로서 서정적 가족주의가 확산되어 왔다. 개인 보호를 지향하는 서정적 핵가족은 세대간 및 남녀간의 민주적 교호성을 특징으로 한다. 이는 헐리우드 영화가 전파하는 서구적 가족이념과 크게 다르지 않다. 특히, 서정적 가족주의가 상정하는 피부양자로서의 여성과 아동의 지위는 한국 전통시대 양반계급의 유교적 가부장제 규범과도 일치하는 것이어서 한국 사회에서 비교적 쉽게 받아들여진 측면도 있다. 가족간 애정성을 강조하는 서정적 가족이념은 가족 내부의 관계가 안정되지 못했을 때 '감정적 과부하'를 유발시킬 수 있으며 또한 상당한 물질적 부양을 전제하는 데 따른 부작용도 발생할 수 있다.

'개인주의 가족이념'은 한편으로 여성 해방, 청소년의 자율성 제고 등 개인성의 강화 추세와 다른 한편으로 소비자본주의 확산에 따른 가정의 상업적 소비 공간화 현상에 맞물려 있다. 민주화 추세 이후에 한국 사회에 빠른 속도로 번지고 있고 세대간 갈등의 원인으로 작용하기도 한다.

이러한 가족이념들은 한국 사회에 동시에 공존하고 있는데 예를 들면 현대 가족의 여성은 유교적 가족이념으로 인해 가정적·사회적 지위를 상당 부분 억압당하고 있지만 가정 내의 감정적 보살핌에 대한 역할은 전적으로 담당해야 하는데 이는 서정주의 가족이념에서 기인한다고 볼 수 있다. 또는 '치맛바람'으로 비유되는 독특한 사회현상은 공인(公人)으로서의 남편의 체면이나 위신은 지켜주는 대신 가족의 이해를 도모하는 일에 사인(私人)인 부인이 직접 나서는 식으로 유교적 성분업 문화가 도구주의 가족이념과 결합한 것이다.

혹은 현대 부부의 애정관계는 서정적 가족주의에 기반하지만 여전히 가사와 육아의 부담이 여성에게만 과도하게 집중되는 현상은 유교적 가족이념의 잔존이라 볼 수 있다. 어린이들 역시 그들의 근대적 지위는 서정주의 가족이념을 토대로 하는 핵가족화로 급속하게 확보되었지만 가족 구성원 누구보다 도구적 가족이념에 강한 지배를 받고 있는 처지이다. 그리고 이는 유교적 이념의 효와 입신양명과 연결되어 있다.[48]

현대 가정의 남성들 역시 여전히 가부장의 권위를 누리고 있지만 이는 도구적 쓰임새, 즉 가정경제를 지탱할 사회적 능력이 있을 때만 보장되는 경향이 갈수록 강해지는 추세이다. 한편 그들은 서정적 공간인 가정 내에서는 인자하고 자상한 아빠·남편이길 요구받는다. 그러나 그들 자신은 이러한 과부하로부터 탈출하고 싶은 욕망이 갈수록 커지는 현실이다.

이렇게 한국의 가족에는 근대 가족의 성격과 한국의 역사가 배태한 고유한 특성이 혼재되어, "전근대와 근대, 탈근대가 공존하는 '비동시성의 동시성'[49]을 보여주고 있다."[50] 현재 한국 사회 현상의 핵심은 휠덜린

48 본고의 가족이념의 유형별 분류는 전적으로 장경섭의 『가족 · 생애 · 정치경제』에 기반하고 있음을 밝힌다.

49 다른 시대에 존재하는 사회적 요소들이 같은 시대에 공존하는 현상을 가리키는 것으로 독일 철학자 에른스트 블로흐가 1930년대 독일 사회를 규정하면서 쓴 용어다. 그는 "모든 사람들이 동일한 현재에 존재하는 것은 아니다. 그들은 오늘 보일 수 있다는 사실을 통하여 외형적으로만 동일한 현재에 존재할 뿐이다"라고 말했다. 비동시성의 동시성의 예를 한국에서 찾자면 세계 최고의 과학적 기술력과 경제적 효율성을 자랑하는 삼성전자가 전근대적인 세습을 통해 경영권을 유지하는 현상을 생각하면 쉽게 이해할 수 있다. 또한 그런 부정의한 재벌가의 세습양상에 별다른 이의를 제기하지 않는 사회구성원들의 반응도 같은 맥락에서 이해할 수 있다. 고도의 경쟁사회를 살아가면서도 내부적으로는 파벌, 학벌, 연줄, 서열, 지연 같은 전근대적 요인들에 의존하고 기대하는 현상도 마찬가지이다.

의 말처럼 낡은 가치는 무너지고 새로운 가치는 도래하지 않은 가치관의 폐허, 혹은 모든 것이 다 있으면서 동시에 아무것도 없는[51] 상황이라 볼 수 있다.

---

50 김기봉 외 지음, 앞의 책, 150쪽.

51 박혜경, 「사인화(私人化)된 세계 속에서 여성의 자기 정체성 찾기」, 김경수 편, 『페미니즘 문학비평』, 프레스21, 2000, 44쪽.

제3장_가족서사 분석

제1절 전근대와 근대의 착종

제2절 도구적 가족주의

제3절 가족 정체성의 대안적 제시

/ 제1절 /

전근대와 근대의 착종

최나미의 『엄마의 마흔 번째 생일』, 『걱정쟁이 열세 살』을 중심으로

한국 사회의 가족은 외적으로는 핵가족·우애적 가족(companionate family)[1]이라는 근대의 외양을 하고 있다. 하지만 내적으로는 봉건적 의식구조와 가치관으로 뭉쳐 있어 여전히 구성원들에게 집단 공동체적 의식과 수직적 위계 질서, 획일적 가치관에 기초한 가족 결속을 요구한다. 이러한 형식과 내용의 불일치는 현대 가족 구성원들 간에 갈등과 충돌을 불러오는 주요한 원인 중 하나이다. 따라서 한국 사회의 가족 문제를 논하기 위해서는 유교 이념의 중심 사상—특히 가부장제 이데올로기[2]에

1 근대 가족은 아동 지위의 향상, 자애롭고 집중적인 모성의 창안, 가족을 단위로 한 사생활의 발견, 가정 중심성 등을 통하여 애정과 친밀성의 측면에서 독특한 중요성을 가진 우애적 가족으로 인식되어 왔다. 이재경, 『가족의 이름으로』, 도서출판 또 하나의 문화, 2003, 13쪽.

2 가부장제 가족 형태는 동·서양을 막론하고 가족 이데올로기를 형성하는 중심에 자리한다. 서구의 가부장제에서도 가부장권의 절대적인 권위를 인정하고 있다. 서구 가족 개념에서도 명백한 것은 남성, 특히 가장의 나머지 성원에 대한 지배의 관념이다. 이런 관점에서 본다면 가족은 가장의 권위와 권력을 전제로 한 불평등한 제도였다. 궁극적으로 가부장제란 가부장의 권위를 극대화하고, 가부장을 제외한 남성과 모든 여성에 대한 가부장의 지배를 의미하는 것이었다. 물론 시민사회는 계약을 통해 등장했기 때문에 표면적으로 계약과 가부장제는 완전히 상반되는 것처럼 보인다. 그 이유는 '가부장제'를 '아버지의 지배'로만 해석했기 때문이다. 아버지의 권리는 가부장제를 이루는 가부장적 권력의 한 차원일 뿐, 가부장적 권력은 아버지로서의 남성 권력이 그가 한 여성(아내)에 대한 한 남성(남편)의 가부장적 권리를 행사한 이후에 도래한다는 것을 간과한 데서 온 착오이다. 그렇다고 하더라도 서구의 가부장제와 한국 사회의 가부장제가 그 출발과 전개 과정에서 엄청난 차이를 가지는 것은 주지의 사실이다. 이금란, 「박경리 소설에 나타난 가족 이데올로기 연구」, 숭실대 박사학위논문, 2006, 7~10 참조.

대한 천착부터 있어야 한다.

『엄마의 마흔 번째 생일』과 『걱정쟁이 열세 살』은 유교적 가부장제 이데올로기가 현대의 가정에서 어떤 방식으로 작동하고 가족 구성원을 억압하는지를 서사화하고 있다. 특히 이들 작품 속의 여성들은 남성적 타자들과의 관계를 통해 여성으로서의 삶의 정체성을 모색하려는 태도가 삶을 바라보는 하나의 기본적인 인식틀을 형성하고 있다.

1. 유교적 가부장제의 빛과 그림자

『엄마의 마흔 번째 생일』과 『걱정쟁이 열세 살』에 등장하는 아버지들은 모두 삼대독자이다. 유교적 가부장제는 기본적으로 가부장을 중심으로 가족 질서가 재편되기 때문에 이들 아버지들은 가부장제의 정점이자 체현자로서의 위치를 지닌다.

하지만 두 서사에 나타나는 아버지들의 삶의 가치와 방향은 정반대의 양상을 보이는데, 『엄마의 마흔 번째 생일』의 가영이 아빠는 유교적 가부장제에 깊이 침윤되어 가족을 억압하는 모습을 보인 반면 『걱정쟁이 열세 살』의 상우아빠는 말없이 가족을 떠남으로써 가부장의 처지를 반어적으로 증명한다.

먼저 『엄마의 마흔 번째 생일』의 가영이 아빠의 경우이다. 서사는 치매 증상을 보이는 할머니를 두고 '하필 이 때' 직장에 나가겠다고 선언을 한 엄마와 아빠의 갈등으로 시작한다. 가부장 질서의 중심 인물인 아빠는 자꾸만 이상 행동을 보이는 할머니가 치매가 아닐까 염려하는 엄마에게 "말도 안 되는 소리 집어치워! 우리 엄마를 어떻게 보고 하는 소리야!"(30쪽) 하며 벌컥 화를 낸다. 노쇠하고 병든 현실의 어머니를 인정하지 못하는 이러한 유아적 태도에는 자기 희생과 사랑으로 승화된 어머니에 대한 환상[3]만 가득할 뿐, 현실의 어머니를 직시하지 못하고 부정하는 퇴행적 심리가 깃들어 있다.

① "정신이 있어? 어머니가 저렇게 아픈데 직장에 나가겠다니……."
아빠는 어이없다는 듯 엄마한테 말했다. (33쪽)

② "오호라, 병 수발하는 게 싫어서 그런 건 아니고?" (33쪽)

③ "벌써 계획까지? 며느리가 버젓이 있는데 왜 누님들까지 와야 하는데?" (34쪽)

④ "당신 마음대로 해! 앞으로 엄마한테 무슨 일만 있어 봐, 그건 다 당신 책임이야." (35쪽)

자신의 일을 찾아 화실에 출근하겠다는 아내와 첫 말다툼을 벌이는 부분에서 인용한 것들이다. 병든 어머니를 돌보는 것은 당연히 아내의 몫이라는 의심의 여지가 없는 확신에 찬 발언이, 굽히지 않는 아내의 의지 앞에 얄밉게 비꼬는 태도로 변했다가 다시 한 번 며느리의 관습적 윤리를 제시하고 있다. 마지막에는 협박에 가까운 발언을 하는데 이를 통해 유교적 가부장의 지배적 인식을 엿볼 수 있다.

조선조 이래로 한국 사회를 지배해 온 뿌리 깊은 지배 이념은 유교였다. 유교 사상은 한국 사회를 주도적으로 규율해 왔고 국가의 제반 운영에서부터 가족 생활에 이르기까지 깊게 자리 잡아 왔다. 이는 근대로 접

---

3 특히 한국 근현대사에서 어머니는 '자기희생'의 상징이자 실체가 되었다. 전쟁 중 수많은 어머니들이 자식을 품에 감싸 안은 채 죽어갔다. 전쟁 중은 말할 것도 없고 전후 굶주림이 닥쳤을 때에도 어머니들은 자기희생의 길로 나섰고, 이런 자기희생은 지금까지도 계속되고 있다. 이런 어머니들의 희생은 모성신화와 결합하여, '어머니'에 대한 어떤 비판도 용납하지 않으면서 동시에 그 이름을 떠올리는 것만으로도 눈물짓는 한국인 특유의 정서를 형성시켰다. 강준만, 『어머니 수난사』, 인물과사상사, 2009, 7~8쪽 참조.
하지만 어머니로서의 여성에 대해서는 찬양과 존경과 감사를 바쳐가며 성역화하는 반면, 인간으로서의 여성은 무시하고 차별하는 게 또 실제 현실이다. 그래서 가영이 아빠가 보이는 모습도 어머니에 대한 효의 실천은 정작 자기의 아내에게 떠넘기는 리모콘 효도일 뿐이다.

어든 이후 지금까지도 가정의 예(禮)와 윤리로 변함없는 지위를 점하고 있고, 가부장제 이데올로기를 체현하고 유지·실행하는 주체도 역시 집안의 남편이자 아버지이자 아들이기도 한 가부장들이다. 가정 내에서 가장 지배적 위치를 차지하는 이들은 부계혈통주의를 고수하며 가족 구성원의 개별성이나 자아 실현에 대한 존중보다는, 연령과 성별에 따른 서열주의와 가족에 대한 헌신을 가장 중요한 가치로 강조한다. 자신에게 집중된 권력을 바탕으로 가족을 지배하기에 구성원 간의 평등하지 않은 관계, 남성이 여성을·지배하는 구조 등은 이들에게는 큰 문제가 되지 않는다.

이러한 가부장제 질서는 서사 안에서 가희의 입을 빌려 "남자란 동물이 원래 다 그런 거야. 지금껏 모든 게 남자 중심으로 이루어졌으니까 자기들이 왕자인 줄 아는 거지. 우리 집만 봐도 그렇잖아. 남자라고는 아빠뿐인데도 모든 게 다 아빠 중심이고."(174쪽)라고 쉽게 설명되기도 한다. 유교적 가부장제는 가족이 나누는 우애적 사랑을 남성의 핏줄을 중심으로 폐쇄적으로 작동시키는 것이다.

그래서 가부장제는 현대 사회에서 특히 민주적인 의사 소통을 가로막는 장애 요인이 되는데 가영이 아빠가 가족들을 대하는 태도에서 분명히 드러난다.

① "가희 아빠, 냉정하게 어머님을 좀 보라고. 예전과 너무 다……."

"그만하라고 했지?" (30쪽)

② 단 한 사람, 아빠는 처음부터 엄마 말을 무시했다.

아빠는 주말마다 운동 간다며 집을 나섰다. 그때마다 엄마는 당번이라고 소리쳤지만 아빠는 못 들은 척했다. (41쪽)

③ "내가 분명히 말하는데 당신 화실이고 뭐고 내일 당장 집어 치워." (144쪽)

④ "(……) 내 말이 말 같지 않으면 당장 내 집에서 나가!" (159쪽)

어려서부터 커뮤니케이션이 아니라 일방통행으로 전달되는 말을 '듣기만' 하고 자란 아이들은 '말하는' 법을 배우지 못한다. 아버지로부터 꾸중을 들을 때 아이들이 잘했든 잘못했든 의사 표현을 하려고 하면, 아버지는 그 말을 바로 '가로막아' 버린다. 바흐친(Mikhail M. Bakhtin)에 따르면 이것은 상대방(아이)의 말을 앞질러 차단하는 '독백'이다. 아이가 듣는 입장에만 있는 독백에서는 지배와 복종의 관계가 생겨난다. 이러한 '상명하달(上命下達)'식 커뮤니케이션의 구조에서는, 말하는 사람이 스스로 듣는 사람이 되어 자기 말을 듣는 사람과 '대화'하는 경우란 있을 수 없다.[4]

하물며 위에서 본 인용구들은 아버지가 딸에게 한 것이 아니라 남편이 아내에게 한 말들이다. 일방적 지시와 명령만 있을 뿐 성인들 간의 동등한 논쟁과 합의는 전혀 찾아볼 수 없다. 이렇듯 가부장적 질서가 아무리 완강하게 버티고 있다고 할지라도 시대의 변화와 흐름은 누구도 무시할 수는 없는 것이다. 그래서 가영이 아빠에게서는 이중적인 태도가 드러나는데 두 가지 양상으로 나타난다.

첫째는 자신의 뜻을 관철시키기 위해 가족회의라는 민주적 제도를 도입하는 부분이다. 하지만 "이게 무슨 가족회의야? 아빠도 할머니랑 못 자면서 우리더러 자라고 강요하는 거잖아."(15쪽)라는 가희 말에서 드러나듯 그 뻔한 속내를 들키고 만다.

둘째는 같은 여성임에도 불구하고 딸들에게는 자신의 아내와는 전혀 다른 가치체계를 적용하는 것이다. 아내는 집안(家)에 종속된 위치로 보

4 '듣다'라는 라틴어 oboedire는 영어에서 '복종한다'는 뜻의 obey로 바뀐 것이다. 바로 '듣는다'는 것은 '복종한다'는 것과 같은 뜻이다. 우리가 일상에서 아이들에게 하는 말 '말 좀 들어라'를 떠올리면 쉽게 이해할 수 있다. 이득재, 『가족주의는 야만이다』, 소나무, 2001, 45~46쪽.

고 딸들은 근대의 개별적 주체로 보는 식이다.

아빠는 나를 돌아보며 눈을 찡긋했다.

"즈이 엄마는 여자애가 설치고 다닌다며 끔찍해하지만 어디 요즘이 옛날과 같나요? 저는 우리 딸이 여자답다, 여성스럽다, 뭐 그런 말 듣는 거 별로 안 좋더라고요. 씩씩한 여자, 근사하잖아요? (중략)" (43쪽)

운동을 좋아한다는 공통점을 기반으로 하는 아빠와 가영이의 친연성은 가영이가 여성으로서의 자아정체성에 대한 자신만의 인식을 확립하기 전까지 꽤나 공고하다. 가영이는 아빠가 불쌍하다는 말을 거듭 반복하며 아빠의 입장에 바짝 다가서 있고, 그래서 엄마가 일을 그만두고 집안일에만 전념하기를 바란다고 직접 엄마에게 항의를 하기도 한다.

하지만 아빠의 이런 호언장담은 금세 그 한계를 드러내고 만다. 축구를 잘하는 가영이를 퍽이나 자랑스러워했지만, 가영이가 단지 여자라는 이유로 축구팀에서 빠지게 되고 그에 대한 어떤 합당한 설명이나 합의가 없었음에도 불구하고 아빠는 가영이에게 무조건 그 결정을 따르라고 압박을 가하는 것이다.

"너, 그 축구 시합 나가지 않았으면 좋겠어. 아니, 나가지 마! 선생님하고도 얘기 끝났으니까. 알았지?"

"아빠, 하지만 나는……."

"오늘 너희 반에서 너 때문에 여자 남자 편까지 갈라서 싸웠다며? 선생님이 화해를 시켰는데도 거절하고……."

"그건 나더러 시합에 못 나가는 사실을 인정하라는 말이잖아. 여자니까 나가지 말라면서 무조건 화해만 하라는 게 싫었어."

"가영이, 너 잘 들어. 아빠가 원하는 건 씩씩한 딸이지, 자기만 아는 드센 딸이 아니야. 너는 언니가 억지 부릴 때도 알아서 양보하는 애였잖아. 그런데 그건 왜 못해? 네가 축구 잘하는 건 인정해. 하지만 너 때문에 시합을 할 수 없다면 당연히 네가 알아서 빠져야 하는 거지. 아빠 말 알겠어?" (145쪽)

가영이가 아빠에게 느끼는 감정의 실체는 '무조건'이라는 한마디로 정리되어 있다. 이 단어는 모든 합리적이고 객관적인 의견 표명과 입장의 차이를 묵살할 수 있는 한마디다. '무조건'이라는 위압적 단어는 강자의 언어이고 절대 권력자의 언어이다. 가영이는 그 일방적 결정이 화가 나 남자 아이와 싸우게 되었는데, 아빠는 아빠 말이니 무조건 들으라고만 한다. 마치 엄마에게 "당신만 참으면 온 집안이 편안하잖아"라고 말했던 것처럼.[5] 이러한 가부장적 인식은 너무도 오랜 학습에 의한 것이고 그래서 교양이나 교육 수준과도 상관이 없고 시대의 변화와도 무관한 채로 유지되어 왔다. 그래서 정작 가부장들 스스로도 자신의 폭력성을 자각하지 못한 채[6] 이제는 아버지가 아는 윤리의식 혹은 수천 년 동안 고수해 온 여성 억압의 한 전형으로 사회상 속에 남아 있다.

가영이는 그래서 '무조건' 이 한마디에서 지금까지 알고 있었던 아빠와 다른 아빠의 모습을 발견하고 실망하지만, 이 아빠에게는 그래도 든든한 뒷심이 되어 줄 절대 불변하는 사실이 있다. 그래서 아내에게 소리친다.

"(중략) 그리고 분명하게 말하겠는데 아이들은 장씨 핏줄의 내 딸들이라고. 장가희, 장가영."

---

5 가영이의 담임선생님도 "이번 일만 네가 양보하면 다 좋잖아."(132쪽)라며 가영이에게 화해할 것을 종용한다. 그리고 결국 아빠와 선생님이라는 두 성인 남자는 가영이의 축구부 탈퇴를 둘의 전화 통화만으로 결정하고 만다.

6 정혜경, 「한국 현대소설에 나타난 여성정체성의 변모과정연구」, 『문창어문논집』, 45권, 2008, 7쪽.

그때였다. 일그러질 대로 일그러진 엄마 얼굴에 희미하게 웃음이 보였다.

"그래, 그러네. 장씨 핏줄의 장가희하고 장가영. 그런데 미안하지만, 얘들도 다 여자야. 나도 결혼 전에는 그 성이 굉장히 의미 있는 줄 알았지. 그게 별 필요 없다는 걸 깨닫게 해 준 사람이 바로 당신이잖아. 결혼 전에 있던 내 성이 지금 무슨 의미가 있어? 결혼하고 나면 자식한테 물려줄 수도 없는 성인걸"

아빠는 엄마가 이죽거린다고 생각한 모양이었다. 나와 눈이 마주친 것은 그때쯤이었다. 아빠는 엄마 손을 잡아채 억지로 끌어내기 시작했다. (161쪽)

'가'라는 조직을 상징하는 표상은 성(姓)이며, 성은 백세불변(百世不變)이다. 유교적 가부장제는 부계의 혈통만을 인정하며 '가'의 표상인 성으로 그 혈통으로서의 정통성을 인정받고 이어가는 제도이다.

그러나 혈연의 결속을 강조하고 부계 혈통의 계승을 목적으로 아들 낳아 대 잇기를 중요 과제로 두는 가부장 제도에는 근본적인 한계가 하나 있다. 아들 낳기의 대과업은 혼인이라는 제도를 필수적인 것으로 하는데, 혼인은 한 집안에 다른 성(姓), 다른 문화를 영입하는 제도적 장치라는 점이다. 동질성을 강조하기 위해 이질성을 받아들이지 않을 수 없는 이런 아이러니[7]의 해결은 여성이 남성에 흡수 동화되는 방식으로 이루어졌고 이는 결국 차별적인 원리가 되었다.

성(姓)은 한 사람의 혈통을 나타내는 역사적 기호이고, 이름은 한 사람의 개별성과 정체성을 나타내는 상징적인 기호이다. 여성들은 결혼을 하면서 이러한 자기 자신에 대한 표식을 잃게 되는데 이는 결혼으로 인해 개성을 가진 주체로서의 삶을 상실하고 남편 혈통의 소속원임을 드러내는 사회적 선고인 것이다.

가영이의 아빠는 아내의 발언을 통해 자신의 딸들도 결국 가부장제

---

7 김세서리아, 「유교적 가족서사로서의 친친에 대한 비판적 성찰」, 『인간연구』, no.17, 2009.7.31, 48쪽.

이데올로기의 틀에 포섭될 수밖에 없음을 깨닫는다. 가부장에게 중요한 것은 구축된 자기 세계의 법칙을 동일하게 지속시키는 것이고, 이를 위해서는 동일성을 교란하는 타자를 배제해야 한다. 그런데 배제해야 할 타자가 아내와 딸이라는 사실 앞에 내적 혼란에 휩싸이고 만다.

결국 가영이의 아빠는 아내에게는 가부장제 이데올로기를, 딸에게는 현대 제도 교육의 이념인 주체로서의 개인이라는 관념을 적용하다가 그 사이에서 길을 잃어버리고 만다. 가족 공동체가 유지되기 위해서는 지배 질서에 대한 가족 구성원들의 적극적인 동참이 있어야 한다. 그렇지 않을 경우, 가부장권은 제대로 행사될 수 없으며 가부장제적 가족은 와해되는 운명에 처하게 된[8]다는 사실을 『엄마의 마흔 번째 생일』에서 볼 수 있다. 한국 가족 제도의 공고한 특징 중 하나는 유교적 가부장제라는 전통 윤리 속에 근대 사회의 시민들 개개인이 발을 담그고 있다는 점인데, 이는 이미 그 자체로 내적 모순을 배태하고 있는 것이다.

『걱정쟁이 열세 살』의 아버지는 전혀 다른 방식으로 자신의 존재를 드러내는데, 부재하지만 괄호치기(비록 보이지 않지만 어딘가에 존재함을 상정하는) 형식으로 이야기된다. 상우의 아버지가 왜 아무 말도 없이—상우에게는 출장을 간다고 했지만 사실이 아닌 것이 분명한—행선지도 밝히지 않은 채 사라졌는지 그 이유는 서사에서는 확정되지 않는다. 단지 떠나기 얼마 전 바닷가에서 들려준 이야기가 상우의 회상으로 제시될 뿐이다. '바다는 밤에 봐야 제대로 보이는 거고, 그 때 비로소 세상이 얼마나 넓은지 잘 알게 된다는. 아빠의 어렸을 때 꿈은 저 군청색 바다에서 커다란 배를 몰고 세상으로 나가는 거였'(19쪽)다는 말이다.

가영이의 아빠와 마찬가지로 삼대독자인 상우의 아빠는 본가(本家)와도 연락을 끊은 상태이다. 가족과 함께 살 때도 엄마와 자주 다퉜고 엄

8 이금란, 앞의 논문, 114쪽.

마의 눈물이 지겨워 집을 나갔을 거라고 자식들이 추측해 보는, 행복하지 않았던 이 아빠의 가출(家出)은 도피인지, 탈주[9]인지 확정할 근거는 없다. 하지만 "가부장제의 억압은 더 이상 여성만의 억압이 아니라 가장이나 장자인 남성도 희생양으로 삼고 있다는 점은 유추할 수 있다. 가부장제의 존립 이유가 기득권적 제도의 유지이지 인간의 존엄성이나 자유에 대한 존중이 아니기 때문이다."[10]

한편, 아동에게 아버지는 한 가족의 가장인 동시에 아동이 바깥 세계와 소통하는 사회화의 창구 역할을 한다. 그러므로 아동은 아버지를 통해 세계와의 존재 질서를 배우고 상징적인 아버지의 질서를 터득함으로써 규범의 대상이 된다[11]는 점에서 아버지의 부재는 상우의 정상성 집착의 가장 큰 원인으로 작용한다.

2. 여성, 타자에서 주체로

최나미의 작품은 '여성' 주체들의 자아 정체성 찾기 과정을 '가족서사'의 형식을 통해 드러내고 있다는 점에 의의가 있다. 가족 내 부부 관

---

9 탈주는 도피와는 다르다. 탈주는 들뢰즈와 가타리의 논의에서 사용되는 개념이다. 그들에 따르면, 욕망은 일차적으로 신체에 작용하여 물질적인 흐름과 절단을 생산하여 신체의 각 기관을 작동시키는 힘이다. 또한 이러한 신체는 흐름과 생산을 절단하고 접속과 채취를 행하는 욕망하는 수많은 기계로 이루어져 있어서 기계적으로 작동한다. 여기서 욕망은 틀 지워진 제도 속에서 다양한 출구를 찾아 나서는 선들로 작동되며 이러한 것을 지칭하기 위해서 '욕망하는 기계'(machine desirant)라는 개념을 사용한다. 즉 이러한 '욕망하는 기계'는 특정한 모델에 따라 움직이는 것이 아니라 분열적인 과정을 따라 움직인다. 더욱이 여기서 욕망은 프로이트나 라캉이 말하는 결여로서의 욕망이 아니라 생산하는 욕망을 제기한다. 사실 탈주 개념은 가타리에게서는 횡단성 개념 위에서 각 개인 및 집단이 자기 책임(아우토노미아) 하에 새로운 것을 구성해 나가기 위한 시도를 나타낸다. 아나키즘적 분출로서의 탈주라기보다는 새로운 집단성을 구축해 나가는 것을 강조한다. 따라서 탈주는 항상 탈주선(도주선)(ligne de fuite)을 타고 가며 되기(생성)를 동반한다.

10 김미현, 「가족이데올로기의 종언」, 『여성문학연구』, no.13, 146쪽.

11 최윤정, 「1920~30년대 한국 아동문학의 가족모티프 연구」, 건국대학교 박사학위논문, 2012, 13쪽.

계 · 고부 관계 · 자녀 교육을 둘러싼 '엄마 노릇', 여성의 일과 가정의 갈등 등 '가족' 문제를 중심으로 현대 가족의 여성을 탐색하고 있다.[12]

『엄마의 마흔 번째 생일』과 『걱정쟁이 열세 살』에 등장하는 엄마들은 공통적으로 한국의 전통적 여성성이라 할 희생과 헌신의 모성성으로서의 표상을 보이지 않는다. 대신 그녀들은 각성된 주체로서의 모성을 보임으로써 자식들의 성장을 이끌어내고 억압적 관계를 벗어난 협상의 관계를 시도함으로써 가족 관계의 새로운 일면을 일깨운다. 그녀들은 가인(家人)의 상태를 벗어나 개인(個人)으로 탄생하고, 또한 '복종하는 주체'가 아닌 '의식하는 주체'로서 살아가게 된다. 그럼으로써 두 서사의 엄마들은 자신을 위한 무언가를 할 때 죄책감을 느낀다는 모성 이타주의(maternal altruism)를 재고하는 효과를 거둔다.

『엄마의 마흔 번째 생일』은 지금까지도 한국의 가족이나 사회 내에서 여전히 작동하는 일종의 '사회적 무의식'인 유교적 가부장 이데올로기에 대해 문제를 제기하고 있다. 가부장제는 남성 가장에게 권력이 집중되므로 다른 가족 구성원들, 특히 여성들은 극심한 소외를 겪기 마련이다. 여성들은 가족 내에서 며느리 – 아내 – 어머니라는 세 층위의 지위를 부여받는데, 이러한 차별과 소외의 문제는 각 층위마다 형태와 내용을 달리해가며 나타난다.

『엄마의 마흔 번째 생일』의 화자인 가영이의 엄마, 윤서영도 마찬가지이다. 본고에서는 며느리 – 아내 – 엄마라는 세 가지의 층위 중 며느리와 엄마의 지위와 역할에서 발생하는 갈등이 주로 논의가 된다. 그 이유는 '아내'로서의 모습은 당연히 남편과의 관계에서 발생하는데 본 서사에서는 그 부분이 전면에 나서지 않기 때문이다. 그 까닭은 두 가지로 볼 수 있는데 첫째는, 아동문학의 가족서사가 아동을 대상으로 하는 만큼

12 권명아, 「자기 상실의 '근대사'와 여성들의 자아찾기」, 김경수 편, 『페미니즘 문학비평』, 프레스21, 2000, 82쪽.

부부간 서사보다는 주로 부모-자식간, 형제간 관계의 서사를 다루고 있다는 점이다. 둘째는 실제 서사 내에서 가영이 아빠와 가영이 엄마가 부부로서의 친밀한 애정적 관계를 거의 보여주지 않는다는 점이다. 가족에 대한 현대의 이데올로기는 결혼을 서로 사랑하는 남녀 간의 동등한 협력으로 그려내고 있다. 그러나 현대 산업사회의 사회적·정치적·경제적 구조는 아주 드문 경우에만 이러한 평등한 결혼이 가능하다는 사실을 알려준다. 이 같은 불평등은 명백히 불평등한 관계의 기초가 되는 남성과 여성의 의무와 책임의 개념에 의한 가부장적 이데올로기를 기반으로 한다.[13] 『엄마의 마흔 번째 생일』의 가영이 아빠 역시 자신의 아내를 개별적 주체가 아닌 며느리, 아이들의 엄마라는 가족의 종적 질서의 한 고리로 주로 인식하고 있다는 측면과 일맥상통한다고 볼 수 있다.

가영이 엄마인 윤서영의 정체성은 유교적 가부장제 하의 며느리로, 그리고 근대 가족의 가부장제로부터 기인하는 모성애적 측면에서 규정된다. 먼저, 며느리의 위치와 의무에서 발생하는 갈등을 보면 가영이 엄마, 윤서영이 가장 먼저 부딪치게 되는 문제는 '효(孝) 이데올로기'다. 표면적인 갈등의 촉발은 그녀가 일(직업)을 하겠다고 나서는 것처럼 보이지만 진짜 문제는 '하필 지금' 일을 하겠다는 것이다. '하필 지금'이 가리키는 바는 시어머니가 와병(臥病) 중이라는 것이고 그게 내포하는 의미는 며느리가 병든 시어머니를 두고 일을 시작한다는 것은 불효라는 것이다.

이것은 이데올로기 차원의 문제로 현대에도 여전히 효(孝), 미풍양속(美風良俗)이라는 허울 좋은 '윤리'의 형식으로 여성들의 자유로운 삶을 박탈하고 '생산력'만을 취하려는 가부장제 이데올로기의 기형적 이중성이 드러난다. 사회적 조건들은 크게 달라졌지만 관습은 조건을 뛰어넘는 관성을 갖고 사람들의 삶을 지배하는 법이다.

---

13 다이애너 기튼스, 안호용 외 옮김, 『가족은 없다』, 일신사, 1997, 139쪽.

가영이 엄마가 일을 하겠다는 결심에 어머니가 아프신데 며느리까지 일한다고 나가면 '남들 보기에도 좀 그렇'다는 가영이 고모들의 말에서도 그러한 효를 둘러싼 허위적 체면의식이 엿보인다. 정작 자식들에게는 불효가 두려운 것이 아니라 바로 '도덕 · 인격'의 결여를 의미하는 '불효의 낙인'이 두려운 것이고 사회적 감시의 대상이 되는 것이 염려되는 것이다. 여기서 '효'로 표상되는 이데올로기는 단지 '가부장적 이데올로기'에 그치는 것이 아니라 여성들이 지켜야 할 '도리'이고 여성의 권리를 박탈하는 이데올로기를 정당화하는 기제라는 점에서 봉건적 성격을 내포한다. 동시에 여성을 '권력 없는 생산력 제공자'로 내모는 '합법적 근거'로 작동한다는 점에서 우리 근대화 과정의 이데올로기적 메커니즘을 체현하는 것이다.[14]

그럼에도 '하필 지금'에 대한 가영이 엄마의 대답은 '지금 이때'이다. 그 이유는 시어머니의 마음의 병의 진짜 원인이 단 한 번도 주체적 인간으로서 살아보지 못한 여성적 원한(怨恨)이라는 것을 간파했기 때문이다.

> '우리 어머니는 당신이 뭘 좋아하는지도 모르고 사신 분이더라고. 어렸을 때는 동생들 뒷바라지만 하다, 시집와서 딸만 낳았다고 모진 구박을 받고, 겨우 마흔 다 되어서야 가희 애비 낳고 허리를 폈다잖아. 어머니는 그게 여자 팔자라고 생각하시는 것 같아.' (87쪽)

인용문에서 보듯, 한국의 어머니들은 그들에게 강요된 타자적 삶에 순응함으로써 개성을 잃어버렸고 타자의 욕망을 자기 욕망으로 받아들였다. 그러나 가영이의 엄마는 타자적 욕망을 자신의 욕망으로 동일시하지 않는다. 그녀는 타자적 삶을 거부하고 주체적 삶을 욕망하는데 가영

14 권명아, 앞의 책, 89쪽.

이 엄마를 여성적 주체로 서게 하는 결정적 원인을 유교적 가부장제의 수호자였던 시어머니가 제공하고 있다는 점에서 역설적이다. 하지만 그녀의 결심은 필연적으로 가부장제와 갈등할 수밖에 없고, 가장 먼저 맞닥뜨리게 되는 사람은 남편이다.

"맞아. 어머니 편찮으셔. 그래서 더 내 일을 하고 싶어. 이다음에 어머니처럼 마음의 병으로 지난 일들을 원망하며 살고 싶지 않거든."

엄마는 담담하게 말을 이었다.

"내가 집에 있는다고 어머니 병이 낫는 것도 아니고, 지금이 아니면 그럼 그럴 기회가 없을 것 같아서 그래. 나도 마흔인데……."

마치 오래전부터 생각한 일인 것처럼 엄마는 술술 얘기했다.

"오호라, 병 수발하는 게 싫어서 그런 건 아니고?"

아빠 말투에 저절로 얼굴이 찌푸려졌다. 언니의 얄미운 말투와 하나도 다를 게 없었다.

"어떻게 생각해도 좋은데 어머니 보살피는 일을 꼭 나만 해야 하는건 아니잖아? 가희 고모들한테 내일 전화할 거야. 당번을 정해서 월요일부터 금요일까지 낮에는 고모들이 번갈아 와서 어머니를 보살피면 돼. 저녁부터 밤까지는 지금처럼 내가 할 거니까. 물론, 내가 나가면 예전보다 불편한 점이 있겠지. 그런 건 당신이랑 아이들이 좀 도와주면 되고."

"벌써 계획까지? 며느리가 버젓이 있는데 왜 누님들까지 와야 하는데?"

조금도 흔들리지 않던 엄마 목소리가 그 순간 약간 높아졌다.

"그러지 마. 당신도 딸만 있는 아빠야. 애들이 이다음에 아빠가 누워 있는데도 출가외인이라고 들여다보지 않으면 좋겠어? 누나들도 와서 어머니 상태가 어떤지 알아야 하잖아? 지금부터라도 일주일에 하루쯤 와서 어머니와 시간을 보내야 이다음에 어머니 돌아가시고 나서도 후회 안 하지." (33~34쪽)

위 인용문은 또 다른 측면의 문제를 제기하고 있다. 병간호는 며느리인 가영이 엄마에게 부과된 과제인 까닭에 정작 친딸들은 배제하는 것이다. 아버지 가(家)에서는 뿌리가 뽑히고, 결혼한 가(家)에 새로 뿌리를 내려야 하는 출가외인의 지위에 있는 딸들의 현실을 반영하고 있다. 유교적 삶에 있어서 '가(家)'는 개인에 우선하고 시간을 초월하는 독자적인 조직으로 존재한다. 개인은 '가' 속에서 태어나고 '가' 속에서 생활하다가 '가' 속에서 죽어간다. '가'는 가족에 의해서 구성되는 것이 아니라 가족 이전에 전제되는 것이다. 이 때문에 가족은 '가'라는 조직에 속해 있는 소속원으로 존재한다.[15]

그렇다면 여성은 '가(家)'의 소속원도 가족도 아니다. 여성은 이미 출가외인이 될 사람이기 때문이다. 그녀는 뿌리 뽑힌 채 시댁에 가 아들을 낳아 그를 통해 어머니의 지위를 얻어 겨우 남편 가(家)에 뿌리를 내리고, 삼종지도(三從之道)의 도리를 지키며 그 가(家)의 번영을 위해 자신의 인생을 바치는 것이다. 그것은 혈족(血族)을 무엇보다 강조하는 유교의 피할 수 없는 모순으로, 딸들의 효(孝)를 원천적으로 제한하고 부정해 버린 것이다. 이에 대해 가영이 엄마는 매우 합리적이고 현실적인 대처방안을 내놓으며 부모-딸자식 간의 육친적 관계의 회복을 꾀하고 있다.

유교적 가부장제는 여성들에게 남편과의 갈등 관계만큼이나 심각한 문제적 상황을 발생시키는데, 그것은 시어머니와의 관계이다. 삼대독자인 아들에게 딸자식만 있어 대가 끊길 것을 염려한 시어머니는 며느리인 가영이 엄마에게 아들손자를 낳아야 한다고 꾸준히 강요를 해왔고, 그때마다 가영이 엄마는 화난 표정을 짓다가 금세 어이없는 표정으로 바뀌었다가 못 들은 척도 하고 그만하라고 대들기도 해왔다. 시어머니의 아들에 대한 열망은 가영이와의 대화에서 신랄하게 드러나는데, "엄

15 최봉영, 『주체와 욕망』, 사계절, 2000, 277쪽.

마가 또 딸을 낳으면 엄마를 제대로 구박할 거 아니냐"는 말에, "요년이 말을 해도, 꼭 재수없게……."(27쪽)라고 말하는 대목에서도 여실히 드러난다. 부계에 의한 가문 계승을 위해 며느리는 도구화된다. 그녀에게 요구되는 것은 가부장제에 대한 철저한 희생과 복종이다. 그런데 며느리가 요구에 승복하지 않으니 그 사이가 좋을 리 만무하다. 그럼에도 불구하고 이들에게는 근원적으로 유교적 가부장제의 피해자라는 같은 여성들만의 동류의식이 있다. 가영이 할머니는 치매가 시작된 상황이라 그 속마음을 넋두리로만 늘어놓을 수밖에 없지만 그것만으로도 가영이 엄마에게 결정적 계기를 제공하게 된다.

"(전략) 어머님을 보면 더 그런 생각이 들어. 요즘 심해지시면서 무슨 소리를 하시는 줄 알아? 한평생 맺힌 원망이고 불평이야. 당신 위해서 산 시간이 없으니, 지금 와서 세상 모든 게 다 서럽고 억울하신가 봐. 여자로서 어머니 인생이 자꾸 보이니까 자꾸 내 마음이 이상한 거 있지? 엄마, 나는 누구를 위해서 뭘 참거나 희생하고 싶지 않아. (하략)" (88쪽)

유교적 가부장제는 구성원간의 평등하지 않은 관계, 남성이 여성을 지배하는 구조, 장자에게만 편중된 권리와 의무의 상속 등 내적인 모순에 의해 가족의 해체에 영향을 미치게 된다. 특히 여성-어머니들은 가족 내에서 주체적 존재로 자리하지 못하고 가부장제 이데올로기를 내면화하면서 타자적 존재로 타자 지향적 삶을 살아간다. 시어머니의 발병이 예기치 않게 며느리의 각성을 이끌어낸 것도 같은 이치이다. 가영이 엄마는 이제 자신의 주체적 삶을 위해, 나아가 자신의 딸들의 여성으로서의 더 나은 미래를 위해 나선다. 그녀는 전공을 살려 화실에 출근하면서 미술을 통해 자신의 내면을 표출해내기 시작한다. 그녀가 가영이네 학교의 방과 후 수업 첫 미술 수업에서 하는 "그림이란 보는 그대로 그리는 것보다 자기 생각을 정확하게 표현하는 것이 중요하다"(54쪽)는 말은 그래서 '그림'이라는 말에 '삶'이라는 단어를 대입해 보게 한다.

가영이 엄마는 화실에서 아이들을 지도하면서 다시 자신만의 작업에 열중하는데 그녀가 그린 첫 작품은 '자화상'이다. 과거의 자신, 현재의 자신, 미래의 자신이 화려한 배경 위에 한 화폭에 그려진 자화상은 누구의 엄마도 누구의 부인도 아닌 윤서영이라는 개별적 개인의 재탄생을 알리는 상징으로 작용한다. 그녀는 자화상을 통해 자신만의 일대기(一代記)를 가지고 있는 완전한 개인으로서의 자기 인식과 자기 선포를 이룬다. 그녀는 그렇게 자신을 되찾아가는 과정에서 시어머니의 삶에 대한 깊은 이해와 연민, 합일에 도달하게 되는데 이는 가영이의 시선으로 서술된다.

> 어떤 때는 누워 있는 할머니와 그 곁에서 엎드려 우는 엄마가 내 눈엔 한 사람처럼 보이기도 했다. (157쪽)

> 그날 사진 뒤에 누워 있는 할머니는 엄마한테 시어머니도 아빠의 엄마도 우리 할머니도 아니었다. 엄마는 할머니처럼 늙어갈 엄마 모습을 보고 있었을 것이다. 마흔이면 언니나 나보다 훨씬 할머니 나이에 가까운 거니까. (175쪽)

『엄마의 마흔 번째 생일』에는 가영이 엄마 외에 두 명의 엄마가 더 등장한다. 가영이의 할머니와 외할머니인데, 이 두 분의 어머니들은 매우 다른 삶의 양식을 보여준다. 가희의 판단에 의하면 이렇다.

> "(……) 우리 할머니처럼 무조건 자식들이 보살펴 줘야 한다고 생각하는 사람보다 근사하지 않냐? 노후의 인생도 내 것이다, 나는 자식들한테 폐 끼치지 않고 씩씩하게 살겠다, 확실히 짬미는 내 스타일이야." (78쪽)

이렇게 다른 스타일의 두 할머니가 탄생한 이유는 "딸을 둔 엄마와 아들을 둔 엄마의 사고방식이 달라"(79쪽)서 그렇다고 가희는 해석한다. 사고방식이라는 것을 달리 말하면 이데올로기라고 할 수 있다.

다음으로 살펴볼 지점은 가영이 자매의 엄마로서의 지위와 삶에 드리운 측면이다. 어머니에게는 자연적 존재로서의 어머니—유교적 가부장제 하의 어머니—근대의 발명된 모성애의 어머니라는 세 면모가 중첩되어 있다. 가영이 엄마가 두 딸과 주로 부딪치는 것은 근대 사적 가족의 어머니 자리에서 기인한다. 유교적 가부장제가 가하는 억압은 전면에 두드러지지 않는데, 이는 가영이 엄마 자체가 유교적 가부장제에 대해 각성한 인물로 그려지는 이유도 있고 또한 서사에 아들(장자)이 등장하지 않기 때문이기도 하다.

엄마가 일을 시작한 데 대한 가영이와 가희의 반응은 다르게 나타난다. 중학 3학년인 가희는 "엄마만 딱 떼어 놓고 생각해 보"라며 "우리 엄마도 드디어 마흔이 되었잖아. 엄마한테도 시간이란 게 있어. 더 늦으면 엄마가 뭘 할 수 있겠어?"라며 엄마의 결심을 동생인 가영이에게 설명해 주는 의젓함을 보인다. 다만 말 끝에 "엄마가 일 나간다고 내 도시락 안 싸 주면 어떻게 하지? 다시 학교 급식 먹으라고 하지는 않겠지?" 하며 그 여파가 자신에게 미칠까 염려를 하는데 이는 시간이 지나며 현실로 나타난다.

"엄마는 엄마 하고 싶은 대로 다 하잖아?"

(중략)

"그러니까 치맛단 꿰매 주고, 제때에 속옷 사다 주고, 급식비 날짜에 딱딱 맞춰 내면 되는 거지? 그게 열여섯 살짜리 딸을 둔 엄마가 할 일이란 말이지?"

엄마는 냉랭한 목소리로 물었다.

"내가 언제 그렇다고 했어? 내 일 때문만은 아냐. 요즘 우리 집에 제대로 돌

아가는 일이 있어? 우리 집에서 좋은 건 엄마뿐이잖아." (103~105쪽)

그런 생각은 가영이도 다르지 않아서 가영이도 "집이 시끄러울 때마다 엄마가 원망스럽"(25쪽)고 "정말 정이 떨어질 정도로 싫다"고 한다. 그 밑바탕에 깔린 생각은 이렇게 진술된다.

"엄마 일도 중요하지만 엄마한테 가장 중요한 건 우리 집 아냐? 엄마가 일 나간 다음부터는 우리 집이 엉망이잖아. 나는 고모들이 오는 것도 싫어. 예전처럼 엄마가 집안일을 다 하는 게 좋단 말이야. 나도 엄마가 일 하는 거 찬성이야. 하지만 엄마가 제일 중요한 걸 잊어버리는 것 같아서 그래." (63쪽)

물론 가영이가 말하는 엄마가 잊어버린 중요한 것은 '우리 집'이라는 한마디로 집약되는 '가족이라는 총체'이다. 생명을 잉태하고 낳고 기르는 어머니의 모성은 자연스러운 것이고 인류의 원천적 감정의 일부라고 할 수 있지만, 근대에 접어들어 가족이라는 사적 공간에 여성이 유폐되면서 모성애라는 이름으로 오로지 여성에게만 가정의 일이 일임(一任)되는 것은 엄연히 다른 차원의 문제이다. 근대의 가정은 공적인 사회와 이분법적으로 분리되면서 가정이라는 이름이 상징하는 친밀함과 안락함이라는 유토피아적 정서의 기능까지 도맡고 있는 형국이다. 여성들은 공식적인 노동시장에 편입 여부와 관계없이 언제나 남성들이 사회로부터 도피할 수 있는 필수적 요소들을 제공해야 한다. 따라서 여성들에게 가족가구는 결코 노동과 사회로부터 도피처가 될 수 없다.[16] 오히려 가족가구는 여성들에게는 일의 세계 바로 그 자체이다. 가영이 엄마에게 '우리 집'이란 아내이면서 며느리이고 어머니인 자신의 역할은 결국 모두

16 다이애너 기튼스, 앞의 책. 241쪽.

집안일이다.

가부장제는 이렇게 어머니의 노동을 오직 가정을 지키기 위한 것으로 간주하게 함으로써 여성의 노동을 사적인 영역인 가정에 귀속시키려는 경향을 보인다. 이는 결국 여성의 노동을 생산적인 노동이 아니라 재생산의 노동에 고정시키는 결과를 낳는다. 게다가 현대 사회는 남/녀, 공/사의 영역을 허물며 처음에는 직업을 가지려는 여성의 소망을 정당한 것으로 인정하지만 뒤이어 어머니들에게만 특수한 경기 규칙을 덧붙이는 식[17]으로 이중부담을 지운다. 그것은 직업을 가지는 것은 좋지만 육아(양육)와 집안일에 방해되어서는 안 된다는 것이다. 아빠는 자기 일을 잘 할수록 '아빠'가 되어 가지만, 엄마가 자기 일을 시작하면 그건 이미 엄마가 아니다. 결국 공적인 것과 사적인 것, 노동과 가족의 분리는 남성들에게 사회적으로나 정치적으로 훨씬 더 큰 가치를 부여하는 가부장적 개념을 강화하는 인위적이며 이데올로기적인 분리이다.[18]

역사적으로 볼 때 남성 생계 부양자와 여성 전업 주부로 이루어진 이러한 가족 형태는 근대 중산층에게서나 발견되는 특별한 가족 형태이다. 그러나 역사적으로 예외인 이 가족 형태에서 '바람직한 모성상'이 출현했으며, 시간이 지나면서 모든 계층에 영향력을 떨치며 여성을 구속하는 억압적인 이데올로기로 자리잡게 된 것이다.[19] 여자는 여성이 되는 자질로서 다른 사람을 '돌보도록' 기대되었고, 가부장제는 결코 남자에게는 기대한 적이 없는 방식으로 사심 없는 봉사와 다른 사람에 대한 보호라는 관념을 여성 속에 불어넣었다.[20]

가족과 동일시되는 사람, 그리고 가족의 안녕·통합·행복 등에 대해 기본 책임이 있는 사람은 절대적으로 여성들이며, 그러한 목표 달성의

---

17 엘리자베트 벡 게른스하임, 이재원 옮김, 『모성애의 발명』, 알마, 2014, 30쪽.
18 다이애너 기튼스, 앞의 책, 242쪽.
19 김보성 외 지음, 『엄마의 탄생』, 오월의 봄, 2014, 26쪽.
20 다이애너 기튼스, 앞의 책, 158쪽.

실패는 전적으로 여성의 문제이고 여성의 잘못—여성의 죄—이라고 간주되[21]는 사회적 통념이 두 딸들에게서 차례로 발언된다. 게다가 한국 사회에 여전히 막강한 영향력으로 남아 있는 유교적 가부장제까지 결합되어 있는 게 지금 가영이 엄마가 처한 상황이다.

이런 상황에 여성이 바깥으로 일을 찾아나간다는 것은 가영이 말대로 '일을 하는 건 좋지만 가장 중요한 건 가족'이라는 식의 이중부담으로 다가올 뿐이다. 가영이 엄마는 일을 해서 그것을 덜어내는 것이 아니라 모두 감내하겠다는 입장을 보인다. 남성 위주의 가부장적 이데올로기는 사실상 아버지의 문제가 아니라 결국 어머니의 문제로 귀결되[22]는 것이다. 여성의 삶에 중층적인 복합적 갈등 상황이 전면적으로 떠오르게 된 것은 이렇게 공적 영역/사적 영역의 이원적 대립이 보다 뚜렷이 부각되는 국면에서이다. 이때 사적 영역에서 여전히 주도적인 가치는 가족과 모성의 이념이다. 즉 한국 근대 여성의 삶을 보다 심층적으로 지배하는 것은 대표적으로 '가족 이데올로기'와 '모성 이데올로기'이다. 이 이데올로기들은 아마 지구상의 거의 모든 여성들에게 보편적으로 적용되겠지만, 특히 동아시아 한국 여성의 삶에서 더욱 심각한 갈등의 요인으로 등장하는 이유는 그 저변에 전근대적인 가치관의 전형인 유교적 가부장제 이데올로기가 권력의 한 축으로 작동하고 있기 때문이다. 게다가 세대 간의 갈등이 빚어지게 되는 것도 근대라는 동일한 가치관 속에서의 차이 때문이 아니라, 전근대적 가치관과 근대적 가치관의 전면적인 충돌에서 빚어진다.[23]

『엄마의 마흔 번째 생일』에서의 가정이라는 공간은 가부장제 이데올로기가 철두철미하게 관철되고 재생산되는 제도적 기구로서의 의미를

---

21 다이애너 기튼스, 위의 책, 240쪽.

22 윤소희, 「한국 아동문학의 가족서사 연구」, 중앙대학교 박사학위논문, 2010, 37쪽.

23 연효숙, 「한국 근(현)대 여성의 갈등 경험과 여성 주체성의 미학—가족과 모성의 서사에서 여성의 언어로」, 『한국여성철학』, 창간호, 2001, 142~143쪽.

갖는다. 가족 속에 매몰된 '개인'을 의식하기 시작했다는 것은 '억압적 기제'로 작동하고 있는 가부장제 이데올로기에 대한 인식을 의미한다. 어머니와 딸들은 가부장제 이데올로기 속에 억압당해 온 여성을, 개인을 복원[24]하고자 한다. 이러한 일련의 과정을 거치며 여성 인물들이 도달하는 여성성, 혹은 여성적 정체성에 대한 보다 적극적인 인식은 궁극적으로 남성 중심적인 욕망이 지배하는 삶의 현실에 대한 주요한 반성의 기제로서 의미화될 수 있다.[25]

『걱정쟁이 열세 살』의 상우 엄마는 모성적 이미지를 벗은 엄마는 엄마답지 못하다는 관념을 흔들어준다. 그녀는 엄숙하거나 규범적이지 않고 마냥 희생적이지도 않다. 그럼으로써 신성화된 혹은 정형화된 어머니를 지우고 현실적 '사람인 엄마'의 모습을 그려내고 있다. 엄마의 역할에 대한 고정관념과 모성에 대한 환상은 모성의 주체인 엄마를 고통스럽게 하고, 아이 또한 엄마를 주체적으로 바라보지 못하게 한다는 점에서 이런 시도는 의미가 있다. 그러나 상우는 그런 엄마가 비정상이라는 생각에 괴롭기만 하다. 상우가 엄마가 비정상이라고 생각하는 이유들은 아래와 같은 것이다.

① 엄마는 사는 건 곧 죽어 가는 과정이라는 말을 입버릇처럼 한다. (중략) 아직 열세 살밖에 안 된 아들에게 미래에 대한 희망은 못 줄망정 그렇게 칙칙한 말을 골라서 하는 엄마는 아마 없을 것이다. (16쪽)

② "우리도 제대로 된 저녁 좀 먹으면 안 돼?"
라면이 지긋지긋해진 어느 날, 나는 엄마한테 진지하게 물었다.

---

24 이금란, 앞의 책, 96쪽.
25 박혜경, 「사인화(私人化)된 세계 속에서 여성의 자기 정체성 찾기」, 김경수 편, 『페미니즘 문학비평』, 프레스21, 2000, 61쪽.

"왜 안 돼? 너나 누나가 하면 제대로 된 저녁을 먹을 수 있는 거지." (30쪽)

③ 엄마를 보고 있으면 신기하다는 생각이 든다. 다른 사람들한테는 조금밖에 없는 감정이란 게 엄마한테만 유난히 큰 부피로 자리 잡은 듯했다. 그 대신 엄마한테서 뭐가 빠진 걸까? 자식에 대한 욕심? 아빠에 대한 사랑? 엄마로서 가져야 할 마음가짐? (46쪽)

어떤 엄마가 정상적이고 좋은 엄마인가. 이에 대한 판단은 사회와 역사 속에서 다양한 형태로 존재했지만 근대 이후에는 "여성의 위치는 가정이며 가정에서 여성의 임무는 가족 구성원을 돌보고 이들에게 정서적 안정을 제공하는 것"이라는 생각이 사회 통념으로 굳어져 왔다. 가족은 냉혹하고 삭막한 세계인 공적 영역과 분리된 따뜻하고 친밀한 사적 영역으로 여겨졌으며, 여성은 사적 영역에서 가족 구성원을 돌보고 보살피는 재생산의 책임자로 받아들여졌다. 그러나 상우의 엄마는 하나의 개체적 인간으로서의 모습에 훨씬 충실하다. 자신의 감정에 충실하고 억지춘향식 모성 역할에 연연하지 않으며 세상의 의제와 갈등에 나름의 판단과 논리로 대응할 줄도 아는 '그냥 사람'이다. 상우 엄마의 정서 표출 방식이 흔히 순종과 인내라는 묵인(默認)의 방식이 아닌 '자기를 드러냄'이어서 '비정상'으로 분류된다는 것은 한국 사회가 어머니를 얼마나 목소리 없는 자로 여겨 왔는지에 대한 반증이라 볼 수 있다.

위기 상황이 아닌 적이 거의 없었던 우리 역사는 어머니들이 강해지지 않으면 안 될 상황의 연속이었고, 실제로 어머니들은 가부장제의 억압 속에서도 자식을 키우겠다는 일념으로 삶을 단련시켜 왔다. 그 과정에서 어머니들이 잃어버렸거나 스스로 버린 것 중에는 자신의 권리를 주장하는 의식, 자신을 돌보고 위하는 능력, 자신의 감정을 소중하게 생각하는 마음 같은 것들이 있다.

상우 엄마는 가정 경제까지 책임지며 고단하게 삶을 꾸려가지만 자신의 의지나 감정에 소홀하지 않다. 퇴근하자마자 부엌으로 달려 들어가 저녁을 준비하지도 않고, 미래의 투자가치를 고려해 집을 사지도 않으며 울기는 시도 때도 없이 잘 하지만 그렇다고 무기력하거나 무책임한 것은 결코 아니다.

이런 엄마를 표상해 주는 것은 '감나무'이다. 아빠가 집을 나가고 앓아 누웠다가, 일주일 만에 거짓말처럼 말짱해진 엄마가 맨 처음 한 일이 감나무가 있는 집으로 이사를 한 것이다. 이사라는 건 가족들의 삶의 공간을 옮기는 것이고, 집은 정주(定住)의 공간이니만큼 이것은 이전 삶과의 결별임과 동시에 새로운 시작이라는 의미를 담고 있다. 엄마가 이 집을 선택한 이유는 학군이 좋다거나 투자가치가 있다거나 교통망과 쇼핑 같은 일상생활이 편리하거나 하는 이유들이 아니다. 그것은 오로지 감나무 때문이다. 그렇다고 엄마가 감나무를 지극 정성으로 키우거나 열매를 주렁주렁 맺게 하느냐 하면 그것도 아니다. 그저 거름을 주고 어설프게 가지를 쳐 주는 게 고작이다. 한마디로 열매를 맺기를 기다리며 도와줄 뿐 풍성한 수확을 하려 농약을 한다거나 하는 인위적 개입을 하지는 않는 거다. 이사 온 지 삼 년 만에 올해 처음 열매를 맺은 감나무는 서서히 감을 떨구다가 서사가 끝날 즈음 모두 떨구고 만다. 감이 얼마나 열매를 맺고 또 떨어지는가에 관심을 갖는 것도 상우일 뿐 엄마는 열매를 맺었다는 사실 자체에 감사를 드리고 겨울이 되니 나뭇잎도 열매도 다 내려놓은 것은 당연한 순리라고 받아들인다. 그러니 감나무는 전면에 두드러지지 않고 배경처럼 조용히 서 있는데, 감나무를 대하는 방식이 상우엄마가 자식을 키우는 방식과 나란히 겹치며 엄마가 가지고 있는 세계관의 일단을 내비쳐준다는 점에서 자연스러운 태도이자 마무리라고 할 수 있다.

이와는 달리 상우 엄마는 살면서 부딪치게 되는 부당한 문제에 맞닥

뜨려서는 전혀 다른 얼굴을 보여준다. 상우 누나인 상은이의 일로 학교에 호출을 당했을 때 보여주는 모습은 세상에 대한 자신의 판단력을 믿고 적절한 긴장 관계를 유지하는 어른의 자세이다. 학교에서 부모를 호출하는 이유는 "자기 앞에서 굽실댈 걸 기대"(74쪽)해서이다. 그렇게 불려간 학교에서 엄마는 대번에 "뭘 그런 걸로 학부형을 오라 가라 하냐"(74쪽)며 따지게 되는데, 물론 그렇게 반응한 데는 이유가 있다.

> "그런데 선생님이…… 선생님은 교육자잖아. 교육자가 마음에 안 든다고 아이들을 이리저리 구별하는데 갑자기 화가 치밀어서 나도 모르게……."
>
> "거 봐, 내 말이 맞잖아. 엄마, 그 말이 최고였어. 상우야, 담임이 내 머리 얘기 꺼내니까 엄마가 뭐라고 한 줄 알아? 저기 선생님, 애들이 이런 머리를 한다고 다른 학교 학생들보다 월등하게 공부를 잘하나요? 아니면 말썽 같은 건 조금도 안 부리나요? 저는 교육이란 건 모범을 보이는 데서 나온다고 생각하거든요. 꼭 학교 방침이 짧은 머리라면, 차라리 교장 선생님을 비롯해서 선생님들 그리고 학부형들까지 모두 단발머리를 해서 먼저 모범을 보이면 어떨까요? 원하시면 저는 상은이랑 똑같이 단발머리로 자를 생각도 있어요. 그래야 애들이 납득하지 않겠어요? 아니면 애들이 하는 소리를 진지하게 들어 보든가요." (75쪽)

엄마의 말은 일견 억지 주장같이 들리지만, 방점(傍點)은 "애들이 하는 소리를 진지하게 들어보든가"[26]에 찍힌다. 거기에 이렇게 덧붙인다. "나

26 상우 엄마의 발언은 실제 두발 제한을 당하는 청소년들의 마음속에서 진짜 끓고 있을 항변이고, 그들의 목소리를 대변하고 있는 것으로 들린다. 그건 다음 자료를 봐도 알 수 있다. "각 학교가 학생들에게 두발 규제를 시행하는 것은 나름대로 이유가 있기 때문입니다. 두발 규제를 함으로써 (그들이 이야기하는 대로라면) 다른 것에 신경을 쓰지 않고 공부에 몰두하게 하기 위해서입니다. 물론 머리 깎는다고 공부가 잘되진 않죠! 하지만 머리, 복장 같은 사소한 것에서부터 학교가 '시키는 대로 따라하게' 만든다는 게 아주 중요합니다. '기를 죽인다'고 하죠? 바로 그겁니다. (이하 생략)" 김동훈, 『한국의 학벌, 또 하나의 카스트인가』, 책세상, 2001, 76~77쪽 참조. 두발 제한 서명운동 발제문 참고. www.youthnet.re.kr.

는 우리 딸이 남한테 피해 안 입히는 선에서 인생을 풍부하게 살았으면 좋겠어요. 어차피 사는 건 다 죽어가는 과정인데, 선생님, 우리 너무 좁게 생각하지 말자구요."(75쪽) 이런 태도는 자식과의 관계맺기 방식에서도 여실히 드러난다. 특히 한국 사회의 경우 부모-자식의 관계가 종적 위계질서를 기본으로 하고 있어 자식은 부모에 대해 복종하고 따르는 것이 기본 도리라 여겨진다. 하지만 상우 엄마가 보이는 방식은 전혀 다르다. 이는 삼대독자인 아버지가 안 계시니 상우라도 와서 제사를 지내야 한다는 고모의 전화에 상우가 혼자서 고민을 거듭하다 엄마에게 의논을 하는 장면에서 더욱 두드러진다.

"엄마 생각은 어떤데?"

"엄마는 네가 결정하는 게 옳다고 생각해."

"그럼 가도 돼?"

"네가 그렇게 결정했으면."

나는 엄마가 자식 앞에서도 멋진 사람인 척하는 게 싫었다.

"만약에 가서 안 오면?"

"안 와? 왜?"

엄마가 깜짝 놀라며 물었다.

"그래서 만약이라고 했잖아."

엄마는 대답을 하지 못했다. 아빠라면 엄마처럼 무책임하게 대답하지 않을 것이다. 이건 된다, 저건 안 된다, 네가 떼를 써도 안 되는 건 어쩔 수 없다. 이런 거야말로 자식을 둔 부모의 당연한 판단 아닌가?

"엄마는, 네가 아빠랑 살겠다고 해도 안 말렸을 거야."

(중략)

"엄마는 그래. 내 자식이래도 엄마 마음대로 이래라 저래라 할 수는 없다고. 만약 네가 아빠 소식 듣고 거기 가서 살고 싶다면……." (102~103쪽)

엄마가 보여주는 태도는 매우 유연하고 개방적인 것으로 어린 자식인 상우의 입장을 배려하고 존중하고 있음을 알 수 있다. 엄마는 가부장적 권위가 차지했던 자리에 구성원 간의 협상이라는 민주적이고도 평등한 방식을 대신 집어넣는다. 순수한 관계란 사회적 관계가 그 자체를 목적으로—즉 개인이 다른 사람과 나누는 지속적 교제에서 파생될 수 있는 것을 목적으로—시작되는 상황을 가리킨다. 순수한 관계는 그것이 그 관계에 들어가 있는 각 개인에게 충분한 만족을 준다고 당사자 모두가 생각하는 한에서만 지속된다.[27]

『엄마의 마흔 번째 생일』의 가영이 엄마가 가부장제에 전면적으로 맞서고 있는 상황이라면, 『걱정쟁이 열세 살』의 상우 엄마는 가부장이라는 제도가 세상에서 실현되는 방식과 관념 그 자체를 제거해 버린 상황이다. 그래서 상우 엄마는 여성이 타자로 부과 받는 경험인 '모성이라는 제도'[28]는 거부하지만 여성 주체로서의 경험인 어머니 되기의 경험은 온전하게 실현해 내고 있다는 점에서 차이가 있다.

두 어머니는 공통적으로 '희생적인 모성'의 부정을 통해 긍정되는 모성을 탐구해 내[29]고 있다. 서사 속에서 가족을 해체하는 이유는 가족의 해체를 주장하기 위해서가 아니라 가족 복원을 위해서다. 그런데 (새로운) 가족의 복원은 단순한 이데올로기의 복원이 아닌 새로운 관계 맺음이라는 '관계의 복원' 속에서 이루어진다. 이러한 현실을 고려한다면 무엇보다도 한국 근(현)대를 살아온 여성에게는 유교 담론이 지배하는 현실 속에서 어떻게 책임의 윤리와 권리의 정치학을 조화시킬 수 있을 지가 관건이 된다.

---

27 앤소니 기든스, 배은경 외 옮김, 『현대 사회의 성 사랑 에로티시즘』, 새물결, 2003, 103쪽.

28 물론 모성이 생물학적 본능인지, 아니면 사회구조적 필요에 의해 후천적으로 학습된 것인지에 대한 논란은 여전하다. 하지만 모성이 어느 정도 타고나는 것이 사실이라고 하더라도, 이를 확대해 양육의 책임을 여성에게만 부가하는 '모성 이데올로기'는 엄연히 구분되어야 한다.

29 이금란, 앞의 책, 189쪽.

3. 각성과 성장의 모색[30]

『엄마의 마흔 번째 생일』의 화자인 가영이는 각성과 성장의 주체다. 서사는 엄마의 자아정체성 찾기로부터 시작되지만, 서사의 큰 방향은 역시 아동 주인공인 가영이의 성장을 지향한다.

가영이는 반 축구 대표 선수이자 아빠의 '깡'이라는 호칭에서도 알 수 있듯 씩씩하고 지기 싫어하는 성격으로 그려진다. 그러나 가족 내에서는 가정의 평화를 위해 자신의 욕망을 먼저 내려놓을 줄 아는 둘째, 할머니의 표현대로 하자면 '눈치꾸러기'이기도[31] 하다. '마음속으로는 딱 한 번만 첫째가 되어 보면 소원이 없겠다고 생각하면서도' 하루도 조용할 날이 없는 집을 위해 스스로 희생하고 만다. 그래서인지 가영이는 집이 시끄러울 때마다 할머니의 병을 알면서도 직장을 고집하는 엄마를 원망한다.

> 도대체 엄마는 왜 이러는 걸까? 누군가 할머니 곁에 있어야 하는 걸 뻔히 알면서도 그냥 나가 버리다니. 이렇게 엄마밖에 모르는 것도 마흔 살과 관계가 있는 걸까? 다른 엄마들은 안 그런데 왜 우리 엄마만 유별난 거지? (48쪽)

---

30 이에 대해 배봉기는 각별히 주목하는 지점이 있는데, 그것은 이 아이들이 공통적으로 '열세 살'이라는, 일종의 예비입사식, 혹은 준(準)입사식의 경계 앞에 서 있다는 점이다. 그들이 앞에 있는 경계를 통과한다고 해서 곧바로 성인사회로 진입하는 것은 아니지만, 입사식을 앞둔 자들의 선(先)체험처럼 자신들이 살아가야 할 환경의 무게를 미리, 온몸으로 느낄 수밖에 없다는 점이다. 입사식을 앞둔 신참자들이 긴장과 갈등에 시달리듯 예비입사식을 앞에 둔 최나미의 인물들은 긴장과 갈등 속에서 괴로워하며 흔들리는 것이다. 이들 역시 경계 앞에서 경계 너머를 살고 있으니, 결국 경계를 통과하며 경계 위에 서 있는 셈이다. 배봉기, 「최나미론 : 열세살, 그 넓고 깊은 세계」, 『창비어린이』, no.14, 2006, 89~90쪽 참조.

31 김성진은 가영이의 성격이 말 그대로 우리 주위에서 흔히 볼 수 있는 '평균적인 인물'로, 이는 작품 속에서 갈등의 당사자 역할을 맡기기에 그다지 적합한 특징이 될 수 없지만, 첨예한 대립을 전달하는 매개자로서의 역할에 이러한 성격의 평범성 혹은 평균성은 오히려 장점으로 작용한다고 설명한다. 김성진, 「90년대 이후 가족동화의 특징에 대한 연구」, 『아동청소년문학연구』, no.1 , 2007.2, 25쪽.

엄마가 방과 후 수업에 나오는 것을 두고 "나 같으면 그 시간에 할머니를 돌보겠다."(57쪽)고 불퉁대는 가영이는 다른 사람들과 다르지 않게 그저 '평범'하게 살고 싶고 그렇지 않은 엄마가 이해되지 않는다. 같은 여성임에도 엄마의 입장과 처지에 대한 고려가 전혀 없는 까닭은 가영이가 아빠와 훨씬 가깝다는 사실과 아직 여성으로서의 정체성에 대한 자각이 없다는 점에서 기인한다. 가영이는 "내가 하루 종일 사람이라는 생각을 하면서 살지 않듯, 여자라는 생각을 늘 마음에 두지 않는다"(45쪽)고 말한다. 그래서 가영이가 던지는 질문도 "왜 사람들은 남자 일, 여자 일로 나누는 걸 좋아할까? 하고 싶은 일과 하기 싫은 일로 나누는 게 훨씬 낫잖아. 그냥 성격대로 하고 싶은 일을 하면 얼마나 좋아?"(45쪽)라는 단순하고 순진한 차원에 머물러 있다.

이런 가영이에게 금세 여자라는 사실을 늘 마음에 두어야만 하는 사건이 두 가지 벌어지고 만다. 한 가지는 신체적으로 자신이 여성임을 자각하는 결정적 계기인 생리를 시작한 것이다. 사춘기의 소녀는 초경이 시작되는 순간 비로소 자신의 여성다움의 징표를 인식한다. 그것은 유아기로부터의 탈출과 성인 단계로의 진입을 의미한다. 따라서 그것은 일생에 여러 차례 제의적으로 반복될 통과의례의 첫 번째에 해당한다.[32] 지금까지 많은 서사들이 초경을 서사의 말미에 배치해 그것을 여성성의 자각과 성장이라는 결말의 상징적 장치로서 의미를 부여하는데 비해 『엄마의 마흔 번째 생일』에서 가영이의 초경은 전체 서사 중 3분의 일 지점에 해당한다. 그럼으로써 초경은 신체적으로 여성으로의 진입이라는 의미를 획득함과 동시에 다음에 이어질 서사의 결절점이 된다는 것을 다음 인용문을 통해 볼 수 있다.

32 김경수, 「여성적 광기와 그 심리적 원전」, 김경수 편, 『페미니즘 문학비평』, 프레스 21, 2000, 123쪽.

"장가영! 우리가 널 따돌리는 거 아니야. 너도 알지? 여자들은 그거 할 때 아주 조심해야 하잖아. 우리도 너를 빼고 축구 하는 게 얼마나 가슴 아픈데. 하지만, 하지만 어쩌겠냐? 장가영도 여자라는데 남자인 우리들이 알아서 보호해야지." (74쪽)

다음으로 사회적·문화적 의미에서의, 즉 젠더로서의 여성성을 각인하는 결정적 계기인 축구시합 반 대표에서 빠지게 되는 사건이 발생한다. 남자 아이들이 내건 표면적인 이유는 '다른 반 아이들이 (여자인) 가영이 때문에 몸싸움도 제대로 못하고 태클이니 헤딩 같은 것도 못하기 때문에 빼 달라'고 했다는 거다. 그 다음에 이어지는 솔직한 속내도 크게 다르지는 않은데, "네가 끼어서 그동안 우리가 좀 피곤하기는 했지. 남자들끼리 할 때는 적당히 규칙을 무시해도 되고, 좀 심하게 몸싸움을 해도 되잖아. 하지만 네가 공을 몰고 있으면, 함부로 달려들지 못하겠어. 네가 남자라면 분명히 달랐을 거야."라는 말에서 드러난다.

남자 아이들의 말에서 여자와 남자라는 성(性)의 차이가 생물학적 성차를 뛰어넘어 사회적으로 관습화된 성 역할과 규범에 대한 사고방식으로 확장되어 있음을 알 수 있다. 축구는 남자 아이들만의 세계인데 그 세계에 타자인 여자가 끼어듦으로 인해 그들만의 방식을 더 이상 고집할 수 없게 된 데 대해 강압적으로 의사 집행을 한 것이다. 이데올로기는 사람들이 서로에 대해 힘을 행사하고 유지하는 방식과 관련되어 있다. 따라서 사회의 특정 계층에게 힘을 실어 주고 뒷받침해 주는 이념들로 구성되어 있을 수밖에 없는데 남자 어린이들이 내재화된 남성성 이데올로기에 의해 사고하며 우월적 지위를 행사하려 드는 것이다.

주디스 버틀러(Judith Butler)가 주장하듯이, "성 역할은 일정한 양식에 몸을 되풀이해서 맞추는 일이며, 아주 엄격히 통제된 틀 안에서 되풀이되는 행동이며, 시간이 지남에 따라 굳어지는 물질의 겉모습을 본래의 존재 양식인 것처럼 만드는 것이다." 이렇게 내재화된 이데올로기의 강력한 작용은 영화를 보다가 돌발적으로 벌어지는 여자 아이들과 남자 아이들의 말다툼에서 여실히 드러난다. 남자 아이들의 발언만 모아 보면 이렇다.

"저 봐, 여자가 문제라니까. 무슨 여자가 저렇게 자기밖에 모르냐? 엄마면 엄마답게 살아야지, 엄마가 여자라니? 저러니 남자들만 불쌍해지는 거지." (120쪽)

"우리 엄마가 그러는데, 세상이 너무 편해져서 그렇대. 옛날에는 아이를 열명씩 낳고도 그 많은 집안일을 끄떡없이 다 해냈잖아. 거기다 남편이나 시부모한테 조금만 잘못해도 바로 쫓겨났고. 그런 세상이 다시 와야 한다니까. (하략)" (120~121쪽)

"맞아, 우리 엄마도 그러더라. 힘겹게 낳아서 기른 아들인데 드센 며느리 만나서 고생할까 봐 걱정이라고." (121쪽)

"네가 이렇게 바락바락 대들고 악쓰는 것도 다 여자애들이 편해져서 그런 거 아냐? 옛날 같았어 봐라. 감히 계집애가 어디 남자들 얘기에 함부로 끼어들어?" (122쪽)

"(전략) 굳이 내 의견을 듣고 싶다면, 세상에는 세 부류의 사람이 있다, 이거지. 하나는 희생적인 남자, 두 번째는 이기적인 여자, 마지막으로 엄마. 내 말 맞지?" (124쪽)

21세기를 살아가는 아이들의 발언이라고 하기에는 믿어지지 않을 만큼 유교적 남존여비 사상에 사로잡혀 있는 발언들이다. 아이들은 가족을 통해 적합한 역할로 사회화되며 또한 적합한 역할 기대를 갖도록 교화된다. 하지만 이런 사회화[33] 개념은 한 세대에서 다음 세대로 기계적으로 전달되는 미리 규정된 어떤 내용을 상정하는 경향이 있다는 점에서 좀 더 조심스럽게 사용될 필요가 있다. '역할'은 이미 사회적으로 존재하며 '사회화'는 미리 각본이 있는 연극에 배우로 집어넣는 과제를 맡는다. 예를 들면 인간은 여자 아이나 남자 아이 같은 행동을 천성적으로 하기보다는 배워서 한다. 그러면서도 그것을 타고난 천성이라 생각[34]하는 것을 봐도 알 수 있다. 특히 여자들은 여자로서 사회적 역할에 자신을 끼워 맞춘다. 이데올로기를 명백한 것으로 받아들인 결과 여자들은 자기 자신을 뒷받침해 줄 기회를 대부분 박탈당하고 자기 자신의 삶을 스스로 조종할 힘도 박탈당하게 된다. 그렇다면 이데올로기는 언제나 정치적인 문제라는 것이 자명해진다. 이데올로기는 사회의 특정 계층에 힘을 실어 주고 뒷받침해 주는 이념들로 구성되어 사람들이 서로에 대해서 힘을 행사하고 유지하는 방식을 관장한다. 그 이념은 불가피하게 다른 계층의 희생을 요구한다. 그래서 사회화 개념은 최소한 주체성에 대한 적절한 이해를 통해서 보완되어야만 한다.[35]

반면 남자 아이들이 자신의 발언의 근거로 들고 있는 엄마들의 발언 내용은 여성으로서의 자기정체성을 완전히 상실한 것으로 보인다. 그들은 여성이 아니라 '아들을 둔 엄마'로서 자신을 위치지은 것이지만, 여하튼 성별 분류에서는 여성이기 때문에 내부자의 고발 같은 진실성이 덧붙여져 발언의 위력이 더 강해지는 효과를 낳는다. 엄마들은 왜 가부

---

33 사회화는 행위, 역할, 태도, 신념을 다음 세대에 전승하는 것이다. 직접적인 지시나 사례, 의미를 함유한 기대 등을 통해서 다양한 관계 속에 있는 다양한 사람들은 자라나는 사람들에게 영향을 미친다. 점차적으로 아이들은 자기가 배운 바를 내면화한다. 사회화의 기관들은 각 성에 적합한 성격에 대해 고정관념적인 신념을 가지고 있다.

34 페리 노들먼, 김서정 역, 『어린이 문학의 즐거움』, 시공주니어, 2001, 202쪽 참조.

35 미셸 바렛 · 매리 매킨토시, 김혜경 옮김, 『가족은 반사회적인가』, 여성사, 1994, 133~134쪽 참조.

장제에 이토록 적극적으로 동조하게 되었을까?[36]

혈연제를 속성으로 하는 가부장제는 부계 혈통의 정통성이 크게 부각되는 과정에서 여성들에게 자신이 낳은 '아들'을 통한 권력 확보의 여지를 마련해 준다. 그러므로 여성이 가족 내에서 권력을 얻을 수 있는 방법은 오로지 가계를 이어갈 '아들'을 낳는 것[37]뿐이었다. '자궁 가족'을 통해서 가족 속에서 상당한 지위를 획득할 수 있었기 때문에 여성들은 가부장제에 포섭되어 가고, 그렇게 자신을 타자화한 엄마들은 그들 삶의 보상으로 아들을 더욱 적극적으로 끌어안으며 '효'의 개념을 더욱 강조하게 된다. 반면 그에 방해물이 될 수 있는 '드센 며느리'는 그토록 경계하게 되는 것이다.

남자 아이들과 선생님, 심지어 믿었던 아빠까지 축구를 반대하고 나서지만 가영이는 그 일을 계기로 비로소 자신의 정체성에 대해 재고하게 된다. 거침없고 활달하면서도 씩씩하고 깡다구 있는 성격으로 그려지는 가영이도 사회 전체가 구획지어 놓은, 좀체 넘을 수 없는 이데올로기라는 벽 앞에서 좌절할 위기에 놓인 것이다. 이제 가영이는 서사의 매개자에서 서사의 주체로 서게 된다.

> "가영이 너한테 실망했다. 어쨌든 넌 이번 시합에 못 나가. 너하고 더 얘기할 것 없으니까 방으로 들어가. (하략)"
>
> 아빠는 아빠 말만 다 하고 나더러 가라고 했다. 아빠 말이니까 무조건 들으라

---

36 "여기에 내포된 가장 중요한 신념은 …… 남성은 일을 하여 생계를 꾸리며, 부양가족인 여성과 아이들을 가정 내에 묶어두는 가계부양자라는 것이었다. ……이러한 관점에서 보면 남편과 아내를 하나의 원형으로 하여, 아버지와 자녀, 남자 형제와 여자 형제, 삼촌과 조카딸, 주인과 하인의 후원-종속관계가 재생산되었다. 이것은 가족 이데올로기일 뿐만 아니라 동시에 젠더 이데올로기이다. 여기서 남녀간의 분리는 '자연적'이고, '생물학적'이며, 영원한 것으로 규정되었다. 다이애너 기튼스, 앞의 책, 55쪽.

37 부계 계승 가계에서 '부－자'의 관계가 공식적인 성격을 띤다면, '모－자'의 관계는 가족내적 성격을 띠게 된다.

면서. (146쪽)

아빠의 이 폭력적인 의사 관철 방식에 가영이는 실망한다. "일방적으로 명령하는 건 옳지 않다. 내가 지금껏 알았던 아빠의 모습이 아니었다."(146쪽)고 생각하며 자신과 같은 방식—무조건 화해하고, 무조건 축구시합에 나가지 말고, 무조건 화실 정리하고, 무조건, 무조건 …….—으로 좋아하고 추구했던 일을 그만두라는 종용(慫慂)을 받은 엄마에게 깊은 동질감을 느낀다. 어린이는 어리다고 해서 단지 먹고 입고 보호받을 권리만 가진 존재가 아니며 감정적으로 보살핌을 받고 그들의 느낌을 존중받으며 시각과 느낌이 무시되지 않을 권리를 갖고 있다. 요컨대, 성인들 사이의 관계에 적합한 합류적 사랑의 특징은 성인과 어린이 사이의 관계에 있어서도 마찬가지로 들어맞는다는 것이다. 그런데 가부장제 이데올로기 하의 가족은 종적 개념으로 이해되며 가족 관계는 상하 서열을 중심으로 유지된다. '서열'을 바탕으로 한 가족은 정서적 · 정신적 유대를 나누기에 부적합하다.[38] 이는 남자됨과 여자됨의 실질적인 규범화가 남성 중심적 지배 구조, 즉 가부장적 구조로 이루어져 있음을 보여주는 증거이기도 하다.

한편 가영이의 축구부 강제 탈퇴 문제는 여자/남자의 이분법적 대결 논리를 벗어날 극적인 전환을 이뤄낸다. 같은 반의 여자 아이들이 가영이의 편에서 '거칠게 행동하지 못하니 여자 선수는 안 된다'는 논리에 '그건 여자 선수가 하나뿐이라서 그렇다며 더 많은 여자 선수가 출전하'(149쪽)자는 대응 논리를 편 것이다. 이 논리는 한 단계 더 전진해 여성 대 남성이라는 성별 진영 논리에서 '우승이 뭐 그렇게 중요한가, 우리 반 아이들 모두 즐거운 경험을 하는 건 어떨까'(152쪽) 하는 전혀 다른

38 이금란, 앞의 책, 74쪽.

층위의 의제로 넘어간다. '축구시합에서의 승리'가 승패라는 남성적 힘의 논리가 지배하는 분리와 배제의 영역이라면 '즐기기'에는 통합과 합일의 정신이 깃들어 있다. 이것은 여성 대 남성의 이분법적 대립을 넘어선 온전한 인간으로서의 완성을 지향하는 의지이다. 이 의지는 힘의 논리에 끊임없이 훼손당하면서도 동시에 그 견고한 힘의 논리의 허구성을 들여다보게 하는 반성적 균열의 틈새이다. 남성성의 세계를 힘의 논리를 바탕으로 제도화된 관습과 규율 등에 의해 지배되는 세계라고 할 수 있다면, 여성성의 공간은 그와 같은 남성적 규율과 질서가 지배하는 억압적인 타자성의 세계 밖의 상상계적 공간이다. 다시 말해 여성성의 공간은 인간의 삶을—제도화된 억압적인 관계가 아닌—충일하고 조화로운 원초성의 관계로 감싸 안는 제도권 너머의 둥그런 모성적 원의 공간이라 할 수 있다.[39]

가영이네 반 여자 아이들은 가영이의 일을 간접 체험하는 과정에서 사회적 관계 속에서의 여성을 인식하게 되었고, 그것을 바탕으로 분리를 전제하는 성차(性差)를 뛰어넘어 화합의 차원으로 전환해낸 것이다. 여자 아이들의 뜻밖의 돌파는 이데올로기는 우리 자신과 다른 것들에 대한 우리의 이해를 조종하지만, 이 문제를 우리가 생각할 수 있다는—이데올로기가 어떻게 작용하는지 의식할 수 있다는—단순한 사실은 이데올로기가 언제나 완전히 성공할 수 없다는 것을 보여준다.

현대를 살아가는 많은 여성들은 근대화된 교육을 받고 자라 온 덕분에 사적/공적 영역의 이분법적 경험(예를 들면 취업, 결혼, 출산 등)을 실질적으로 체험하기 이전까지는 스스로를 자율적 주체로 생각한다. 그러나 여성의 삶은 자신이 관리하고 지배할 수 있는 온전한 삶인가. 여성의 삶의 성장 과정 속에 자신의 힘으로 거부할 수 없는 사회적 관계가 이미

39 박혜경, 앞의 책, 63~64쪽.

침투해 있는 것이 아닌가. 어느 순간 여성 자신이 자신의 삶의 관리자가 아니라 그 관리의 대상임을 자각하게 되면 갈등은 수면 위로 떠오른다. 자신의 삶에서 자신이 주체가 아니며 타자의 시선이 자신의 삶에 침투해 있고, 타자의 권력이 자신을 이미 휘젓고 있다는 것을 경험한 순간부터 여성의 삶은 걷잡을 수 없는 갈등의 소용돌이로 휘말려 들어간다.[40] 실상 본질적인 의미에서 페미니즘[41]이란 단순히 일상적인 삶 속에서 발생하는 남성과 여성의 대립적 이해관계의 수준이 아니다. 남성'성'과 여성'성'이라는 개념, 즉 남성으로 표상되는 세계관적 범주의 근본적인 성격을 밝히는 단계로까지 심화될 때 피상적인 성 대결이나 성 이기주의의 차원을 넘어서는 보다 생산적인 문제의식에 도달할 수 있는 것이다.

가영이의 내적 성장에는 엄마와의 동질성을 인식하고 연대하기까지의 심리적 변화가 당연히 수반된다. 그 과정은 자신이 태어났을 때부터 이미 엄마로 존재했고 그래서 엄마로만 인식했던 엄마를 자신처럼 어린 아이에서부터 성장해 온 하나의 개체적 존재로 깨닫는 데서 시작된다. 사람들은 가족 안에서 관계적 호칭인 아빠－엄마－자식으로 존재하지만, 실상 가족은 가장 가깝게 생활하는 타인들의 집합이기도 하다. 그들은 가족 구성원임과 동시에 개성을 가진 개별적 존재인 것이다.

가영이는 모든 과정을 주체적으로 겪어내고 자기만의 인식에 도달하는 성장을 이루어내는데, 이는 곧 '정체성 성장'이라고 할 수 있다. 대개의 이야기에서 어린이의 '성장'은 그의 사회적 정체성 확보와 연관되며, 이는 개인의 사회적 등록을 의미하는 '성(姓) 찾기' 형태로 주어진다. 한

40 연효숙, 「한국 근(현)대 여성의 갈등 경험과 여성 주체성의 미학—가족과 모성의 서사에서 여성의 언어로」, 『한국여성철학』, 창간호, 2001, 139쪽.

41 페미니즘이란 '여성'이라는 이름으로 불리는 인류가 '남성'이라는 이름으로 불리는 인류와는 다른 지위와 처우를 받아온 지난 역사와 지금의 현실에 대해 질문하고 분석하고 해결하고자 하는 사상이자 교육이자 운동이다. (사)여성문화이론연구소, 『페미니즘의 개념들』, 동녘, 2015, 5쪽.

개인에게 '성 찾기'란 곧 아버지로 대표되는 사회 질서와 제도 안으로 편입되는 것을 의미한다. 이는 자신의 사회적 정체성을 공인받는 중요한 성장의 지표가 되는데 한국 사회의 경우 아버지로 대표되는 사회 질서는 강력한 가부장적 질서에 다름 아니다. 남자 아이들은 가부장제에서 남성이라는 성(性) 자체가 기득권을 의미하기 때문에 쉽게 질서 안으로 편입된다. 그러나 여자 아이인 가영이의 성장은 '성(姓) 찾기'가 아니라 '성(性) 찾기'에 해당된다. 남성 중심의 가부장제 질서 아래에서는 필연적으로 타자일 수밖에 없는 여성의 실체를 엄마를 통해 목격하고 학교라는 제도 안에서 자각한 가영이는 여성으로서의 정체성에 더 가까이 다가간다.

『엄마의 마흔 번째 생일』은 어머니를 통해 여성의 세계를 발견하는 딸의 이야기로 억압적 현실을 드러내는 것에서 더 나아가 가영이는 어머니와의 유대감, 나아가 여성들과의 유대감을 갖는다.

> 엄마 그림 앞에 서 있으니까 엄마 노랫소리가 들리는 것 같았다. 어린 소녀가 부르는 것 같았던 노랫소리는 곧 엄마와 할머니 목소리까지 더해서 크고 웅장한 합창이 되었다.
>
> (중략)
>
> 그러나 여자와 남자로 나눈다면, 난 이제 엄마 쪽을 이해하는 게 조금 더 쉽다는 것을 깨달았다.
>
> (중략)
>
> 엄마 아빠 때문에 힘들었지만 나는 밥도 먹고 잠도 자고 공부도 했다. 나는 엄마 아빠의 딸이지만 나 혼자 살아가야 할 시간이 따로 있다는 것을 확실하게 알았다. (180~181쪽)

서사는 가영이의 엄마가 다시 집으로 돌아오지 못한 채 끝이 난다. 이에 대해 김성진은 "가족의 자명성이 회의의 대상이 된 지 오래며 가족의 해체가 곳곳에서 운위되는 지금 새로운 가족 윤리를 구축하는 출발점은 가족의 구성원 모두가 '나 혼자 살아가야 할 시간'을 갖는다는 점을 인정하는 '강한 개인주의' 혹은 '단독자의 윤리'일지도 모른다는 생각은 강조하고 싶다. 가족은 독립적이면서 상호의존적인 타자들이 벌이는 영원한 협상의 결과로 생성되고 유지될 수밖에 없다."[42]고 말한다. 그저 주관적인 열망으로 덧씌워지거나, 작가가 설정한 당위에 헌신하는 결말은 희망이 아닌 또 다른 억압으로 존재할 따름이다. 진정한 희망이란 인물과 사건을 통해 한 사회가 어떻게 경향적으로 발전해 가야 할 것인가가 포착되어야 한다. 자칫 현실성과 결부된 전망의 문제를 결말의 처리로 단순화시켜 이해할 경우 서사는 인물들 스스로의 내적 추동력을 잃어버리게 된다. 문제는 행복한 결말이 아니라 사건 속에서 확보된 인물의 삶의 진정성인 것이다.[43]

『걱정쟁이 열세 살』의 상우는 가영이와는 다르다. 상우는 일단 남자 어린이기 때문에 가영이처럼 여성으로서의 정체성을 찾아가는 여정은 아니다. 하지만 상우가 집착하고 있는 정상/비정상의 이분법적 분할이 어디에서부터 연유하는지 생각해 보면 이 두 아이들의 힘겨운 상황은 하나의 뿌리에서 파생하고 있음을 알 수 있다.

상우가 '아빠를 기다리는 까닭은 딱 하나다. 아빠가 돌아와야 우리 가족은 정상적일 수 있다는 것.'이다. 상우가 정상/비정상을 가르는 기준은 무엇일까? 혈연 관계를 중심으로 한 친족 가족의 공동체를 다른 가치에 비해 우선시하는 것이 가족주의라면, 정상 가족 이데올로기는 혈연으로 맺어진 부모와 자식의 구성을 기본으로 하는 가족만을 가장 자연스러운 가족의 형태라고 보며, 이러한 가족 형태만이 정상이라고 보는

42 김성진, 위의 논문, 28쪽.
43 김상욱, 「현실주의 아동문학, 선 자리와 갈 길」, 『창비어린이』, no 5, 2004, 16쪽.

이데올로기다. 즉 가족이란 자유로운 개인들 간의 관계가 아니라 아버지－어머니－자식이라는 유기체적 완결성과 가부장의 중심에 따라 배열되는 유기체적 질서에 의해 완전성을 획득한[44]다는 것이다. 그런데 이것을 정상이라고 보는 시각은 혈연 이외의 구성원으로 이루어진 확장된 가족 형태나 부모 중 어느 한 쪽이 부재한 가족, 조손(祖孫)가구 가정, 아이들로만 이루어진 가정 등은 자동적으로 비정상 범주로 분류하게 된다. 나아가 이렇게 비정상 범주에 속한 가정이 늘어나는 것을 가족의 해체, 가족의 위기라고 보게[45] 된다.

『걱정쟁이 열세 살』의 상우는 아버지의 귀환을 통해 완전한 가족 관계를 구성하려는 욕망을 드러내고 있다고 할 수 있다. 상우가 인식하는 정상성의 핵심은 유교적 가족주의에 기인한 것으로 아버지에서 아들로 이어지는 부계 혈친을 중심으로 '가(家)'를 구성하고 운영하는 것이다. 이런 관계로 아버지와 아들로 이어지는 남계 혈통이 '가'를 이해하는 일차적 기준이 된다.[46]

상우에게는 아버지가 공란으로 남으면서 가(家)에 편입할 수 있는 고리가 끊어진 상태이다. 아버지가 귀환해야만 빈 것에서 채워진 것으로, 비정상에서 정상으로, 불완전한 것에서 완전한 것으로 전환이 가능하다. 더구나 아빠는 아동에게 세계라는 외적 공간을 연결시켜 주는 핵심고리이자 창으로 위치되는 경우가 많다. 그래서 상우는 아버지의 부재 자체를 함구하거나 때로는 거짓말로 그 빈 공간을 메꾸려 노력한다. '아빠와 함께 하는 야영'에 참가하라는 선생님의 권유에는 할아버지 제사라며 거짓말을 하고 가장 친한 친구인 석재에게는 아버지의 부재 사실을 숨긴

44 권명아, 앞의 책, 59쪽.
45 최미령, 「한국 청소년소설에 투영된 가족 이데올로기 연구」, 가톨릭대학교 석사학위논문, 2010, 30쪽.
46 최봉영, 앞의 책, 275쪽.

다. 하지만 여름 방학 숙제로 제출한 탐구 활동 보고서 '아빠와 갯벌 체험'을 계기로 사실을 모두 앞에서 공표할 수밖에 없는 상황에 직면한다.

> "저희 아빠는 몇 년 전에 집을 나가셨어요. 방학 숙제는 가족과 함께 한 체험을 쓰는 건데, 저는 쓸 게 없었어요. 그래서 아빠와 한 것처럼 꾸며 썼습니다. 그게 오늘 다 들통이 나서 화난 김에……. 잘못했습니다."
>
> "왜 처음부터 솔직하게 말하지 않았지? 아버지가 안 계시다고 하면……."
>
> "아빠가 안 계시다는 말을 할 수 없었습니다. 가족이 함께 하는 교육이란 말을 귀에 못이 박이도록 들었는데, 저희 사정을 굳이 말하고 싶지 않았어요. 아빠가 와야 하는 행사 때마다 남들이 우리 집을 이상하게 생각하는 것도 싫었고요." (125쪽)

상우가 이분법적 분할 구도에 그토록 집착할 수밖에 없었던 이유 중 하나를 위 인용문에서 볼 수 있다. 아이들의 일상에서 가장 큰 비중을 차지하는 사회적 공간인 학교는 이미 완전한 가족·정상적 가족을 전제로 교육 과정을 실행하고 그 과정에서 조건을 충족하지 못하는 아이들은 소외될 수밖에 없는 구조인 것이다.[47] 부모의 부재를 결핍이라고 말하는 것은 가족을 모든 원리의 근간에 위치시킴으로써 우리의 무의식을 완전한 가족을 향하도록 작동시킨 결과이고, 아이들은 사회적 장(場)인 학교에서 그것을 체험한다. 게다가 상우는 아버지의 부재로 해체되는 것은 다만 가족 삼각형 구조일 뿐이지 가족 공동체 전체를 부인하는 것이 아님에도 불구하고 자신의 가족 공동체에 대한 불안을 감추지 못한다. "우리 식구들은 위태위태하기는 하지만 그럭저럭 잘 버텨 왔다. 하지만 그 위태위태하다는 것이 문제였다. 위태위태하다는 건 늘 사고를 염려해야 한다는

---

47 그건 이미 상우의 누나인 상은이의 학교에서 한 번 확인한 바 있다. 선생님들의 무의식적인 차별과 배제는 상우의 엄마를 분노케 한 결정적 원인으로 작용했다.

뜻이다. 왜 우리 식구들은 안정적으로 지내지 못하는 것일까?"(96~96쪽) 혹은 '걱정스런 엄마와 누나를 보면서 나라도 아빠가 비워 놓은 자리를 지켜야 할 것 같아 숨이 차'는 의무감에 시달리기도 한다.

상우는 결국 학교에서 뛰쳐나오고 거리를 배회하다 할머니에게 전화를 걸어 할아버지 제사에 갈 것이라 말한다. 상우는 여전히 완전한 가족에 대한 열망에 사로잡혀 있으며 진짜 아버지는 찾을 수 없지만 아버지가(家)에 합류함으로써 자신의 열망을 실현하고자 한다. 상우는 가출 준비를 하러 집으로 돌아왔다가 엄마와의 대화를 통해 새로운 인식에 도달하게 되고 그의 내적 성장은 이렇게 서술된다.

> 갑자기 사백 년 전에 별이 폭발하는 광경을 보기라도 한 것처럼 가슴이 뛰었다. 빈 나뭇가지만 남았어도 감나무는 조금도 허전해 보이지 않았다. 어쩌면 정상적이라는 건, 내 눈에 보이는 것만이 전부라고 믿는 것처럼 얼토당토하지 않는 것인지도 모른다.
>
> 사실 나는 두려웠다. 겨우 열세 살인데 어른들 세상으로 등 떠밀리는 것 같아 겁이 났다. 걱정스런 엄마와 누나를 보면서 나라도 아빠가 비워 놓은 자리를 지켜야 할 것 같아 숨이 찼다. 엄마는 도리어 그런 내가 걱정이라고 했다.
>
> 내가 정상적이지 않으면 행복할 수 없다고 생각하는 동안 엄마는 감나무를 보면서 즐거워했고 누나는 세상에 태어나서 사는 것 자체가 좋다고 했다. 지금 이 순간도 나는 아빠가 돌아오기를 바라지만, 걱정하면서 안달한다고 되는 건 아니다. 나도 이제 엄마나 누나처럼 걱정 대신 씨알만한 희망을 품고 싶었다. (152~153쪽)

상우가 정상성에 대한 압박에서 벗어나고 개별 주체로서 자신을 인식하기까지의 과정에서 홈페이지 채팅 친구인 오폭별을 빼놓을 수 없다. '오백 년 전에 폭발한 별에서 온 외계인'이라는 닉네임을 쓰는 오폭별은 상우와 같은 학교에 다니는 같은 학년 여학생이지만 채팅 친구로 출발하기 때문에 처음엔 서로가 서로를 전혀 모르는 상태에서 관계가 시작된다. 이러한 온라인상의 익명성은 상우가 가장 친한 친구인 석재에게마저 함구하고 있던 자신의 집안 사정을 모두 털어놓는 게 가능해지는 설정이다. 오폭별은 채팅을 하며 상우가 내비치는 속내에 또래답지 않은 의연한 자세로 세상의 통념과 거리를 둔 자기만의 인식으로 대응한다. 제사에 오라는 고모의 전화를 받고 고민하는 상우에게 "너도 너만 오라고 한 게 이상하지 않았어?"(79쪽)라고 물으며 "넌 할아버지가 돌아가신 다음에 태어났다며? 그럼 할아버지도 너를 모를 거 아냐? 오히려 할아버지를 아는 엄마나 누나가 가야 하는 거 아냐?"(80쪽)라고 물으며 제사가 망자(亡者)를 추모하는 의식이기에 앞서 부계 혈통의 강화·전승을 위한 가족 행사라는 본질을 일깨워 준다. '정상성'에 집착하는 상우에게는 "정상이 그렇게 중요해?"라고 물으며 "아빠가 돌아오면 뭐가 더 행복한 건데?" 되묻기도 하는데, 오폭별의 사고의 핵심은 스스로의 발언에서 확인된다. "보이는 게 전부는 아니야. 우리가 아는 진실이라는 것도 사실은 내가 보고 싶고 믿고 싶기 때문이지, 우주적 시각으로 보자면 아무것도 아닐 수 있거든."(152쪽)이라는 발화는 결말에서 다시 한 번 제시되며 상우의 성장의 핵심으로 공유되기도 한다.

간접적으로 제시되는 정보에 의하면 오폭별은 심각한 가정폭력의 피해자로 보이고 이런 처지가 오폭별의 인식을 촉발하는 요인으로 작동했음을 짐작할 수 있다. 아버지라는 존재가 오히려 커다란 고통인 오폭별의 언사는 어느 순간 발랄함이 오히려 비애로 전환되는 효과를 낳는다.[48]

『걱정쟁이 열세 살』은 표면적으로는 아버지의 부재가 문제의 핵심인 것처럼 보이지만 실제로는 엄마·누나·오폭별로 대변되는 삶의 자세를

48 다만 오폭별이 지나치게 엄마와 누나의 입장을 측면 지원하는 역할을 하고 있어 친구라기보다는 내포작가의 목소리를 대변하는 분신으로 읽히는 점은 아쉽다.

상우가 수용하게 되는 과정이 핵심이다. 이 과정은 상우가 독립적이고 자율성이 있는 개인으로 홀로 서는 것을 말하며 동시에 상우의 성장의 의미를 내포·귀결하는 지점이다.

『엄마의 마흔 번째 생일』과 『걱정쟁이 열세 살』은 서사에서 제시되었던 갈등이 명쾌하게 봉합되지 않고 막을 내린다. 이런 결말은 독자의 심리적 긴장을 해소하거나 혹은 반대로 더욱 고조시키면서 여운을 남기는 심리적 해결이라 할 수 있다. 해피엔딩의 구조를 가진 이야기가 결말 중심적인 데 비해, 이를 지양하는 이야기들은 결말 자체를 보류하거나 새로운 문제를 제기하는데 이는 세계에 대한 인식의 변화가 반영된 것이다. 두 서사가 보이는 차이를 보자면 『엄마의 마흔 번째 생일』은 가족을 회복 혹은 복원하지 못한 채 막을 내리지만, 『걱정쟁이 열세 살』은 비어 있음을 인정하며 오히려 정서적 복원에 성공하는 결론을 보인다는 것이다. 이는 가족에게 있어 중요한 것은 '결국 가족'이라는 무조건적 당위가 아닌 독립적이고 주체적인 가족 구성원들간의 심리적 일상적 유대라는 것을 확인해 준다.

두 작품에서 눈여겨봐야 할 또 다른 인물은 각각 주인공들의 언니와 누나인 가희와 상은이다. 두 인물이 보이는 가장 큰 공통점은 자신의 감정과 이해에 충실하고 설령 부모의 일이라고 해도 거리를 둘 줄 아는, 한 마디로 '쿨(cool)'이라고 표현되는 그것이다. '쿨(cool)'이라는 태도를 굳이 설명하자면 심각해지지도 않고 정면으로 응시하지도 않는 태도라고 할 수 있는데 이들의 태도에 대해 주인공들은 자기만 아는 공주라거나 이기적이라며 비난한다. 이는 뒤집어 보면 가희와 상은은 자기 입장에 대해 충실하다는 해석도 가능한데, 주인공들 역시 나름의 각성과 성장을 이루어 가는 과정에서 그들에 대해 "질질 짜거나 우울해 하지 않고, 축축하거나 눅눅하지 않아서 좋다"라고 입장을 선회한다. 쿨한 사춘기 아이들의 등장은 결핍으로 시작되는 가족서사가 '동정'과 '연민'으로

흘러가지 않도록 브레이크를 거는 데 확실히 탁월한 효과를 발휘하는 것 같다.[49]

『엄마의 마흔 번째 생일』의 가희는 여성의 주체적 삶에 대한 인식을 하고 있지만 피상적인 수준에 머물러 있다. 가희는 주인공인 가영이가 아직 엄마의 입장을 전혀 이해하지 못하는 서사의 전반부에서는 가영이에게 집안에서 벌어지는 일련의 사태에 대해 해석 · 설명을 해주는데 "답답아, 우리 엄마도 드디어 마흔이 되었잖아. 엄마한테도 시간이란 게 있어. 더 늦으면 엄마가 뭘 할 수 있겠어?"(36쪽)라며 엄마의 입장을 대변해주거나 혹은 "그건 엄마 아빠의 문제야. 둘이서 해결해야지, 너나 나는 골치 아픈 일에 끼어들 것 없다구"(37쪽) 하며 분명한 객관적 거리를 제시하기도 한다.

그러나 처음부터 가희의 한계는 뚜렷이 드러나는데 위의 발언에 곧이어 금방 "참, 그런데 엄마가 일 나간다고 내 도시락 안 싸 주면 어떻게 하지? 다시 급식 먹으라고 하지는 않겠지? 아, 몰라. 진짜 짜증 나." 하며 자신 안의 두 마음을 여과 없이 드러내 보이는 것이다. 서사가 진행되면서 가영이가 적극적 인식의 변화를 보이는 것과 달리, 가희는 현실에서 같은 상황에 부딪쳤을 때 아이들이 보일 수 있는 또 다른 하나의 입장을 보여준다. 즉 엄마로 인해 자신이 당연히 누려왔던 일상의 편리함에 영향을 받기 시작하자 참지 못하고 폭발하고 마는 내면의 이기심을 대변해주는 역할을 한다.

"며칠 전부터 치맛단 터졌다고 그랬지? 아침에 보니까 조끼 단추도 떨어져 있었어. 그래서 교문 앞에서 선도부한테 복장 불량으로 걸렸다고. 그리고 속옷도 낡아서 그렇게 사 달라고 했는데, 오늘 신체검사하면서 얼마나 창피했는 줄

49 조은숙, 「사춘기 초딩'들이 몰려온다」, 『창비어린이』, no 14, 2006, 176쪽.

알아? 그것뿐이면 말을 안 해. 다시 학교 급식 먹으라고 했으면 급식비라도 제대로 내야 하잖아? 우리 반에서 급식비 미납은 나 혼자였어. 애들이 그러더라, 요즘 무슨 일이 있냐고. 도대체 엄마가 하는 일이 뭔데?"

(중략)

"엄마한테는 아무 일 아니겠지만, 난 오늘 학교에서 죽고 싶었다고. 내가 엄마 없는 애야?"

(중략)

"내가 언제 그렇다고 했어? 내 일 때문만이 아냐. 요즘 우리 집에 제대로 돌아가는 일이 있어? 우리 집에서 좋은 건 엄마뿐이잖아." (103~105쪽)

가희의 이런 생각에는 한국 사회가 기대하는 엄마의 역할에 대한 고정관념이 고스란히 들어 있다. 어머니는 집안을 유지시키는 일꾼이요, 그들의 소망은 늘 자녀의 소망에 일치시켜야 한다는 것이다. 여성들의 삶은 가족을 위한 삶이요, 어머니의 삶은 오로지 가족의 성공 여부 · 가치 여부에 따라 평가된다. 가부장제적 가족 안에서 여성은 어머니로만 존재할 수 있지 개인으로서는 존재할 수 없다. 모성이 아닌 여성은 '비가시적 존재'로 사적 영역에서든 공적 영역에서든 그들은 개'성'을 지닌 개인으로 가시화되어서는 안된다.[50]

가희는 물론 원칙적으로는 여성들이 옳다는 것에 동의하지만 그 어떤 불편함이라도 자신의 삶과 마찰을 일으키게 되면 그 즉시 꺼리거나 저항한다. 가희가 보여주는 이런 모순은 이데올로기의 가장 중요한 효과 중 하나로, 그것은 우리가 우리 자신과 타인들을 보고 이해하는 방식에서 드러나는 모순을 깨닫지 못하게 한다는 것이다.[51] 가희는 상황은 가영

---

50 이금란, 앞의 논문, 38쪽.

51 테리 이글턴(Terry Eaglton)은, 민주주의는 모든 사람이 동등한 힘을 갖게 만든다고 믿으면서 동시에 모든 사람이 다른 사람에게 더 많은 힘을 행사하기 위한 자유를 갖게 만든다고 믿는 사람의 예를 들기도 했다. 페리 노들먼, 앞의 책, 151쪽.

이보다 제대로 보지만, 정면으로 응시하지도 않고 자신의 삶의 일부로 받아들이지도 않는다. 그래서 "엄마 아빠 별거보다 살 빼는 게 훨씬 창피한"(179쪽) 일이 되고 만다. 이런 자세가 '쿨'함의 한계라고 할 수 있다. 그들은 어떤 상황으로도 전면적으로 빠져들지 않고 그래서 전존재적인 체험의 기회를 갖지 못하며 그 결과 인식의 한계를 뛰어넘지 못한다.

『걱정쟁이 열세 살』의 상우 누나 상은이는 가영이와 비교해 보자면 한 걸음 더 전진한 자세로 볼 수 있다. 그 계기는 아빠가 사라진 후 아버지가(家)의 사람들 즉 할머니와 고모가 집엘 찾아와 보였던 모습에서 가부장제의 실체를 목격했기 때문이다. "우리가 울며불며 매달리는데도 고모가 그랬잖아. 아빠 찾을 때까지는 아예 보지 말고 살자고. 그 날 내가 무슨 생각한 줄 알아? 며느리는 죽어 가는데도 자기 동생, 자기 아들밖에 없구나. 가족이란 게 이렇게 시시한 거구나. 이제 그럭저럭 아빠 생각 안 하고 지낼 만하니까 보고 싶다고? 그것도 손자라고 너만?"(77쪽)

상은이는 본인 입으로는 '현실주의자', 상우가 보기에는 '이기주의자', 엄마의 표현대로 하자면 '의지는 좀 약해도 자기가 느끼는 걸 가장 중요하게 여기는', 자기 욕망이 무엇보다도 우선인 성격으로 인해 기성의 규율과 질서에 대해 냉정하게 바라보고 냉소적으로 대응한다. 이런 태도에는 여성이라는 성적 정체성이 가장 결정적인 작용을 한 것은 자명해 보인다. 가부장제 이데올로기가 가족을 종적 개념으로 이해하며 가족 관계를 상하 서열을 중심으로 유지하는 것에 반대로 상은이는 가족을 개별성으로 인식한다. 다시 말해 각각의 가족 구성원이 가족 전체의 욕구보다는 개개인의 자아 성취와 자아 완성을 위해 그들 각각의 욕구를 중요시해야 한다는 것이다. 가족은 성원들이 모든 것을 공유하는 하나가 아니라 이해가 다른 개인들이 모인 사회집단이라는 것을 인식하는 것이다. 그래서 엄마가 보이는 눈물에도 질색을 하는데 상은이는 '아빠가 떠난 것도 어차피 벌어진 일이니까 아빠는 아빠대로 행복한 게 좋'다는 입장을 가진 것이다. 이런 자세는 학교라는 제도가 가하는 억압에 대해서도 동일하게 나타나 그것을 절대화하지 않는다.

> "내 말은, 지금 우리만 짧은 머리를 해야 하는 뚜렷한 이유도 없으면서, 학교 방침이라고 무조건 짧게 잘라야 한다는 게 싫단 말이야. 이해시킬 생각은 하지 않고 무조건 명령만 하잖아!"
>
> (중략)
>
> "뭐라고 했는데?"
>
> "거기에 모인 애들이 결손이니 뭐니 하면서, 그런 애들끼리 어울리면 늘 문제가 생긴다고 하잖아. 그 말만 안 했어도 얌전히 끝냈을 거야. 자기도 아빠 없이 자랐다고, 그래서 대학 붙었을 때 엄마랑 부둥켜안고 밤새워 울었다는 말을 하면서……. 그래서 약간 따졌지. 선생님은 학생들을 결손 가정 아이들과 그렇지 않은 아이들로 구분하느냐고, 따지고 보면 선생님도 결손 아니냐고.(……)" (64~65쪽)

가희와 상은, 이 둘은 점점 더 적합하지 않은 것이 되어가고 있는 역할들(즉 남자 · 여자 · 가족 · 직업)의 지배에 맞서 새로운 생활방식을 시도하고 경험해 보고 있다. 그들은 자신을 자유롭게 표현하고 싶어하며 이제까지는 대개 여자라서 혹은 청소년이라서(이 둘은 모두 중3이다) 억눌러야 했던 충동들을 비껴가지 않는다. 또한 먼 미래가 아닌 지금 여기에서의 삶을 즐기려 하며 살면서 만나게 되는 좋은 것들에 대해 기뻐하는 의식을 키워간다. 그들은 각자의 욕구를 권리로 간주하고 자유를 즐길 수 있는 감각을 개발하며 외부의 간섭으로부터 자기 삶은 자기가 지켜야 한다는 고도의 의식을 갖고 있다.

이러한 경험들은 '나 자신에 대한 나의 의무'에 기반한 새로운 윤리의 출발점을 이루고 있다. 자신의 삶과 발상 속에 들어 있는 표준적 유형들을 벗어던지는 것은 영원한 의지이자 결코 끝나지 않을 개인의 학습과정이 되었다. 고착된 낡은 이미지들 대신에 인류에 대한 새로운 그림들이 특히 변화 가능성과 개인적 발전과 성장의 가능성을 중시하는 새로운 그림이 나타나고 있다. 이러한 의미에서 자신을 일차적으로 사회적 역할을 통해 규정하는 것은 단지 가설에 불과한 것이며 아직은 우리가 완전히 떨쳐 버리지 못한 과거로부터의 잔재일 뿐이다.[52]

---

52 울리히 벡, 엘리자베트 벡-게른샤임, 강수영 외 옮김, 『사랑은 지독한, 그러나 너무나 정상적인 혼란』, 새물결, 1999, 91쪽.

/ 제2절 /

도구적 가족주의

남찬숙의 『괴상한 녀석』, 『누구야, 너는?』을 중심으로

남찬숙의 『괴상한 녀석』과 『누구야, 너는?』은 도구주의 가족이념이 가족 이데올로기의 지배적 위치가 되었을 때 가족은 온갖 개인적이고 사회적인 욕망들이 한데 모인 전쟁터가 될 수밖에 없음을 보여주고 있다.

어른(부모)은 교육이라는 이름으로 아이의 욕구와 취미·기호를 인정하지 않고 억압하며, 나아가 어른에게 익숙한 관념을 주입시켜 자신의 세계에 아이를 길들이려 하기 때문이다. 특히 입시 전쟁과 사교육이 나라는 망칠지 몰라도 개인과 가문의 영광은 더욱 빛낼 수 있다는 사실을 간파한 한국의 어머니들은 자식을 번듯하게 출세시키는 것으로 자신의 인정투쟁을 대신했고 결국 도구적 모성으로의 변질을 초래했다. 그런 상황에서 아동은 가족 욕망의 대리 충족자로서 위치되기 십상이지만 그들은 약한 가족 내 지위로 인해 스스로 탈출구를 찾을 수 없는 경우가 대부분이다.

이러한 도구적 모성은 아이에 대한 집착과 사랑이 자본주의 사회의 욕망으로부터 분리된 것일 수는 없다는 점에서 결국 균열에 봉착할 수밖에 없다. 이는 필연적으로 아동의 모든 삶—학교·친구·가정·개인의 내면—에 막대한 영향을 끼치게 되고 그 결과는 우리 사회가 현실적으

로 목도[53]하고 있다.

1. 도덕률 혹은 이방인

『괴상한 녀석』에는 주인공인 찬이의 아빠와 괴상한 녀석인 석이의 아빠, 이렇게 두 명의 아버지가 등장한다. '과학기술원에 다니며 온통 영어로만 된 책을 가득' 싣고 이사를 와 찬이 엄마에게 단박에 '좋은 이웃'이라는 평을 받은 석이 아빠는 호칭으로만 등장할 뿐이다. 딱 한 번 뒷모습이 그려지는데, 자신의 친구들 모임에 가면서 조금은 부족한 면이 있는 아들 석이가 창피해 석이는 홀로 집에 남겨 두고 멋지게 차려 입은 부인과 딸만 데리고 나가는 장면이다. 이 짧은 장면을 통해 자식을 마치 자신의 전시물처럼 생각하는 석이 아빠의 가치관이 여실히 드러나 있다.

반면, 찬이의 아빠는 세상의 편견과 욕망으로부터 완전히 자유로운 도덕률의 존재로 그려진다. 찬이 엄마가 세속적이고 이기적인 욕망들—앞집에 (사회적 지위가) 좋은 사람들이 이사 왔다며 만족스러운 흥분을 드러내거나 찬이를 사립학교에 못 보낸 것을 아쉬워할 때, 개인과외를 시키지 못해 안타까워할 때 등—을 드러낼 때마다 찬이 아빠는 부부간 대화를 통해 흡사 도덕 교과서 같은 매우 균형 잡힌 시각을 보여준다.

① "좋은 사람인지 아닌지 지내 봐야 알지." (13쪽)

② "학교가 공부만 하는 곳인가? 친구들과 어울리면서 사회 생활에 필요한 것을 배우는 곳이기도 해.(……)" (25쪽)

---

53 우리나라의 청소년 자살률은 OECD 국가 중 최고이고, 그 원인은 성적에 대한 고민이 가장 많다.

찬이가 늦은 시간에 학원에서 돌아오다 아파트 후문에서 낯선 형들에게 봉변을 당할 뻔한 얘기 끝에는 이렇게 말한다.

"학원으로 데리러 갈 생각보다 아파트를 지킬 생각을 해야지."

"그게 무슨 소리에요?"

"후문은 아파트 문 아닌가? 당신이 부녀회에 이야기해 보라구. 관리인 아저씨들로 안 되면 어른들이 돌아가면서 순번을 정해 아파트 안을 순찰할 수도 있잖아. 적어도 아이들이 왔다갔다하는 시간 동안이라도 말이야. 여긴 우리 집이라고. 자기 집 마당이 안전하지 않으면 세상 어디가 안전하겠어?" (48쪽)

그러면서 자신도 '한 달에 한두 번 정도는 순찰을 설 수 있을 거'라고 덧붙이는 말에서는 견고한 공동체 의식과 합리와 상식을 지키는 시민으로서의 모습이 드러난다. 하지만 찬이 아빠가 이러한 의견을 피력하는 순간이 늘 엄마와의 대화 중간이다 보니, 서사가 진행될수록 찬이 엄마는 극성맞고 이기적인 여자로서의 모습이 강화되고 찬이 아빠는 존경할 만한 '어른'의 모습으로 부각된다. 우리 사회가 말하는 '어른'은 이런 성인 남성이다. 여전히 유교주의 가족이념이 강력하게 잔존하는 가운데 지금껏 여성은 '어른'에 포함되지 못한 채, 찬이 엄마와 같은—흔히 '아줌마'라 칭하는 사회적 이미지와 위상으로 존재하고 있다.

문학 텍스트는 어린이들에게 이 세상과 세상 안에서 어린이로서 그들이 살아가는 장소를 반영해서 보여준다. 그것이 설득력이 있다면, 그것은 바로 어린이들 자신이 살고 있다고 믿는 세상이 되어 버린다[54]는 측면에서 이렇게 이분법적으로 강화되는 성숙한 어른인 남자와 미숙한 어른인 여자의 모습은 곤란하다.

54 페리 노들먼, 앞의 책, 181쪽.

찬이 아빠는 찬이의 행동 반경에도 역시 훨씬 너그러운데, "애들이야 싸우면서 크는 거지. 그것도 사내녀석인데"(155쪽), 혹은 "사내녀석이 그런 일로 울긴"(159쪽)이라며 찬이를 응원하는 식이다.

이런 어른의 모습은 엄마에게도 마찬가지여서 자신의 아내 역시 동등한 인격체로 대하고 있다기보다는 철없는 딸을 다루는 듯하다. 이런 태도는 "아빠의 표정이 몹시 어두워지자 엄마도 조금 겁을" 냈다거나, "아빠가 보통 때는 엄마 말을 다 들어주는 것 같지만, 아주 가끔 이렇게 무서운 얼굴이 되면 엄마도 꼼짝 못했다."(156쪽)는 찬이의 말에서 드러난다. 그런가 하면 과도한 교육열이 지배하는 세상의 시류에 불안한 마음을 감추지 못하고 이것저것 궁리를 하는 부인 앞에서는 준엄하게 꾸짖는 모습을 보이기도 한다.

> ① "당신 같은 엄마들 때문에 우리 나라 교육이 엉망이 되는 거야. 엄마들이 그러니까 아이들도 학교를 우습게 여기는 거라구. 사교육비 때문에 우리 나라 경제가 휘청거리는 것도 몰라?" (30쪽)

> ② "사람들이 남의 말 하기를 왜 그렇게 좋아해? 그냥 알았으면 혼자서 덮어둘 일이지, 그게 뭐 그렇게 좋은 일이라고 동네방네 소문을 내고 다닌단 말이야? 당신은 절대 그러지 말아, 알았어? 그 애 엄마가 들으면 얼마나 마음이 아프겠어. 다 같이 자식 키우는 사람들끼리, 원!" (64~65쪽)

평소에는 개입하지 않고 가만히 지켜 보는 듯하지만 결정적인 순간에 판단과 방향을 정해 주는 일은 누가하는가? '어른'이 한다. 그들은 수선스럽지 않고 진중하며 언행에 무게와 품위가 있다. 그런 존재 자체는 우리 사회에 몹시 필요한 상황이지만, 이런 식으로 극단적인 이분법으로 나뉘면서 성숙/미성숙, 어른/아이, 남성/여성, 아빠/엄마 식으로 구분

짓는 것은 곤란하다. 그것은 한국 사회에 여전한 유교적 가부장제의 반영이면서 동시에 그 안에 갇혀있는 의식의 반영이기도 하다.

남성적으로 특징지어지는 정의의 도덕 명령은 다른 사람의 권리를 존중하고 자아 실현을 위한 자신의 권리가 침해 받지 않도록 보호하는 것이다. 이에 반해 여성들에게 가장 중요하다고 생각되는 도덕 명령은 보살핌의 도덕으로 이 도덕 명령은 다른 사람들에 대한 의무와 책임을 수행하는 봉사의 행위에 초점을 두고 있다. 따라서 사회에서 여성 도덕은 보통 진지하게 받아들여야 할 선택 범주로서 승인되지 않고 대부분 감정이 강조된 여성의 본질에 돌려진다. 즉 남성 자아의 관점에서 볼 때 사람들은 서로 독립적이며 주관적인 권리로 설정된 개개인들이지만 여성의 자아 발달은 사회적 관계의 그물망 안에서만 존재한다고 보는 것이다.[55]

그에 반해 『누구야, 너는?』의 현우 아빠는 아버지의 세계라 불리울 만한 삶의 항목들을 하나도 가지고 있지 않다. 그 이유는 벌써 십 년째 사법시험을 준비하느라 가족의 생계는 오로지 부인의 몫으로 넘겨진 데서 기인한다. 가부장의 일차적 역할이라 할 가족의 생계를 책임지지 못하고 있다는 사실 때문에 그는 가족의 일상적 결합에서도 소극적 회피의 자세로 일관한다. 실업 상태인 아버지에게 지속적으로 가해지는 가정 경제를 책임져야 한다는 가부장 의무는 사회에서 낙오 혹은 도태된 자로서의 아버지의 모습을 더욱 강조한다.

봉건적 가부장제는 여성의 삶만이 아니라 남성의 삶에도 막대한 영향을 미친다. 개인적인 성격이나 욕망과는 무관하게 가해지는 남성으로서의 의무와 행동 양식에 대한 관습적 요구가 남성들의 삶을 지속적으로 억압하고, 어떤 경우 파탄으로까지 이끌어가는 궁극적인 요인으로 작용

55 우줄라 I 마이어, 송안정 옮김, 『여성주의 철학 입문』, 철학과 현실사, 2006, 282~292쪽. 최윤정, 앞의 논문, 44쪽에서 재인용.

하는 경우들도 적지 않다.[56]

그래서 부부는 자주 싸우지만 현우 아빠는 자괴감으로 인해 사태 해결에 적극적으로 나서기는커녕 본질을 회피하는 모습만 보인다. 현우의 공부를 위해 이사를 가야겠다는 엄마의 말에 대한 아빠의 반응은 이렇다.

> "알아서 해."
>
> 아빠가 한 말은 그게 다였다. 왜 이사를 가야 하는지, 꼭 가야 하는지, 아무것도 묻지 않았다. 무슨 일이든 그랬다. 아빠는 늘 아무 의견도 말하지 않는다. 마치 집에 없는 사람처럼, 생각이 없는 사람처럼, 늘 무표정한 얼굴로 산다. (46쪽)

위 인용문은 현우네 세 식구가 모여 식사를 하는 유일한 장면이지만 가족의 온기나 다정함은 전혀 찾아볼 수 없다. 현우 아빠는 직장을 다니지 않으면 이혼을 하겠다는 아내의 말에 별수 없이 논술학원으로 출근을 하지만 "젊은 원장이 학교도 별 볼일 없는 데 나온 주제에 싸가지 없"(135쪽)게 굴어서 그만두기 일쑤이고 집에서는 투명인간처럼 지낸다. 그래서 서사에서 아버지의 말은 거의 찾아볼 수 없고, 현우의 가족들은 서로를 비껴 다닌다. 세상과 가족에 대한 무관심과 피해의식으로 인해 아버지는 현우의 상태도 부인의 상태도 전혀 알지 못할뿐더러 회피로 일관하는데 현우가 그런 아빠를 표현하는 단어들은 창피 · 실망 · 핑계 · 실패[57] 등이고 그 존재는 "다른 아저씨들과 별로 다르지 않"다고 서술된다.

흔히 아버지란 존재는 자식이 더 넓은 세계로 나아갈 때 마땅히 거치는 입문식의 사제이든지 카오스적인 자연 상태에 문화와 법을 부여하여 세계의 질서를 세우는 존재로 묘사된다. 아버지는 전 존재의 근거이면

---

56 같은 맥락에서 『엄마의 마흔 번째 생일』의 가영이 아빠도 재고해 볼 여지는 있다. 그는 유교적 가부장제의 관습에 완전히 포섭돼 자신의 가치체계를 재고하지도 못한다.

57 이 실패라는 단어는 현우 엄마에게서도 한 번 발설된다. "최고로 키워야 한다고. 그래야 당신처럼 실패 안 하지." 100쪽.

서 더 넓은 세계로 인도하는 매개자로 혹은 그 자체가 법과 질서의 상징으로 묘사되며, 한 가정 내에 있어서는 중심적인 권력으로서 지배적인 현실 원리 그 자체를 표상하는 권위이다.[58] 하지만 현우의 아빠는 가족 내에서 '이방인'으로 위치하고 심리정서적으로는 소극적 폭력으로 작용하는 결과를 낳는다.

"내 참 기가 막혀서. 이제 별소리를 다 듣겠군. 현우가 병원을 가고 당신이 상담을 받는 거야 당신 마음대로 하지만, 나까지 거기 끌어들이려고 하지 마."

"여보, 제발. 이번 한 번만 내 말 들어줘. 당신도 오는 게 좋대. 나랑 현우만 받아서 해결될 일이 아니라고."

(중략)

"대체 무슨 말을 하는 거야? 우리 가족이 몽땅 다 머리가 어떻게 되기라도 했다는 거야? 아무리 내가 변변한 직업을 못 갖고 이렇게 산다고 하지만, 이건 해도 해도 너무한 거 아니야? 날 정신이상자로 몰다니."

(중략)

"대체 왜 그래? 배울 만큼 배운 사람이 왜 그렇게 답답해? 아이 문제는 어른이 만드는 거야. 현우가 그러는 건 당신이나 내가 잘못해서 그런 거래. 우리가 변하지 않으면 현우는 지금보다 더 안 좋은 상태가 될지도 모른대."

"흥, 웃기는 소리 그만해. 내 문제는 내가 알아. 다른 사람이 뭔데 내 문제를 갖고 왈가불가한다는 말이야. 어림없는 소리 그만해. 상담을 받고 교육을 받고 싶으면 당신이나 받으라고." (145~147쪽)

그리고 다음 날 아침엔 현우에게서 "아빠가 무슨 상관이에요?"(150쪽)라는 말을 듣고 격분해 손찌검을 하려 하고, 그 충격으로 결국 부인이

---

58 이용군, 「근대 장편 소설의 '가족 서사' 연구」, 숭실대학교 박사학위논문, 2006, 46쪽.

쓰러진다. 이것을 계기로 현우 아빠는 180° 변화된 모습을 보여준다. 자신이 스스로 어쩌지 못하는 내면을 무너뜨릴 만한 강력한 외부적 계기가 작동한 것이다. 아빠와 현우는 엄마가 입원한 병원 복도에 나란히 앉아 처음으로 '부인을(엄마를) 살려달라는' 동일한 소망을 갖게 된다.

이후 아빠는 남편으로서, 아버지로서의 자기 위치에 대해 자각하고 현우에게 적극적으로 손을 내밀기 시작한다. 아들에게는 함께 산에 가자는 제안을 하고 새 학원에 출근할 계획도 전한다. 그런데 말끝에 "학원 일이 나한테 맞는 것 같지는 않지만 이번에는 나도 꾹 참고 열심히 해보려고."(175쪽)라 덧붙인다. 가장으로서의 책임과 의무를 다하겠다는 의미로 해석이 되지만, 그가 서사의 말미에 택할 방향으로서는 한계가 분명하다는 점 또한 지적되어야 한다. '맞는 것 같지는 않지만 꾹 참고 열심히'는 한국 사회가 구성원들에게 암묵적으로 강요하는 삶의 기조다. 그것은 어린이들이 과도한 학습에 짓눌리는 원인이기도 하다. 또 자신이 원하는 것을 찾아내고 찾는 과정을 가족과 함께 나누고 자발적인 의지로써 삶을 영위하는 의식 자체가 우리 사회에 매우 희박한 것은 사실이다.

하지만 과도한 기대를 내면화하는 과정에서 자아가 분열되었던 현우에게 큰 힘이 되어 줄 수 있는 것은 스스로 자신의 삶의 길을 확인하고 어려움이 닥치더라도 기쁘게 전진하는 아버지의 모습이 아닐까? 부모의 희생 위에 너는 너의 의지를 실현해가며 살라는 것은 결국 도구적 가족주의의 일단을 드러낸다는 점에서 결론으로는 부적절해 보인다. 아버지와 아들이 극단적으로 억압적이고 부정적인 상황에서 벗어나는 것 자체를 목적으로 삼지 말고 삶에 대한 대안과 그를 실현하기 위한 첫걸음을 떼는 결론이었으면 어떨까 하는 아쉬움이 남는다. 가정의 경제를 책임지고 있다는 사실로부터 발생하는 남성 지배적 사회관습이 여성 못지않게 남성들에게도 보이지 않는 심각한 억압으로 작용하고 있음을 감안하더라도 말이다.

『누구야, 너는?』에는 이름만 등장하는 아버지가 있는데 주인공인 현우의 유일한 친구인 민철이의 아버지다. 이 아버지가 호칭만으로 등장하는 가장 큰 이유는 민철이네가 '기러기 가족'이기 때문이다. 아빠는 홀로 지방에 남고 엄마가 민철이와 누나만 데리고 '좋은 동네'로 유학[59]을 온 것이다.

'기러기 아빠'라는 존재는 한국 사회에 큰 파장을 불러온 의제이기도 하다. 이는 고학력화, 세계화, 고용 위축에 따른 교육 경쟁에 능동적으로 대응하기 위해 가족들이 '기러기 아빠'와 유학 자녀를 보살피는 엄마 사이로 이산(離散) 상태를 전략적으로 선택한 결과[60]였다. 하지만 그토록 많은 가족들이 가족 이별을 선택한 데는 아버지들의 자리가 이미 가족 내에서 공고하지 못했던 것이 또 하나의 근거로 지적될 수 있다. 가정에서 아빠 역할이 너무나 오랫동안 부재했기에 기러기 가족이라는 현상이 그토록 쉽고 빠르게 하나의 사회 현상이 되지 않았을까 하는 측면에서 살펴봐야 한다는 거다. 많은 아버지들은 가족의 생계 부양을 위하여 온 힘을 다했지만 그 결과 가족으로부터 정서적 자리를 확보하지 못하고 가장 먼저 탈락하는 존재가 되는 아이러니한 결과가 '기러기 아빠'라는 사회적 현상을 낳았다. '가족을 위하여'가 결과적으로 가족 해체의 지름길이 된 것이다.

59 2000년부터 2003년 6월까지 유학을 가기 위해 학교를 그만둔 중고교생은 3만 9983명인 것으로 밝혀졌다. 초등학생의 유학생 수는 2001년 5252명, 2002년 6983명, 2003년 상반기에는 5368명에 달했다.

60 중산층 이민의 90%가 아이들 교육문제 때문이라는 사실은 학벌이 우리 사회 통합의 기저를 근본적으로 파괴하고 있다는 것을 보여주는 증거이다.

2. 조련사라는 새로운 역할

『괴상한 녀석』의 찬이 엄마와 석이 엄마는 자식을 도구적 방편으로 삼는다는 점과 타인들의 시선과 체면에 집착한다는 면에서 마치 데칼코마니처럼 닮아 있다. 차이가 있다면 찬이 엄마는 말 잘 듣는 착한 아들인 찬이의 성적과 자신의 삶의 성공을 일치시키고 있다면, 석이 엄마는 조금 부족해서 괴상한 녀석인 석이를 가정 안에 은폐시키면서 뒤떨어진 공부를 보충하는 식으로 대응하고 있다는 정도이다. 이 엄마들의 모습은 찬이의 시선으로 해석되고 있기에 그 위선과 가식이 더욱 두드러지는데 그러한 면은 첫 만남에서부터 여실히 드러난다.

찬이 엄마는 영어 도서들과 과학기술원으로 대변되는 괜찮은 집안인 석이네와 친하고 싶다는 생각에 찬이를 사립학교에 보내려 했다고 아무렇지 않게 거짓말을 한다. '우리 찬이도 거길 보내려고 했는데, 그만 추첨에서 떨어졌지 뭐에요.'(21쪽) 이에 휴학을 하고 있는 석이에 대해 말하는 석이 엄마의 대답은 이렇다.

> "우리 아이가 워낙 머리가 좋아서, 학교를 2년이나 일찍 보냈거든요. 그런데 아이들과 잘 어울리지를 못해요."
> "아니 왜요?"
> "머리가 워낙 뛰어나다 보니까…… 담임선생님이 보통 아이들과 함께 공부시키는 건 별로 좋지 않다고, 차라리 혼자 공부 시키라고 하도 권해서요." (21~23쪽)

모두 거짓말이다. 하지만 그 사실을 알 리 없는 찬이 엄마는 찬이를 어떻게든 석이와 가깝게 지내게 하려 애를 쓴다. 그 이유는 다음과 같은 찬이 엄마 말에서 드러난다.

"찬이, 너! 괜히 쓸데없는 아이들이랑 어울리지 말고, 앞집 아이랑 친하게 지내 봐, 알았지? 너랑 나이도 같은 거 같던데. 그런 아이랑 어울리면 뭘 하나 배우더라도 더 배우겠지, 안 그러니? 오며 가며 만나거든 네가 먼저 아는 척도 하고 그래. 혼자 집에서 공부한다니 잘됐지 뭐니? 네가 친구 해주면 좋아할 거야, 알았지?" (26쪽)

우정은 아이의 영혼을 풍요롭게 해준다. 우정이라는 은신처 안에서 아이들은 자기의 속도에 맞추어 움직일 수 있다. 게다가 그들은 나이도 관심사도 출신 지역이나 집안 환경도 얼마든지 서로 다를 수 있다. 이러한 건강한 다양성은 강요된 집단의 획일성과 명백한 대조를 이룬다.[61] 하지만 찬이 엄마는 친구마저 자신이 지정해 줄 정도로 도구적 면모를 보이며 아들의 성적 경쟁에 집착하는 모습을 보인다. 그 이유는 찬이가 아니라 엄마가 대신 정해 준 목표에서 드러난다.

엄마는 나도 그런 사람이 되길 원한다. 그래서 내 꿈은 의사가 되어 버렸다. 만약 그게 아니라면 박사다. 무슨 박사냐? 그건 별로 중요하지 않다. 그냥 박사다.

꿈이란 원래 자신이 원해서 결정해야 하지만 내 꿈은 이미 엄마가 정해 버렸다.

"얘는 글쎄, 의사가 되는 게 꿈이래요. 의사가 돼서 어려운 사람들을 도와 주고 싶다나요. 누굴 고생 시키려고 그러는지 모르겠어요. 의대는 남들보다 더 오래 공부해야 하는데 말이에요. 제 아빠 월급으로 학비나 다 감당할지 걱정이에요." (11~12쪽)

위 인용문에서는 아이를 나름의 개성을 지닌 주체적 존재가 아니라 이미 자신의 꿈을 실현시켜 줄 도구로 여기는 엄마의 내면이 드러난다.

---

61 마이클 톰슨 외 지음, 김경숙 옮김, 『아이들의 숨겨진 삶』, 세종서적, 2003, 36쪽.

일등을 차지하는 공부, 그 결과로서의 좋은 직업이라는 연쇄를 통해 사회의 기득권층으로 이동하고 싶은 욕망[62]만이 가득하다. 엄마에게는 무슨 박사냐가 중요하지 않은 것처럼 어떤 의사냐도 중요하지 않다. 의사 혹은 박사라는 호명이 가지는 사회적 지위와 그에 따른 부와 명예만이 그 목표인 것이다. 그래서 아이는 자신을 상대로 굉장한 성공을 해서 정상에 오르게 하고야 말겠다는 오랜 꿈을 지닌 부모와 대면하게 된다. "내 아이는 나보다 더 잘되어야 한다."고 생각하는 그것은 아이를 생각하는 것만이 아니라 대부분은 그/그녀 자신을 생각하고 있는 것이다.

하지만 외부에는 절대 그런 속내를 드러내서는 안 된다. 그것은 사회적 의식 속에서 이기적이고 천박한 욕망으로 해석되기 때문이다. 그래서 자신의 욕망을 착한 아들의 인류애적인 행위로 포장하고, 그것을 뒷바라지해야 하는 부모의 책임을 엄살로 위장하고 있는 것이다. 이렇게 부모가 자신의 모든 기대를 아이에게로 투사시키고 아이를 온갖 격려로 괴롭히는 것은 매우 쉽다. 종종 아이들은 '엄마의 자기존중감을 지탱시켜 주는 역할을 억지로 강요'받는다. 이것들은 소규모 핵가족의 숨막히는 분위기 속에는 사랑과 함께 적대감이 감돈다는 것을 의미한다.

한편 엄마들의 이토록 과도한 기대와 욕망은 그것을 달성하지 못하는 아이들에게 죄책감을 안겨주기도 한다. 엄마는 찬이가 한 번이라도 학급 회장을 하길 원하지만 그럴 만큼 아이들에게 인기가 있는 것이 아닌 찬이는 떨어질 게 뻔해 후보조차 나갈 생각도 안 한다. 그런데도 엄마는 주변에 둘러댄다.

"아휴, 나도 학교 다닐 때 매일 부반장을 했지만, 왜 우리 학교 다닐 때는 남

62 엄마가 자식에게 간섭하듯 가족 밖의 현실이 엄마에게 집요한 간섭을 퍼붓고 소리 없는 지침을 내린다는 사실을, 작가는 더 선명하게 드러냈어야 한다는 아쉬움이 남는다. 김현숙, 「나, 아빠, 엄마 그리고 가족」, 『창비어린이』, no.7, 2004.11, 150쪽.

자아이가 반장을 하고 여자아이가 부반장을 했잖아요. 나는 늘 부반장을 떠맡다시피 했어요. 하지만 그게 여기저기 심부름이나 하고 다니는 거지, 뭐 대단한 건가요? 난 절대로 우리 찬이한테 그런 거 하지 못하게 해요. 공부에 방해만 되잖아요." (86쪽)

이제 교육은 세상의 상층부를 향한 사다리를 오르기 위한 출입증의 역할을 한다. 학력자본은 '다 너를 위해서야'와 '미래를 위해서야'라는 말로 흔히 포장된다. 아이는 효율적 투자로 그 가치를 극대화시켜야 할 인적자원이 된 것이다. 하지만 그 속내를 좀 더 깊숙이 들여다보면 그것은 사실 부모의 체면과 위신에 더욱 밀접하게 연관되어 있음을 알 수 있다. 자식의 자아와 욕구를 지우고 자신의 욕망을 들어앉히려는 엄마들의 심리[63]다. 그런 엄마의 기대가 버거운 찬이는 "엄마가 거짓말을 하지 않게 공부도 잘하고 씩씩하면 얼마나 좋을까? 나는 정말 그렇게 되고 싶다. 하지만 내 마음대로 되지 않는다. 어떤 때는 그런 나한테 화가 나기도 한다."(86쪽)며 위축된 속마음을 드러낸다.

기실 '가족'은 개인의 삶과 사회적 삶이 교차하는 매개적 기능을 한다. 즉 그것은 개인의 내밀한 감정적 의존 관계를 구성하는 특별한 의미의 장인 동시에 사회의 여타 제도로부터 끊임없이 영향을 받는 하나의 제도적 장치인 것이다. 그렇다면 사회를 갈등과 경쟁의 장으로 인식하고 자신의 자식을 그러한 경쟁과 갈등에서의 배타적인 승자로 만들려는 찬이 엄마의 욕망은 어디서부터 기인하는 것일까? 1987년에 출간된 『어머니의 내신 성적』이라는 책은 표지에 '엄마가 엮어낸 수석합격 전략' '너와 함께 긴 밤을 지새우며 엄마는 이렇게 뒷바라지했다'는 문구를 내세웠다. 이 책의 머리말에서 펴낸이는 "인간은 자기 자신을 던지는 세계가

63 배봉기, 앞의 논문, 95쪽.

있을 때 행복합니다. 어머니에게 있어서 그 세계란 바로 자식을 성공으로 이끄는 지상목표인 것입니다. 그것은 어머니의 보람이며 가문의 영광 내지는 사회의 주역으로 직결되는 가장 확실한 '보증수표'이기 때문입니다."[64]라고 주장한다.

이렇게 한국 사회의 교육열은 점차 과열되는 추세이지만 그것은 사실 어제 오늘의 일은 아니다. 자녀 교육과 어머니 역할은 역사적 뿌리가 매우 깊다. 조선시대 과거제도는 인재 등용의 기회였고 몰락한 양반들에게는 가문을 번성시킬 유일한 기회였다. 맹모삼천지교, 한석봉 어머니 일화는 자녀 학업 성취, 나아가 사회적 성공에서 어머니 역할을 강조한다. 조선시대부터 어머니는 가문을 일으킬 아들의 출세를 위해 헌신해야 했다. 이 시기부터 어머니와 아들의 "성취 중심 도구적 모자관계"[65]가 시작되었다.

일제 강점기에도 그것은 크게 다르지 않아 사회적 신분 상승의 수단인 교육에 대한 욕망의 열기는 오늘날에 비해도 뒤지지 않을 만큼 뜨거웠다. 그래서 그 시절의 작품 안에는 근대의 학교 진학에 대한 열망과 그것을 향한 노력이 투영되어 있으며 입지적인 성공 메시지가 반영되어 있다. 당시 진학이야말로 근대인이 되는 지름길이었으며 따라서 소년기의 아이들 중에는 학교 진학을 매우 절실한 삶의 목표로 삼는 경우가 적지 않았다.[66]

1920년대 중반 보통학교(초등학교) 입학 경쟁률은 지역에 따라 달랐지만 평균적으로 2:1이었다. 경성 지역의 경쟁률이 가장 높아 일부 학교의 경우엔 4.6:1의 경쟁률을 기록하기도 했다. 위로 올라갈수록 경쟁은 더욱 치열해졌다. 오늘날 수능시험처럼 거국적인 차원으로 치러지는 시험

64 오욱환, 『한국사회의 교육열: 기원과 심화』, 교육과학사, 2000, 28쪽.
65 본고에서 다루고 있는 남찬숙의 『괴상한 녀석』과 『누구야, 너는?』 역시 모-자의 관계가 중심을 이루고 있다. 이러한 구도가 우연의 일치만은 아니라는 것을 확인할 수 있다.
66 오세란, 「한국 청소년소설 연구」, 충남대학교 박사학위논문, 2012, 51쪽.

은 중등학교 입학시험이었다. 경쟁률이 워낙 높다 보니 시험장은 흡사 전쟁터를 방불케 했다.[67]

한편 일제 강점기에도 신여성의 등장으로 핵가족의 가치가 확산되고 학교의 기능이 확대되었기 때문에 어린이의 위상에도 변화가 있었다. 조형근은 일제시대라고 하는 제약은 있었지만 "전통적 가족의 해체와 근대적 가족의 등장은 거스를 수 없는 대세"였다며 다음과 같이 말했다.

> "교육 기능이 학교로 이전되어갔던 것에서 볼 수 있는 것처럼 전통적 가족의 많은 기능들이 축소되기 시작했고, 대신 가족 내부의 정서적 기능은 강화되어 갔습니다. 일제가 물러나자 가족과 국가를 유기체적 관점에서 일치시킬 필요도 사라졌습니다. 이제는 오직 내 가족만을 위해서 살 수 있는 시대가 온 것입니다. …… '내 아이만큼은 특별하게 키우기 위해서 삶의 모든 것을 바치겠다는 심성의 시대가 열린 것이지요."[68]

그러한 심성은 '교육출세론'과 손을 잡고 나아갔다. 해방에서 정부 수립까지의 3년간 국민학생은 136만 6000명에서 242만 6000명, 중학생은 8만 명에서 27만 8000명 늘었고, 대학생은 1947년까지 7800명에서 1만 3000명으로 늘었다. 무엇이 이런 급격한 변화를 가져왔을까? 해방 정국의 특수한 상황을 자세히 관찰할 필요가 있다. 해방 전 고급 일자리는 일본인들의 몫이었다. 그런데 해방과 함께 일본인들이 본국으로 돌아가면서 그 자리가 모두 조선인에게 돌아가게 됨에 따라 한국인들의 지위가 급상승하였다. 이는 공적 및 사적 영역에서 동시에 일어났다. 그런데 무슨 기준으로 조선인들을 그 자리에 앉힐 것인가? 친일파건 뭐건 학력

---

67 강준만, 앞의 책, 58쪽.

68 조형근, 「'어린이기'의 탄생과 근대적 가족 모델의 등장」, 서울사회과학연구소, 『근대성의 경계를 찾아서: 기원의 전복, 역사의 비판』, 새길, 1997, 162쪽. 재인용.

과 학벌 위주로 결정되었다. 이는 '교육이 출세의 지름길'이라는 것을 드라마틱하게 확인한 대사건이었다. 윤택림은 "이 시대의 강한 어머니들은 자궁 가족이 그 모체인 소위 '내 뱃속에서 나온 내 새끼'라는 개념을 강화하면서 '내 새끼'를 잘 먹이고 잘 교육시키기 위해 모든 것을 희생했다"며 다음과 같은 결론을 내렸다.

> "'내 새끼'의 성공과 행복은 바로 강한 어머니들의 삶의 목표였다. '내 새끼'의 강조는 바로 피를 나눈 '가족'이라는 개념을 강화시키면서, 가족의 이익을 가장 중요시하는 가족 이기주의를 더 발전시켰다. 따라서 강한 어머니들은 가족 이기주의를 근대적으로 변형시킨 장본인들이었고, 여성과 가족은 더욱 동일시되었다. 어머니는 강해졌지만, 여성은 강해지지 않았던 것이다."[69]

압축적 산업화가 이루어진 1960~1970년대 국책사업인 가족계획사업에서도 성취 중심적 모자관계가 이어져 왔다. 배은경의 『현대 한국의 인간 재생산』[70]을 보면, 한국 가족계획사업에서 어떤 어머니상이 강조되었는지 알 수 있다. 가족계획사업에서 제시한 이상적 어머니는 "가족 경제를 일으켜 세우는 어머니이고 교육비를 충분히 대며 자녀의 학교 성적을 올릴 수 있는 어머니이며 이를 통해 자녀의 계층 상승을 노리는 전략적 어머니"였다. 압축적 근대화와 가족 복지의 부재로 가족은 스스로 생존했고 가족 구성원들은 자녀 교육에 모든 지원을 아끼지 않았다. 교육은 인간의 전인적 발달을 의미하기보다는 신분 상승과 출세의 수단으로 여겨졌다. 60년대와 70년대의 한국 사회에서 통용되던 최대의 '인간 승리'는 단연 대학 입시와 관련된 것이었다. 이영기가 지적했듯이 "대학 입시가 끝나면 식당 파출부하며 자식을 교육시킨 홀어머니의 불어터진

---

69 윤택림, 『한국의 모성』, 지식마당, 2001, 51쪽.
70 배은경, 『현대 한국의 인간 재생산』, 시간여행, 2012, 172쪽.

손을 잡고 환하게 웃던 '수석 입학자'의 모습이 매스컴을 장식했고, 그 감동의 장면은 '성공 신화'가 되어 수천만 서민들로 하여금 현실의 고통을 잊게 만들었던 것이다."[71]

학생들도 그 점을 잘 알고 있었다. 1994년 9월에 이루어진 한 조사에 따르면 중고생들의 80%가 '행복은 성적순'이라는 데에 동의한 걸로 나타났다.[72] 게다가 중앙 정부가 앞장서 추진한 일류대 출신 중심의 인사정책은 '중앙'과 '정상(頂上)'에 도달하기 위한 소용돌이 물결의 속도를 더욱 빠르게 하는 효과를 낳았다. 삶의 질은 더 피폐해졌고 최근 거시경제의 변화는 어머니들이 '가족 지위 생산 노동'에 더욱 매진하게 만들고 있다.[73] 한국교육개발원에 따르면 우리나라의 연간 사교육비는 1994년 현재 17조 4640억 원으로 16조 7578억 원의 공교육비를 능가했다. 정부 예산의 3분의 1에 해당되는 액수다. 이 중 과외비로 지출된 것만도 5조 8447억 원에 달했다. 감사원의 과외 실태조사(1994년 9월)에 의하면 전국의 중고생 중 69.2%가 과외를 받고 있으며 고교생의 경우 과외비로 월평균 35만 5000원을 지출한 것으로 나타났다. 찬이의 부모 역시 과열된 사교육에 대한 근심어린 대화를 나눈다.

"그거 두 과목만 시켜도 내 월급의 반이군! 초등학생 과외비가 그렇게 비싸?"

"그만큼 수준이 높은 거겠지요. 어쨌든 당신 월급으로는 턱도 없겠어요. 그나저나 큰일이에요. 엄마들이 자식 과외비 때문에 파출부 일을 나간다더니, 내가 그러게 생겼어요. 지금이야 대충 학원에 보낸다지만, 중학교 들어가선 학원만 갖고는 어림도 없을 텐데." (30쪽)

---

71 이영기, 「'우리'에 갇힌 우리의 10대」, 《중앙일보》, 1998.6.12., 36면.
72 「'행복은 성적순' 중고생 1,621명 설문응답」, 《문화일보》, 1994.9.11., 15면.
73 김보성 외 지음, 앞의 책, 191~192쪽.

자랑할 만한 아이를 만들기 위해서는 아이는 물론 자기 자신도 끝없이 내몰아야만 하는 엄마들의 처지는 그런 역사적 배경 속에서 이해되어야 마땅하다.[74] '아이에게 적대적인 사회는 언제나 어머니에게도 적대적이다. 어머니의 노동을 힘들게 만들기 때문'[75]이라는 말은 정확하다.

한편 석이 엄마의 상황은 찬이 엄마와는 딴판이다. 석이가 나가서 돌아다니면 석이의 실체가 밝혀지는 것은 시간문제이니 학교도 안 보내고 아이를 외부와 접촉하지 못하게 하는 것이다. 이는 석이의 "엄마가 얘들이랑 놀지 말래. 우리 엄마는 내가 나가서 돌아다니는 걸 별로 안 좋아해"(58쪽)라는 말에서 직접적으로 드러나기도 하고, 찬이의 시선으로 포착된 서술에서도 보인다.

> 녀석의 엄마는 내가 녀석과 가까이 지내는 것을 그리 달가워하지 않는 눈치였다. 혹시라도 내가 비밀을 눈치채고 이야기할까 걱정해서일 것이다. 하지만 내가 아무런 내색도 않자 조금 안심하는 것 같았다. 그리고 이제는 내가 놀러가면 더없이 친절하게 대해 준다. 때로는 고마워하는 것 같기도 하다. (60쪽)

서로에 대한 친근감이 있고, 어울릴 수 있는 능력이 있으며 어떤 대상에 대한 선호가 분명해지면 우정은 시작된다. 또한 우정을 위한 가장 좋은 연습은 친구를 사귀고 노력해서 우정을 만들어가는 것이다. 함께 나

---

74 물론 이런 광풍에 가까운 사회현상에 대한 비판도 매시기마다 제기되었다. "지금의 그네의 부모 그 대개는 무지한 사랑을 가졌을 뿐이며, 친권만 휘두르는 권위일 뿐입니다. 화초 기르듯 물건 취급하듯 자기 의사에 꼭 맞는 인물을 만들려는 욕심밖에 있지 아니합니다. 지금의 학교 그는 기성된 사회와의 일정한 약속하에서 그의 필요한 인물을 조출하는밖에 더 이상도 계획도 없습니다. 그때 그 사회 어느 구석에 필요한 어떤 인물(소위 입신출세자겠지요)의 주문을 받고 그대로 자꾸 판에 찍어 내놓은 교육이 아니고 무엇이겠습니까. 그러나 어린이는 결코 부모의 물건이 되려고 생겨나오는 것도 아니고, 어느 기성 사회의 주문품이 되려고 나오는 것도 아닙니다. 그네는 훌륭한 한 사람으로 태어나오는 것이고 저는 저대로 독특한 사람이 되어 갈 것입니다." 방정환, 「소년의 지도에 관하여—잡지 '어린이' 창간에 제하여」, 『천도교회월보』, 1923. 3. 원종찬, 『아동문학과 비평정신』, 창비, 2001, 64쪽에서 재인용)

75 엘리자베트 벡 게른스하임, 앞의 책, 151쪽.

누는 마음에 대한 서로 간의 존중과 지지는 친구의 중요한 역할이다. 사실 석이야말로 마음을 나눌 수 있는 또래친구와 그들과 자연스럽게 어울릴 교육이 절실히 필요한 상태이다. 공교육은 아이를 지적으로 훈련시키는 측면도 있지만, 또래의 아이들과 어울리며 사람들 사이의 관계를 맺는 법과 갈등을 해소하는 법 등을 배우는 장으로써의 의미도 매우 크다. 그런데도 석이 부모는 자식을 자신의 소유물로 간주하고 그 소유물이 자신을 빛나게 해주는지 부끄럽게 만드는지에 따라 삶의 형태를 결정해 버리는 폭력을 행사하며 자식을 학교조차 보내지 않고 있는 것이다. 그리고 이런 태도는 결국 또래문화와 관계 맺기를 배우지 못한 석이가 학교에 갔을 때 왕따를 당하는 결정적인 이유로 작용한다.

찬이 엄마 또한 석이의 실체를 확인하면서 태도가 180°로 돌변하고 마는데 찬이가 석이를 만나는 것에 대해 '그런 애랑 어울려서 너한테 좋을 거 하나도 없'다고 단정 내린다.

> "친구도 하나 없을 텐데 찬이가 같이 놀아주면 좋지. 이웃에 살면서 그러는 게 아니야."
>
> 역시 아빠는 나와 무언가 통하는 게 있다. 하지만 다른 문제라면 모를까, 나에 관한 문제라면 언제나 엄마가 아빠를 이긴다.
>
> "당신도 참! 지금 무슨 자선 사업 해요? 기왕 친구를 사귈 거면 번듯하고 좋은 친구를 사귀면 좋지, 그런 아이랑 사귀어서 뭐가 득이 되겠어요? 나도 그 아이가 불쌍하다고 생각해요. 하지만 찬이가 그런 아이랑 친구가 되는 것은 싫어요. 찬이, 너 명심해. 다신 그 아이랑 가깝게 지내지 말란 말이야. 너는 엄마가 나쁘다고 생각할지 모르지만 이게 다 너를 위한 거야, 알았어? 엄마가 시키는 대로 해." (65~66쪽)

찬이가 괜찮은 집 아들인 석이와 친구가 되게 하기 위해 일부러 집으로 초대하는 공(功)을 들이고, 석이가 하는 엉뚱한 말들에도 '아주 수준 높은 이야기라며 똑똑한 아이는 뭐가 달라도 다르다며 이제부터 친구가 되라' 며 명령을 내리던 상황을 생각하면 이런 태도의 표변(豹變)은 더욱 도드라진다. 결국 학교에 적응하지 못하고 유학을 떠나기로 결심한 석이의 소식에도 "나라 망신이나 시킬"거라거나 "공부를 못하면 착하기라도 해야지, 그런 애를 어디다 써먹겠"냐는 발언을 서슴치 않는다.

이런 엄마의 마음을 돌리게 하는 계기가 생긴다. 도난사건의 범인으로 몰려 곤란한 처지에 놓인 찬이를 석이가 도와준 것을 알게 되면서 '석이 불쌍' 하다는 마음을 처음으로 내비친다. 내내 혹여 찬이와 가까워질까 거리를 두던 모습이 결정적으로 변하는 것은 인지상정(人之常情)으로 보인다. 찬이 엄마의 이러한 심리 변화는 도난사건으로 학교에 다녀오면서 찬이에게 하는 말에서 먼저 드러난다.

> "선생님도 그러시더구나. 어떤 못된 녀석이 장난을 쳤을 거라구. 그런데 그런 일이 있었으면 엄마한테 먼저 말했어야지. 왜 아무 말도 하질 않았니? 난 네 엄마란 말이야. 너한테 일어난 좋은 일이든 나쁜 일이든 당연히 알고 있어야지. 선생님한테 그 이야기를 듣는데 엄마가 얼마나 얼굴이 빨개졌는지 아니? 넌 왜 그렇게 말을 안 하는 거니? 다른 애들은 학교 갔다 오면 이 얘기, 저 얘기 하느라 엄마 뒤를 졸졸 따라다닌다는데, 넌 그런 엄청난 일도 말 안 하고 있으니……" (135쪽)

부모와 자녀 사이의 원천적인 관계는 애정에 기초한 유대인데 도구적 가족주의는 부모 자식 사이의 관계 자체를 왜곡 변질시켜 그들 사이에는 침묵만이 흐르는 관계가 된 것이다. 그래도 『괴상한 녀석』의 찬이 엄마와 석이 엄마에게서는 간간이나마 서정적 모성이 드러난다. 하지만 『누구야, 너는?』으로 오면 가족의 모습에서 서정적 유대감을 찾기가 사실 어려워지고 만다.

두 작품은 출간 시기에 9년 정도의 시간차가 있다. 물론 작품의 출간 시기와 작품의 시공간적 배경이 동일하다고 볼 이유는 전혀 없다. 하지만 두 작품은 비교적 책이 출간된 당시의 시대적 변화를 반영하는 측면이 강해 출간의 시간차가 실제 사회 변화의 시간차와 거의 유사하다고 봐도 무리가 없다. 시간차를 보여주는 서사의 항목들을 보자면, 『괴상한 녀석』에서는 자식 과외비 때문에 파출부 일을 나가는 엄마들의 등장을 들 수 있다. 『괴상한 녀석』이 출간된 2000년은 IMF 구제금융사태[76]가 온 나라를 휩쓸기 시작한 지 불과 이 년 후이다. IMF라는 급작스러운 경제 위기는 한국 사회에 치명적 위기감을 안겨 주었다. '구조조정' '노동시장의 유연화'라는 말로 대변되는 노동시장의 불안은 대다수 사람들의 삶에서 경제적 기반을 뿌리부터 뒤흔들었는데, 이때 한국 사회의 어머니들이 보여준 가족주의적 반응 중 하나가 파출부를 비롯한 긴박한 경제 활동에 나서서 가족을 지키는 것이었다. 이후의 상황은 더욱 긴박해져 불안정한 고용과 극한 경쟁체제, 심화되는 빈부 격차는 사회 구성원들을 압박했다. 그들은 내 자식은 더 잘 교육시켜야 한다는 필요성을 더욱 절감했고 가족주의를 더욱 공고[77]화하는 것으로 대응했다.

『누구야, 너는?』은 이런 변화된 세계가 어린이의 삶에 미친 영향을 서사의 핵심 배경으로 삼고 있다. 가뜩이나 어린이를 옥죄어오던 공고한

76 이 시기 이후 이른바 IMF환란의 반영으로 가정경제의 파산이 몰고온 생활상의 위기를 다룬 작품들이 많이 출간되었다. 배선자의 『아빠, 힘내세요』(사계절), 홍기의 『새가 된 아이』(시공주니어)는 부모의 실직으로 고통을 겪는 아이들에게 눈길을 돌려 희망과 격려를 전하고 있다. 이미옥의 『가만 있어도 웃는 눈』(창작과비평사), 박기범 아동문학집 『문제아』(창작과비평사)는 비슷한 경제 위기를 다룬 것이면서도 각각 도시 중산층과 서민층의 삶을 특색있게 반영했다. 원종찬, 『아동문학과 비평정신』, 창비, 2001. 또한 작품의 전면에 부각되어 있지 않다 하더라도 충격적인 경제사태가 몰고 온 생활상의 변화는 많은 작품들에 시공간적, 소재적, 주제적 배경으로 작동하고 있다.

77 '헬리콥터 맘'이니 '돼지엄마'니 하는 극성 엄마들을 지칭하는 근래의 유행어를 살펴보면 그 양상이 더욱 여실히 드러난다.

학습 시스템은 더욱 세분화되어 경시대회, 진급 시험, 독서 퀴즈 대회 등 각종 평가 시스템과 '괜찮은 학교'라는 말로 상징되는 수월성 교육의 제도로까지 확대 재편되는데, 이는 『괴상한 녀석』의 시대 배경과는 이미 달라진 현실을 반영하고 있다. 세계화는 경제 교류와 시장 개방만을 의미하지는 않는다. 이전보다 더욱 경쟁이 심해지고 속도가 빨라지며 최고를 향한 압력이 커지는 것이다.

『누구야, 너는?』은 '조련사'라는 호칭이 더욱 잘 어울리는 인물이 되어버린 엄마와 그런 엄마에 의해 '사육'되는 아이를 서사화하고 있다. 현우 엄마는 십 년째 사법시험을 준비하는 남편으로 인해 혼자서 가정경제를 떠맡고 있고 아이를 유치원에 데려다주고 데려오는 등의 양육에 필요한 노동도 감당하고 있다. 그 고단함은 부부싸움을 하면서 "나도 더 이상 못 살아. 내가 무슨 슈퍼우먼이라도 되는 줄 알아? 너무 힘들어서 이제 이렇게는 더 못 살겠다"(12쪽)는 체념어린 분노[78]로 표출되곤 한다. 그럼에도 친구들 앞에서는 아무 문제없는 가정을 연출한다. 가짜를 지어내는 이런 위선은 아이들에게 쉽게 포착되어 아이들의 행동을 제어한다.

엄마는 내가 피아노 치는 걸 좋아한다. 물론 이제 곧 중학생이 되니 피아노 학원을 그만두라고는 말하지만 속마음은 그게 아니다. 엄마는 내가 피아노 학원을 다니겠다고 고집하는 걸 기특해한다. (중략)

"우리 현우, 말도 마라. 내가 학원 보내고 싶어서 보내는 게 아니라니까. 뭐든지가 먼저 보내 달라고 야단인걸 뭐. 나는 힘드니까 그만두라고 해도 자기가 고

---

78 우울증은 성과주체가 더 이상 할 수 있을 수 없을 때 발발한다. 그것은 일차적으로 일과 능력의 피로이다. 아무것도 가능하지 않다는 우울한 개인의 한탄은 아무것도 불가능하지 않다고 믿는 사회에서만 가능한 것이다. 더 이상 할 수 있을 수 없다는 의식은 파괴적 자책과 자학으로 이어진다. 성과주체는 자기 자신과 전쟁 상태에 있다. 우울증 환자는 이러한 내면화된 전쟁에서 부상을 입은 군인이다. 우울증은 긍정성의 과잉에 시달리는 사회의 질병으로서, 자기 자신과 전쟁을 벌이고 있는 인간을 반영한다. 한병철 지음, 김태환 옮김, 『피로사회』, 문학과지성사, 2012, 28쪽.

집을 피운단 말이야. 얘가 누굴 닮아서 그렇게 욕심이 많은지 몰라."

엄마는 이런 식으로 내 자랑을 한다.

나는 그래서 영어 학원도, 수학 학원도, 피아노 학원도……모두 그만둘 수가 없다. 아무리 힘들어도 엄마가 좋아하니까 다녀야 한다. (24쪽)

부모들은 '나의 아이에게 최상의 것을' 원한다. 그리고 종종 바로 이런 이유로 부모들은 아이가 정말로 원하고 필요로 하는 것이 무엇인지 깨닫지 못한다. 한 아이만 있는 가정의 추세는 …… 이러한 현상을 재촉한다. …… 요즘 부모들은 공개적으로든 (대개의 경우) 은밀하게든 자신의 아이가 학교에서 우수한 성적을 얻고 전문직에서 출세하도록 아이를 몰아댄다. 청소년들이 부모의 기대에 따라 살지 못하는 가족들에서는 미래의 계획에 대한 긴긴 싸움이 일어나고 갈등과 긴장이 일어날 가능성이 높다. …… 좋지 못한 성적이나 반항적인 행동이 아주 빡빡한 취업 시장에서 자식이 발판을 마련할 기회를 빼앗아갈 수도 있다고 우려하는 부모들은 신경이 예민해지고 성급해지는데, 이것이 곧바로 양쪽 세대에게 서로를 공격하는 행위를 초래할 수 있다.[79] 가족 내의 분위기는 위험할 정도로 과열되어 가지만, 부모와 아이는 이혼도 할 수 없으므로 현실적인 탈출 통로는 사실상 없는 것이다.

일반적으로 '집'이 갖는 공간 상징성은 주로 외부 세계에 대한 친밀성의 공간으로 안식과 평온의 영역이 된다. 이는 긴장과 투쟁의 외부 세계에 대한 피난처 내지는 휴식처의 개념이다. 견고한 집은 외부의 폭력으로부터 방어해 주는 기능을 하며 가족 성원들 간의 결속력을 다져 주고, 재충전할 수 있는 시간을 부여해 준다.[80] 그러나 도구주의 가족이념이 지

79 울리히 벡, 엘리자베트 벡-게른샤임, 강수영 외 옮김, 『사랑은 지독한, 그러나 너무나 정상적인 혼란』, 새물결, 1999, 241쪽.
80 이금란, 앞의 논문, 111쪽.

배하는 '가족'에게 '집'은 자신의 가치와 쓸모를 더욱 향상시켜야 하는 또 하나의 투쟁의 장이 되어 버린다.

게다가 이제 엄마들은 학교에 대한 최소한의 경외와 존경심마저 버렸다. 18세기와 19세기의 사회사를 살펴보면 특히 두 가지 조건이 교육에 대한 새로운 관심을 촉발시킨 것을 알 수 있다. 하나는 신분사회가 시장법칙에 의해 조종되는 산업사회로 이행한 것이다. 교육은 그 덕분에 점점 더 중요해졌는데 지위가 단순하게 상속되지 않는 상황에서는 능력과 지식이 한층 중요해지기 때문이다. 지위가 하락하는 것을 막고 가능한 한 사회적 지위를 높이기 위해 학교교육과 직업교육을 전면에 내세우는 교육적 노력이 아이에게 집중되었다.[81] 의식적인 교육노동의 시대가 새롭게 시작된 것이다.

한국의 상황도 다르지 않아 학부모들은 공교육(학교)에 대해 대체로 만족스러워했다. 자녀가 일류 상급학교에 진학하고 졸업 후 좋은 직장을 얻는 경우는 말할 것도 없고, 그렇지 않더라도 배움 자체의 가치를 공유할 수 있고 어쨌든 대개의 경우 자신보다 자녀가 학력이 높고 경제 사정도 나아진 점을 확인할 수 있었다. 특히 교육(학습)을 통해 얻어진 문화적 자산을 사회적 지위의 핵심적 상징물로 간주하는 유교적 사회관이 강력한 영향을 미쳐[82] 공교육에 대한 신뢰와 기대는 막강하기만 했다.

하지만 상황은 많이 달라졌다. 시험공부 때문에 학예회 연습을 빠지고 온 현우에게 엄마가 하는 말은 고작 '선생님한테 안 좋은 소리 들어서 좋을 건 없'다는 것이다. 학예회 같은 학교의 행사들은 여러 가지 목적과 효과를 가지고 있는데, 공부가 절대적인 비중을 차지하는 학교 일과(日課) 가운데 일종의 레크리에이션 같은 효과를 줄 수도 있고 그 과정에서 아이들은 친구를 발견하고 친목을 도모하는 계기로 삼기도 한다. 기

81 엘리자베트 벡 게른스하임, 앞의 책, 69쪽.
82 장경섭, 앞의 책, 253쪽.

본적으로 아이들이 함께 모여 준비를 한다는 점에서는 동일한 목표를 지향하면서 동시에 단체 생활에서 발생하는 갈등을 또래끼리 조절하며 조직 생활의 원리를 배우기도 한다. 하지만 '공부'라는 지상명령 앞에서 이런 것들은 시간만 뺏는 귀찮은 일로 전락하고 만다.

> "알았어. 이번 담임선생님은 좀 별난 분인가 보다. 별일도 아닌데 괜히 사람 일하는 직장까지 전화를 하고. 네가 친구가 있다느니 없다느니 하면서 말이야. 네 말대로 요즘 애들이 친구랑 놀 시간이 어디 있다고. 네가 무슨 문제를 일으키는 애도 아니고, 공부하는 학생이 공부 잘하면 된 거지 대체 뭐가 문제라는 거야. 이제 됐으니 들어가서 공부해. 너도 선생님이 뭐라 하든 괜히 마음 쓰지 말고 하던 대로 해. 그래도 오늘처럼 그러지는 말고. 선생님 눈 밖에 나서 좋을 건 없잖아." (37쪽)

이러한 교육에 대한 맹목적 집착은 자기 자식만을 우세종으로 키우려는 욕망에서 비롯된다는 점에서 봉건적 '뿌리의식'이 비윤리적 '성장 이데올로기'와 교접하여 만들어낸 전형적인 생성물이다. 최소한의 자본주의적 윤리와 가치조차 성립될 여지 없이 무차별적인 성장 욕구만을 촉진시킨 우리의 근대화 이데올로기는 채 청산되지 못한 봉건적 잔재와 접붙어 인간의 참된 윤리와는 거리가 먼[83] 무한경쟁과 승자독식의 의식체계를 형성시켰다. 그러한 의식체계의 기저에는 탈락과 배제에 대한 공포가 깔려 있다. 그러니 친구나 우정이 끼어들 틈은 원천적으로 봉쇄된 상황이다. 『괴상한 녀석』의 찬이 엄마가 시도하는 도구적 우정의 권고마저 사치처럼 느껴지는 상황이 도래한 것이다.

특히, IMF 이후 한국 사회는 '승자 독식주의'에 저항하려 하기보다는

---

83 권명아, 앞의 책, 82쪽.

'승자 독식체제' 또는 그 근처에라도 참여하는 쪽으로 모든 에너지를 집중시켰다. 학부모들이 자식을 일류 대학에 보내고자 한 건 실질적인 계급투쟁이었[84]고, 투쟁에 나서는 연령은 갈수록 낮아져 '옹알이 과외 열풍'까지 생겨날 정도였다. 이러한 승자독식주의(체제)와 가족은 어떤 영향을 서로 주고받을까? 사회계급이 누대에 걸쳐 재생산되는 방식은 아이들을 낳고 기르는 가정에 의해서이다. 가족은 계급적 기구이며 각자에게 최초의 계급적 지위를 선사[85]한다. 또한 가족은 교육 성취 기회를 통해 자식들에게 이익 혹은 불이익을 전달해 준다.

계급투쟁에서 승리하기 위해 현우 엄마가 선택한 다음 행보는 이사이다. "강남은 아니지만 엄마들 교육열도 높고 학원 수준도 강남 못지않고 중학교도 괜찮은 곳이 많"(54쪽)은 곳으로 겨우 전세를 얻어 간다.[86] 이렇듯 학벌지위 성취에만 매진하는 모자간에 오가는 대화에서 '밥'은 거의 사라지고 없다. '밥'은 "네가 알아서 잘 챙겨 먹"어야 할 일이거나 '더 많은 용돈'으로 매식(買食)하며 처리해야 할 일뿐이다. 대신 그 자리를 차지한 대화는 "성적은? 시험은? 기말고사 얼마 안 남았지? 벌써 자려

84 학생들도 그 점을 잘 알고 있었다. 1994년 9월에 이루어진 한 조사에 따르면, 중고생들의 80%가 '행복은 성적순'이라는 데에 동의한 걸로 나타났다. 「'행복은 성적순' 중고생 1,621명 설문 응답」, 『문화일보』, 1994.9.11, 15면.

85 어떤 심리학자가 새끼 원숭이를 가지고 실험을 했다. 우리의 한쪽에 철사를 얽어 만든 어미 원숭이 모양에 우유병을 달아 놓고 다른 한쪽에는 우유병 없이 헝겊으로 만든 어미 원숭이 모양을 만들어 놓았더니 새끼 원숭이는 헝겊으로 만든 어미 원숭이에 달라붙어 지내며 우유병이 있는 철사로 만든 어미 원숭이에게는 가려하지를 않았다. 또 철사로 만든 어미 원숭이만 있는 우리에서 자란 새끼 원숭이는 우유를 충분히 공급하는데도 도중에 죽거나 생존하더라도 원숭이 무리에 잘 적응을 못하는 비정상이 되었다. 반면 헝겊 어미 원숭이가 있는 우리에서 자란 새끼 원숭이는 실제 어미가 없이 자라도 정상에 가까웠다. 이 실험은 어루만짐에 대한 욕구, 따뜻한 관계에 대한 욕구가 인간을 포함한 영장류에게 얼마나 근원적인 것인가를 잘 보여 준다. 김진경, 「제2의 인클로저와 유기적 지식의 불가능성, 그리고 대안은?」, 『어린이와 문학』, 2013.12, 7쪽 참조. 실제로 가정에서 부모와 아이 사이에 이루어지는 대화의 대부분은 숙제, 학원, 성적에 관련된 것들이 절반을 넘는다는 신문기사들이 빈번하고 특히 『누구야, 너는?』의 주인공과 엄마의 모습은 그런 관계를 여실히 보여준다.

86 이와 관련해 「강남 주택시장 분석」이라는 2002년의 한 조사보고서에 따르면, 조사된 서울 강남지역 가구주의 35.9%가 "교육여건 때문에 강남에 거주한다."고 답해 강남지역 거주의 최대 이유가 교육이라는 세간의 상식을 구체적으로 확인시켜 주었다. 『경향신문』, 2002.8.1.

고?"이다.

사실 우리의 현실을 차분히 들여다보면 오늘날 가정의 이미지는 더 이상 '보금자리(nest)'가 아니라 단순한 '버스정류장(bus-stop)'으로 변하고 있다. 가정은 노동에 종속되어 노동의 긴 여정을 다니기 위한 간이정류장으로 변했[87]고, 아이들 역시 자신에게 할당된 학업량으로 인해 집은 잠시 다녀가는 정류장으로 변한 지 오래다.

엄마가 이렇게까지 아이의 성적 성과에 지나치게 집착하는 근본 이유는 무엇일까? 그 이유는 이제 단순한 학력의 문제가 아닌 학벌이라는 층위에서 찾아야 한다.

학벌[88]이란 개념은 다른 나라의 사회 현상과 적절히 비교할 만한 접점이 없는 우리 사회만의 매우 독특한 개념이다. 영어사전에 등록된 'chaebol(재벌)'이라는 단어가 한국 경제의 문제점을 많은 부분 내포하고 있듯이 학벌이란 단어 또한 한국 사회의 여러 문제점을 함축하고 있다.

학벌이라고 하면 흔히 족벌이나 문벌, 군벌 등과 같은 개념을 떠올리게 된다. 이것은 학벌이 학력이라는 단순한 개념과 전혀 다른 차원의 것임을 암시한다. 학벌은 흔히 말하는 가방끈이 길다든가 고등교육의 정도를 뜻하는 말이 아니다. 우리 사회에서 학벌은 하나의 권력이자 신분이며 사회적 관계를 뜻한다. '학벌이 좋다'는 말은 봉건시대 문벌 집안의 자손쯤 된다는 말과 통하고, '학벌 덕을 본다'라는 것은 학벌로 연결되어 있는 사회적 관계망의 힘을 덧입는 것을 의미한다. 우리 사회에서 좋은 학벌은 기득권 세력에 편입될 수 있는 가장 확실한 길이며 개인에게 사회적 존재로서의 자긍심을 고양시켜 주는 원천이다. 반대로 좋지 않은 학벌은 능력과 관계없이 엄청난 불이익, 차별, 소외를 경험하게 하

87 강수돌, 『팔꿈치 사회, 경쟁은 어떻게 내면화되는가』, 갈라파고스, 2013, 24쪽.

88 벌(閥)이라는 말은 국어사전에서 찾아보면 '출신, 이해, 인연 따위를 함께함으로써 서로 뭉치는 세력이나 집단'이라고 되어 있다. 즉 학벌이란 '출신 학교를 중심으로 만들어진 패거리'라고 할 수 있다.

며, 개인을 열등감과 패배의식에 젖게 하는 심리적 장치가 된다. 요즈음 붐이 일고 있는 중산층 이민의 90%가 아이들 교육문제 때문이라는 사실 또한 학벌이 우리 사회 통합의 기저를 근본적으로 파괴하고 있다는 것을 보여준다. 학벌은 우리 사회의 정치·사회·문화 모든 영역의 배후에서 한국 사회를 작동시키는 핵심적인 개념이다.

우리 사회를 학벌사회라고 명명할 때, 사회학적 측면에서 그것은 변형된 신분제적 가치와 원리가 지배하는 사회를 말한다. 문화적 측면에서는 학벌이라는 집단적 편견이 개인의 인간관계 형성이나 결혼, 취업 등 일상의 모든 영역에 파고들어 문화적·심리적 갈등을 빚어내는 갈등사회를 의미한다.

학벌사회는 좀더 일반적인 개념인 학력사회(credential society)와 구별된다. 학력사회가 학력, 즉 제도권 교육의 이수 연한 정도에 따라 증명서를 발급하고 이에 의해 사회적 차별이 이루어지는 사회라고 한다면, 학벌사회는 사회적 불평등을 넘어 문화적 봉건성과 맞닿아 있는 사회라고 할 수 있다. 즉 학벌이란 아직 개인 중심의 시민사회가 정착되지 못하고 집단 소속에 의해 개인의 사회적 위상이 정해지는 집단적 사회에서 나타나는 특수 현상이다.

학벌이라는 것은 비록 근대국가로서의 외양은 갖추었지만 그 의식구조가 여전히 봉건적이고 신분적인 가치관을 벗어나지 못한 상태에서 고착된 것이라고 볼 수 있다. 이것의 문제는 10대 후반에 외관상 공정한[89] 입시경쟁을 통해서 획득되고, 이렇게 '한번 얻어진 성취 지위가 귀속 지위화됨으로써 준(準)신분화되는 집단'이라고 개념화해서 설명할 수 있

89 왕조 시대의 과거시험도 형식상 사농공상(士農工商)을 가리지 않고 누구라도 응시할 수 있는 개방적인 제도였다. 하지만 실질적으로 경제적인 문제, 즉 오랜 시험 준비 과정에 드는 막대한 비용이 모두 수험자 부담이었으므로 넉넉지 못한 사람들에게는 그림의 떡일 뿐이었다. 이는 현재도 별반 크게 다르지 않아서 외형상으로만 평등 혹은 외관상으로만 공정하다고 볼 수 있다. 김동훈, 『한국의 학벌, 또 하나의 카스트인가』, 책세상, 2001, 45쪽.

다. 즉 학벌은 일종의 성취 지위이지만 한번 얻어진 성취 지위의 대가 이상으로 개인사에 끼치는 영향력이 지대하고 학벌과 전혀 상관없는 취직, 일상사, 인간 관계, 결혼 등에까지 판단 기준으로 군림한다. 대부분 어릴 때 결정된 성취 지위가 귀속 지위화되어 준신분화되는 것이다. 이른바 명문대라는 훈장, 메달을 따기 위한 통로인 대학 입시는 우리 사회의 모든 경쟁의 압력이 가장 극대화되어 있는 총체화된 신분전쟁이요, 계급투쟁이다. 이 가족 단위의 무한 경쟁에서 파생되는 열기는 우리 사회를 뜨겁게 달구며 경쟁을 부채질한다.

일반 시민들이 학벌의 벽을 피부로 느끼는 것은 권력이나 부의 독점과 같은 거대담론이 아니라 매우 미묘하고 일상화된 문화적 편견과 차별이다. 우리 사회에서 학벌은 인종차별이나 여성차별 등과 같이 모든 사회의 집단 무의식에까지 깊이 파고든 거대한 편견으로 존재한다.[90] 엄마들은 자녀들의 교육자본, 즉 학력이 아닌 학벌을 취득하기 위해 자녀의 손을 잡고 더욱 무자비한 경쟁체제에 뛰어들게 된 것이다.

그런데 『누구야, 너는?』에는 이런 현우 엄마와 똑같은 엄마가 한 사람 더 등장하는데, 바로 현우의 외할머니, 즉 현우 엄마의 엄마이다. 현우의 외할머니가 현우네에 미치는 영향은 막강하다. 현우의 아버지가 경제적 소임을 다하지 못하고 있다는 자괴감에 가부장의 역할을 포기하고, 현우의 엄마는 슈퍼우먼으로 에너지를 소진할 뿐 가족 내 지위를 확보하는 것에 관심이 없는 틈을 타 현우 외할머니는 자식 세대에 의해 꾸려진 현우네 가족에서 끊임없이 '가부장'으로 기능하고자 한다. 하지만 이미 독립된 자신만의 가정을 꾸린 자식 세대에게 이런 어머니 세대의 존재는 버겁기만 할 뿐 환영받지 못한다.

---

90 김동훈, 위의 책, 9~21쪽 참조.

"오늘 친구들이 다 물어보는데 그냥 학원 차렸다고 했다. 그 나이에 학원 선생 한다는 소리를 창피해서 어떻게 해. 참, 너 시간 나면 네 오빠한테 전화 좀 해 봐라."

"왜요?"

"올해도 안 들어오는지 물어보란 말이야."

"엄마가 직접 해 보시지 그래요."

"내가 물어보면 제대로 말을 해 줘야지."

(중략)

"네 언니도 그러더니 네 오빠까지 아예 거기서 자리를 잡으려는 모양이야. 늙은 부모들은 나 몰라라 하고."

"엄마가 열심히 가르친 덕에 성공한 거잖아요."

(중략)

"네 언니도 오빠도 너도, 모두 어쩜 그러는 거냐. 힘들게 가르쳐 놓으니 다들 자기 잘나서 성공한 줄 알아. 나 아니었으면 어림도 없었을걸."

(중략)

"넌 공부 잘하고 있냐? 네 엄마가 고생하는 거 다 너 때문이야. 너 때문에 네 아빠 그러는 것도 다 참고 사는 거라고. 그러니 네가 열심히 공부해서 꼭 성공해야 한다." (81~82쪽)

위의 인용문에서 현우 할머니의 전 생애를 짐작해 보는 것은 어렵지 않다. 현우 할머니는 교육 권력을 획득하기 위한 투쟁의 과정에서 승리했다. 하지만 그녀가 받는 대접은 부모 덕에 성공했으면서도 묻는 말에 '제대로 말을 안 해 주'면서 '다들 자기가 잘나서 성공한 줄 아'는 자식들의 외면과 소외로 되돌아왔다. 그녀는 자식들의 성취지위 획득만을 위해 노력하느라 부모로서의 친밀한 애정적 유대를 가꾸지 못했고 자식들은 부모의 강압과 남매간의 경쟁에 지쳐 가족으로부터 분리 도망해 버린 것이다.

'도구적 가족주의'의 지배를 받고 있는 한국 가정의 가장 또는 부모는 자녀들에게 마찬가지의 가치관을 전수할 뿐 아니라 자신들의 지휘 하에 자녀들까지 치열한 사회적 경쟁에 직접 뛰어들 것을 명령한다. 이를 자녀 사랑의 발로라고 여기는 도덕주의적 권위 앞에 자녀들은 별다른 저항이나 반론을 전개할 수 없는 것이 한국 사회의 가족이기주의적[91] 현실이다. 이 과정에서 사회적 경쟁에 임하는 개인들 중 상당수가 본인의 자율적 의사 판단이 아니라 가족의 권위주의적 압력에 차마 저항할 수가 없어 마지못해 따르는 가족 욕구의 대리인 역할을 하고 있다. 이러한 경우, 가족이 그 성원을 통해 사회에 참여하는 행태는 사회지향적이라기보다는 오히려 가족지향성의 발로이고 가족 내부의 비민주적 질서에 기초한 측면이 뚜렷하다.

현대 한국인들이 영위하고 있는 가족중심적 삶은 그들이 의식하든 못하든 다양한 반사회성을 띠고 있다. 그러한 반사회성은 그들의 가족관계와 가정생활이 진정한 공동체적 성격을 상실하고 있음을 드러내기도 한다. 가족주의 이데올로기가 근본 원리로 작동하고 있는 사회에서 개인의 정체성은 가족 구성원이라는 정체성에 의해 호명된다. 우리 사회에서 가족이란 표면적으로는 어느 집단보다 혈연 중심적이지만 철저하게 '계급적' 원리에 의해 차별화되어 구성된다. 가족은 이 시대의 모든 권력 관계를 생산하는 기본 플롯으로, 가족적 차이가 곧 계급적 차이이다.[92]

현우 외할머니에게 가족이 그렇다. 그런데 자랑스러운 자식들은 모두

91 가족이기주의를 굳이 개념적으로 정의하면, 개개인의 자기 가족 중심적인 태도와 행위가 사회 전체의 가족적 혹은 공동체적 연대로 확산되지 못하고, 오히려 배타적 이기주의를 조장하여 가족들 사이에 갈등을 초래하는 문제로 해석할 수 있다. 따라서 가족이기주의자들이 모인 사회에서는 개개인의 자기 가족에 대한 '도덕적 헌신'이 다른 사람들 가족의 물질적·정신적 안정을 위협하는 결과를 가지고 온다는 것이다.

92 권명아, 앞의 책, 73쪽.

떠나고 그녀의 곁에 남아 있는 자식은 남편이 '학원 선생'이라 남들에게 말하기도 창피한 '현우 엄마'뿐이다. 급기야 현우 외할머니가 맞닥뜨리는 현실은 현우 엄마의 병실에서 벌어진다.

"아, 엄마…… 제발 그만해요!"

외할머니 말을 막은 것은 엄마가 비명처럼 내지른 소리였다.

"제가 아픈 게 왜 현우 아빠 잘못이에요. 제가 몸 관리를 못해서 그런 거잖아요. 엄마는 뭐가 그렇게 못마땅하세요. 왜 그렇게 저를…… 우리 집을 못마땅해하세요? 현우 아빠가 일부러 그런 것도 아니고, 자기 딴에는 열심히 한다고 해도 잘 안된 거잖아요. 저는 어떻고요? 엄마 눈에는 제가 그렇게 못마땅해 보이세요? 엄마 말대로 혼자 직장생활 하면서 아이 키우고 남편 뒷바라지하고 살면 애쓴다, 고생하는구나, 참 장하구나, 그런 말 해 주시면 안 돼요?

아빠와 나는 멍한 얼굴로 엄마를 지켜봤다. 외할머니는 낯빛이 창백해져서 금방이라도 쓰러질 것 같았다.

"너…… 지, 지금…… 그게…… 나한테 하는 말이냐?"

"네, 엄마한테 하는 말이에요. 엄마는 늘 저를 못마땅해했어요. 전 어릴 때부터 엄마한테 잘 보이려고, 엄마 마음에 드는 아이가 되려고 죽어라고 노력했어요. 하지만 늘 엄마 기대에 미치지 못했지요. 엄마는 제가 오빠나 언니처럼 하지 못하는 걸 늘 못마땅해했어요. 엄마는 그게 제가 노력을 안 해서라고 했지만 …… 전 정말 열심히 했단 말이에요. 어릴 때도…… 지금도…… 아무리 노력해도 엄마한테 잘했다는 소리를 듣지 못했어요. 전 이제 엄마 신경 안 쓰고 살 거예요. 엄마가 뭐라고 하든 상관없어요. 엄마도 더 이상 제 일에 상관하지 마세요. 그렇게 저 사는 게 못마땅하면 우리 집도 찾아오지 마세요. 엄마 마음에 드는 언니랑 오빠랑 만나면서 살라고요."

"너……."

외할머니는 금방이라도 쓰러질 것 같았다. (161~162쪽)

그런데 현우 엄마가 내뱉는 '노력을 안 해서' '기대에 미치지 못한' 이런 말들은 현우 외할머니가 현우 엄마에게, 또 현우 엄마가 현우에게 했던 말과 똑같다. 그리고 그 말은 현우가 자신의 또 다른 분열된 자아에게 죄책감과 패배감에 휩싸여 했던 말과도 똑같다. 현우 엄마가 자신의 어머니에게 힘들게 고백하는 '엄마 마음에 드는 아이가 되려고'는 동시에 현우가 가진 유일한 목표이기도 하다.

랭(R.D.Laing)은 가족과정이란 접근을 사용한 연구 결과를 발표했다. 즉, 핵가족의 '가족 유대'가 갖는 지나치게 촘촘하게 짜인 감정적 망으로 인해 상호주관성에 혼란이 생기거나, 가장 가까운 가족 구성원이 자신에게 부여한 속성과 자기 자신과를 구분하는 데 문제점이 발생할 수 있으며, 이러한 조건들로 인해 정신분열증이 발생할 수도 있다는 것이다. 핵가족에서 개인들은 "자신을 보존하기 위해 타인의 내면 삶을 제어하고자 시도한다."[93]는 지적으로 보인다.

사회학자 라이트 밀스는 『사회학적 상상력』[94]에서 "인간의 삶이란 자신이 속한 특정 제도 속에서 다양한 역할을 수행하는 과정이다. 한 개인의 삶을 이해하기 위해 우리는 그가 수행해온 그리고 현재 수행하는 역할의 가치와 의미를 이해할 필요가 있다. 또 이러한 역할을 이해하기 위해서는 그가 속한 제도에 대한 이해를 선행해야 한다."라고 말했다. 이 말에 '엄마'라는 말을 대입시켜 보면 한국 사회에서 엄마, 어머니라는 역할이 수행되는 원리를 알 수 있다. 한국 사회의 엄마들은 모성 이데올로기와 가족 이데올로기가 맞부딪치는 가운데 자녀의 미래의 성공을 예약하기 위해 경쟁하고 있다. 각각의 엄마들이 생각하는 '엄마 노릇'의 참됨/거짓됨에 대한 가치 판단은 '모든 엄마'들이 만들어내는 '엄마 노릇'의 자기 정당화 논리와 배타적인 강제에 의해 추방되고 설 자리를 잃

93 미셸 바렛 · 매리 매킨토시, 앞의 책, 68쪽.
94 라이트 밀스, 강희경 외 옮김, 『사회학적 상상력』, 돌베개, 2004.

는다. 즉 '모든'이라는 거대한 주체는 바로 '제도'[95]가 만들어내는 이데올로기적 형식이 개별 존재자들의 가치 판단과 참된 자기됨에 대한 규정을 박탈해 버린 결과인 것이다.

오늘의 엄마 노릇은 각 개인의 가치 판단과는 무관하게 '모든 엄마'들이 미쳐 휘둘리는 엄마 노릇에 자신을 내맡기는 것에 불과하다.[96] 가족 내에서 '개인'으로 존재하지 못하고 모성 이데올로기에 매몰되어 희생적 삶을 살아가는 어머니들은 타자 지향적, 자녀 중심적인 삶을 살아간다.[97]

현우 엄마의 발병(發病)은 이러한 사회적 질환이 심장 통증이라는 육체적 질병으로 발현된 것이다. 현우 엄마는 자신의 억압된 과거로부터 탈출해야 한다는 자각을 하고 그에 대한 대응의 하나로 자신의 엄마로부터, 또한 어린 시절 내내 시달렸던 수치심으로부터 해방을 선언한다. '내부의 아이'를 키운다는 것은 과거를 재생하는 것—되돌아가는, 그리고 어렴풋이 기억나는 또는 억압된 어린 시절의 경험들을 다시 포착하는 과정—을 의미하지만, 그러나 그 목적은 오직 그것을 풀어놓기(release) 위해서이다. 그러기 위해서는 무엇보다도 먼저 자기 부모로부터 감정적으로 독립할 수 있는 수단을 찾아보아야 한다. 그 과정의 일부로서 그녀는 실제, 또는 가설적인 부모의 요구에 대해 '못 해요'라든가 '안 해요'라고 말하기 시작하게 되는데, 이것은 자율성을 주장하는 하나의 방식이자 '가게 내버려 두기'를 격려하고 있는 것이다.

---

95 제도란 사회 질서를 구획하는 원리이자 그 원리를 실천할 수 있는 이념적 도구이다. 이는 인간이 사회적 존재로서 외면할 수 없는 실제적인 기반이자, 모든 약속을 수반하는 억압이기도 하다. 제도는 다수의 편의를 위해 만들어졌지만 동시에 절대 다수 또는 보편 다수라는 단어 자체가 갖고 있는 함정인 어떤 소수 또는 어떤 약자의 소외와 은닉, 억압과 축소를 통해 유지되는 기구이기도 하다. 최기숙, 『어린이 이야기, 그 거세된 꿈』, 책세상, 2001, 25쪽.

96 권명아, 「자기 상실의 '근대사'와 여성들의 자아찾기」, 김경수 편, 『페미니즘 문학비평』, 프레스21, 2000, 83쪽.

97 이금란, 앞의 논문, 38쪽

강조되는 것은 현재와 미래다. 어린 시절은 성인이 되면 탈출해야만 하는 삶의 한 국면이라기보다는 오히려 나중에 보다 자율적으로 성인 세계에 참여할 수 있도록 준비시켜 주는 시기인 것 같다. 그러므로 개인은 다른 관계들과 마찬가지로 부모-자식 관계로부터도 자유로워져야만 한다.[98] 이런 측면에서 보면 현우 엄마는 스스로 자신의 가족사에서 세뇌된 의식으로부터 달아나 부모로부터의 '감정적 독립'을 선언한 것이다. 이는 자아의 서사를 재형성하기 시작하고 자기 권리를 주장할 수 있도록 해 주는 수단이기도 하다.

비로소 현우 엄마는 극적으로 달라진 모습을 보여주는데 자율적 개인은 타인을 똑같은 자율적 개인으로 대우할 수 있기 때문이다. 현우의 정신과 병원에서의 심리 치료도 물론 합리적 처치이지만, 궁극적인 해결은 가정 내에 있다고 볼 때 엄마의 변화는 사태의 해결을 의미한다고 볼 수 있다.

> "병원 가는 날은 학원 쉬기로 했잖아."
>
> "오늘 수업은 꼭 들어야 할 것 같아서요."
>
> "알았다. 그럼 학원 갔다 바로 들어가. 사랑한다! 보고 싶어!"
>
> 나는 엄마의 인사에 픽 웃음이 났다. (167쪽)

사적 영역의 민주화는 친밀성을 가져오고 이는 바로 민주주의의 약속을 의미한다. 한국 사회에서 여성의 삶 속에서 병리적으로 나타나는 증후군으로는 대표적으로 가족 관계 내에서 발생하는 모성의 과잉 현상이다. 가족 관계 내에 있는 여성의 경우 여성의 정체성은 대부분 자식에 대한 성취 욕구를 통해 결정된다.[99]

---

98 앤소니 기든스, 앞의 책, 165~167쪽 참조.
99 연효숙, 앞의 논문, 142쪽.

3. 경쟁사회의 대표선수

『괴상한 녀석』은 지금까지는 주로 '왕따'라는 아이들 사이의 관계와 권력의 문제를 다루고 있는 작품으로 분석되어 왔다. 또한 왕따를 교실 안의 문제로만 한정짓는 이전 작품들의 한계를 넘어, 왕따의 책임을 부모와 사회집단에게도 묻는 시선에서 문제를 파고드는 치밀함을[100] 보인다는 평가를 받아왔다.

그러나 같은 텍스트라도 방향을 달리 해서 봤을 때 전혀 다른 해석의 여지가 드러난다. 『괴상한 녀석』을 가족서사적 측면에서 살펴보면 아이들이 가족 안에서 어떻게 위치하는지, 가족 안에서 자기 정체성은 어떻게 성장해 가는지 볼 수 있다. 특히 가정은 사회의 반향(反響)이라는 측면에서 사회체계와 질서의 변화가 결국 어린이의 삶에 미치는 영향을 원천적으로 살펴볼 수 있게 된다.

『괴상한 녀석』에는 '너를 위해서'라는 구실로 일상을 사사건건 통제받는 아이 찬이와 어른의 체면 때문에 멋대로 부풀려진 아이 석이가 등장한다. 주인공이자 화자인 찬이는 엄마가 원하는 만큼 공부를 잘하지도, 똑똑하지도 못하지만 "엄마를 실망시키고 싶지 않아 엄마에게 자신의 마음을 이야기하지 못"하는 착한 아들이다.

부모의 요구(孝)에 충실하기 위해서 부모의 욕구와의 동일시 속에서 살아가는 찬이는 그로 인해 자신의 '욕구'는 생각할 수 없다. 그래서 찬이는 엄마가 "어쩌다 반 친구를 데려와도 반가워하지 않는 것도 다 나를 위한 것"이라고 이해한다. "내가 혹시나 나쁜 친구를 사귈까 걱정이 되기 때문이다. 나는 엄마 마음을 이해한다. 요즘 세상은 워낙 험하다고 모두들 말하지 않는가?"(27쪽) 하며 말이다. 그런 찬이에게 몹시 기분 나쁜

100 김현숙, 「따라오라 할까, 같이 갈까」, 『창비어린이』, no.14. 2006, 가을, 76쪽.

일이 생기는데 너무 머리가 좋아 학교를 안 다닐 정도로 괴물 같은 녀석이 앞집에 이사를 오고 엄마는 그 아이와 친하게 지낼 것을 종용한다. 찬이가 생각할 수 있는 대안은 하나밖에 없다.

> 제발 녀석이 나를 친구로 삼기 싫어해야 할 텐데. 나랑은 수준이 맞지 않아서 못 놀겠다고 제 엄마한테 말한다면, 아무리 우리 엄마라도 어쩔 수 없을 거다. 그 괴상한 녀석의 엄마도 분명 우리 엄마처럼 수준이 높은 아이를 친구로 삼기 원할 테니 말이다. 그래야 하나라도 더 배울 것이 아닌가? (27쪽)

하지만 결국 찬이는 괴물 같은 녀석과 맞닥뜨리게 되는데, 정작 알고 보니 그 녀석은 괴물이 아니라 그저 괴상한 녀석일 뿐이고, 그래서 가까이 지내면 재미있을 것 같다는 생각을 한다. 그러던 어느 늦은 저녁 뜻밖의 일이 생기는데 학원을 다녀오다 동네 형들에게 봉변을 당할 뻔한 찬이를 괴상한 녀석인 석이가 구해 준 것이다. 찬이는 석이에게 고맙다는 말을 하러 갔다가 석이의 실체를 알게 되고, 친구가 되어주기로 결심한다. 하지만 결국 석이의 실체가 온 아파트에 알려지게 되고 엄마는 석이와 가까이 하지 말라는 명령을 내린다. 찬이는 또다시 '엄마 말을 듣는 것은 아들인 나로서는 아주 당연한 일이'라며 엄마를 이해하고 만다. 하지만 그 뒤에 솔직한 마음을 하나 덧붙인다. '하지만 이번 일은 정말 마음이 편치 않았다.'라고 말이다.

석이가 학교를 다니게 되고 같은 반이 되면서, 찬이는 석이가 여러 가지 일로 곤경에 처하는 것을 보게 되지만 못 본 척 지낸다. '만일 녀석과 친하게 지내면 아이들이 나까지 왕따를 시킬까 두렵'기 때문이다. 어쩌다 용기를 내보려 해도 엄마의 말에 가로막히고 만다. '엄마 말대로라면 착한 일도 똑똑한 아이가 해야 하는 것'이고, '나처럼 똑똑하지 못한 아이는 왕따 당하는 친구와 놀아주어도 안 되는 것이'기 때문이다. 이렇듯 찬이가 자신의 의사나 의지대로 움직이는 주체적 모습을 보이지 못하는 것은 찬이의 모든 사고와 행동이 엄마가 정해 놓은 규범 안에만 머물기 때문이다. 착한 아이들은 갈등을 못견뎌낸다. 그들은 자신의 생각을 주장하며 갈등을 현실화하기보다는 차라리 빠른 합의를 선택한다. 다시 말해 착한 아이들이 만들어낸 화해는 가족이라는 공동체를 우선시하는 것이며 동시에 화합의 원리로 작동하는 가족의 이념을 사회 속에서 실현하고자 하는 의지이다. 그렇다고 해서 마음까지 편한 것은 아니다.

> 녀석 때문에 머릿속이 복잡해졌다. 녀석은 경태를 무서워하지 않는데 나는 경태가 무섭다. 아니, 싫다. 내가 윤아한테 아무 말도 해주지 않은 것도 바로 그 때문이다. 경태와 괜한 일로 부딪치고 싶지 않기 때문이다. 옛말에도 있지 않은가? 똥이 무서워서 피하나, 더러워서 피하지.
>
> 그런데 이상하다. 왜 자꾸 부끄러운 마음이 들까? (108쪽)

포함과 배제가 항상 존재하는 현실이라면 집단의 위와 아래, 즉 사회적 계급 체계 역시 항상 존재한다.[101] 집단은 아이들에게 자신의 일부를 부정할 것을 요구한다. 집단에서 거부당한 아이들은 그와 동시에 괴롭힘의 대상이 되기도 한다. 이때 배제·조롱·골탕 먹이기 같은 방법이 동원된다. 집단 내에서는 남을 괴롭히거나 지배하려는 행동이 위계질서를 세우고 이를 강화하는 데 이용된다. 파벌이 불러일으키는 잔인성은 대부분 집단이 암시적으로 혹은 노골적으로 아이들에게 친구를 버리도록 하는 압력과 관련되어 있다. 찬이에게 경태 집단으로부터 가해지는 압력은 도둑 누명이다. 이 누명을 벗을 수 있는 길은 친구들의 믿음직한 신뢰뿐이다. 집단과 파벌의 잔인성을 이겨내고 찬이에게 신뢰를 보내는

---

101 마이클 톰슨 외 지음, 앞의 책, 159쪽.

친구가 많을 때 의심에 기초한 누명은 사라질 수 있는 것이다.

하지만 엄마들은 자신들의 기준—성적·좋은 집안·똑똑함 등—으로 아이들의 편을 가른다. "엄마 말대로라면 착한 일도 똑똑한 아이가 해야 하는 것"(92쪽)이고, "공부를 잘해야 좋은 아이고, 못하면 나쁜 아이로 생각하시"(150쪽)기 때문이다. 그들은 교우관계에까지 배타적인 도구적 입장을 들이밀며 아이들에게 편견과 선입관을 심어 결과적으로 왕따를 권하고 있는 상황이다.

> "이게 정말!"
>
> 갑자기 경태의 주먹이 내게 날아왔다. 미처 피할 새도 없었다. 나는 그만 픽 하고 옆으로 쓰러졌다.
>
> "찬이 때리지 마."
>
> 녀석이 벌떡 일어나 경태를 잡았다. 그리고 녀석이 경태를 한 대 때렸다.(131쪽)

성적이니 반장이니 의사(醫師)니 하는 것들로부터 자유로운 석이가 가장 중요하게 추구하는 가치는 친구에 대한 무한한 신뢰와 우정이다. 석이의 그런 모습에 반의 우두머리인 경태에게 억눌려 있던 반 아이들이 호응을 하며 위기는 해결된다. 결국 아이들이 현실 – 가족과 학교 – 에서 부딪치는 수많은 문제들을 해결할 수 있는 힘은 아이들의 원초적 생명력이라 할 우정에 있음을 보여준다.

『누구야, 너는?』의 현우는 찬이와 석이에게서 보이는 이런 어린이다움마저 휘발된 상태로 등장한다. 찬이와 석이가 억압적 소망이긴 하지만 그래도 착한 아들 되기를 원하고 노력하고 있다면, 현우는 분리불안과 분열 증상에 시달리고 있는 질병 상태의 인물이다. 외할머니 집에서 살다 엄마아빠의 집으로 돌아온 현우는 집이 낯설기만 한 데다, 자신이 돌아온 첫날부터 엄마와 아빠가 다투자 무서움에 온몸을 바들바들 떨며 밤을 보낸다. 눈물이 왈칵 쏟아져도 "내가 울보라면 나를 더 싫어할 것 같아" 입술을 깨물며 울음소리를 죽이는 아이다. 이런 아이, 현우에게 그 아이가 찾아온다. "그 아이는 나처럼 아주 작은 아이였고, 전혀 무섭게 보이지 않았다. 도대체 그 아이가 어디서 어떻게 나타난" 건지 "잠깐 이상한 생각이 들기는 했지만 그것보다도 내가 혼자가 아니라는 사실에 마음이 놓"일 만큼 현우는 겁에 질려 있었다. 그 순간 현우에게 "무서워하지 마."라는 가장 절실한 위로의 말을 들려주는 사람은 엄마도 아빠도 아닌 그 아이다. 『누구야, 너는?』 서사의 가장 큰 고갱이는 현우 외에는 아무에게도 보이지 않는 이 아이의 존재이다.

아동문학에서 어린아이에게만 보이는 상상의 친구는 그리 낯선 설정만은 아니다. 존 버닝햄의 그림책 『알도』의 알도는 외로운 여자 아이의 상상친구인 토끼다. 알도는 여자 아이가 무서울 때나 어려운 일을 당할 때 곁을 지켜 주기도 하고 때로는 그네도 밀어 주고 책도 읽어 준다. 이 여자 아이도 알도의 존재를 누구에게도 알리지 못하는데 그것은 누구도 믿어주지 않을 뿐더러 어쩌면 비웃을 수도 있기 때문이라고 생각하기 때문이다. 하지만 여자 아이는 알도와 함께 외로움과 두려움을 이겨내고 혼자 노는 법도 배운다. 교육방송(EBS)에서 방영됐던 아동용 애니메이션인 〈호야네 집〉에서는 엄마가 아끼는 화분을 깨뜨린 호야가 자신의 잘못을 미루기 위해 지어낸 상상친구가 등장한다.

아이들은 보통 4~5세가 되면 심리적 특성으로 '상상적 친구'(imaginary friend)를 가진다고 한다. 이 상상적 친구는 어린아이 내면의 억눌린 욕망을 해소하는 계기가 되어 주기도 하고 공포심과 좌절감을 표출하는 통로의 역할을 하다가, 아이가 자라면서 자연스레 소멸하는 경우가 대부분이다. 그것은 아이의 내면이 성장하기 때문이기도 하고 상상과 현실의 세계를 분별하는 이성적 능력이 커지며 자아가 확립되기 때문이기도 하다. 한 인간에게 있어 세계 내 자신의 존재를 인식하고, 자아 정체성을 확립해 간다는 것은 일생에서 가장 중요한 일이다. 그것은 자신의 세계관, 인생관, 삶의 방향을 설정하는 것이기 때문이다. 그러한 일련의 과정은 가장 먼저 가정에서부터 시작된다. 하지만 초기의 애착이 안전하게 이루어지지 못하면 아이는 스스로를 불안정하고 위태롭고 심지어는 사랑받을 만한 존재가 아니라고 여긴다.

현우는 '엄마가 다시 나를 외할머니나 다른 누구의 집으로 보낼까 봐 겁이 나, 최대한 엄마의 말을 잘 들으려 노력'하며 지내지만 부모의 갈등은 여전하고 크게 싸우기도 한다. 현우는 자신이 유일하게 의지하고 있는 존재인 엄마가 아빠와 다투다 자신을 책임지지 않겠다고 하는 말에 다시금 겁에 질리고 그 아이는 다시 나타난다.

"울지 마. 괜찮아."

그 아이는 이렇게 말하고 내 곁에 있어 줬다. 그리고 그 뒤로도 그 아이는 내가 무섭거나, 외롭거나, 슬플 때마다 나를 찾아왔다. (13쪽)

분리불안이란 주된 애착 대상이었던 사람(어머니 등)이나 친숙한 상황으로부터 떨어지게 될 때 나타나는 불안 상태를 말한다. 유년기의 체험은 무의식의 저변에 자리하고 있다가 반복 상황·유사한 상황이 재현될 때 외부로 표출된다. 뚜렷이 각인되지는 않지만 이미 경험에 의해서 의식의 저변에 자리하고 있다가 어떤 사건이나 상황에 노출되었을 때 불쑥 튀어나와 의식을 방해하고 행동을 규제하는 역할을 하[102]는 것이다. 현우는 외할머니에게도 그리 달가운 존재가 아니었고 늘 핀잔을 받으며

102 이금란, 앞의 논문, 14~15쪽.

자라왔다. 그런데 부모에게 돌아와서도 마찬가지의 상황이 반복되자 극심한 불안에 휩싸이고 만다. 무의식 속에 잠재되어 있는 충격의 기억은 심리적 불안의식을 초래한다. 외부에서 가해지는 어떤 대상에 기인한다기보다는 '내적 위험'을 표현하는, 무의식적으로 형성된 감정의 긴장을 통해 그 대상을 잃어버릴지도 모른다는 공포가 바로 불안의 본질이다. 이러한 불안은 대체적으로 유아기에 경험된 '엄마로부터의 분리'에 대한 공포에서 비롯되는데, 일반적으로 존재론적 안전을 위협하는 현상이다. 결국 신경증에 궁극적으로 결정적 역할을 하는 것은 '주체의 무의식적 환상(심리적 현실)'이다. '조용히 나타났다 그냥 스르르 사라져 버리는 그 아이에 대해 엄마가 이해할 수 있게 설명을 하기란 너무 어려웠'고 결국 그 아이는 현우만 아는 아이가 되어 버린다.

'울지 마.'

'무서워하지 마.'

'괜찮아.'

어쩌다 그 아이 입에서 나오는 말은 그게 전부였다. 그 아이가 그렇게 말하면 나는 언제나 더 서러워져 울었다.

시간이 지나면서 내가 자라듯 그 아이도 점점 자라는 것 같았다. 내가 유치원 다닐 때는 유치원 아이의 모습으로, 1학년 때는 1학년 아이의 모습으로 나타났다. 그 아이가 내게 그런 말을 한 건 아니지만, 그건 그냥 느낌으로 알 수 있었다. 나는 그 아이에게 궁금한 걸 물어본 적이 있었다. (14쪽)

어디에 사는지, 이름이 무엇인지 물었지만 그 아이는 대답이 없었고 현우는 어쩌면 그 아이가 사람이 아닐지도 모른다는 생각을 한다. 아이들은 자신이 수용하기 어렵거나 상처를 받으면 현실을 벗어나 공상을 하게 되는데 주로 귀신을 보거나 놀리는 소리, 야단치는 소리를 듣는다. 현실의 고통에서 벗어나기 위해 공상을 하는 아이들은 상처가 많고 자신의 마음을 나눌 친구나 부모가 곁에 없다. 그래서 더욱 자신의 내면으로 들어간다. 가상세계에 숨음으로써 아이가 얻는 것은 고통스러운 현실로부터의 도피이다.[103] 그래서 현우는 '설사 그 아이가 귀신이라 해도 무섭지 않으면 그만이었다. 그 아이는 내가 외롭거나 힘들거나 슬플 때 나타나서 나를 위로해 주는 좋은 친구'라고 결론짓는다. 환상은 일종의 보상심리로[104] 욕망과 현실 사이에 있다. 달리 말하면 환상이라고 하는 것은 욕망과 현실의 갭을 메우고 있는 그것들의 타협물이다.

시간이 지나고 현우가 자라지만 '그 아이'는 사라지지 않고 '얼마 전부터는 한낮에도 불쑥불쑥 나타나 이상한 걸 묻기' 시작한다. 현우는 '그 아이 때문에 조금씩 화가 나기 시작'하는데, 그건 현우가 '도무지 그 아이를 이해할 수 없'기 때문이다. 현우가 생각하기에 그 아이가 하는 말들은 다 바보 같은 말이다.

> '만날 공부만 하는구나. 지겹지 않아?' (16쪽)
> '너는 밖에 나가 놀고 싶지 않아?' (17쪽)

현우의 대답은 이렇다.

> "넌 왜 늘 그렇게 이상한 것만 물어봐? 그런 건 하나도 중요한 게 아니야." (18쪽)

현우는 자신이 살고 있는 세계를 전혀 이해하지 못하는 그 아이가 어

---

103 이주영, 『어린이 심리학』, 지식프레임, 2010, 130~133쪽 참조.
104 임진수, 『환상의 정신분석』, 현대문학, 2005, 248쪽.

이가 없는데, 그 아이는 외려 불쌍한 듯 현우를 바라보곤 한다. 현우는 그 아이가 그런 눈으로 보면 왠지 초조해지고 화가 나는데 엄마의 친구들이 놀러온 날도 비슷한 상황은 다시 반복된다.

'너는 피아노 치는 게 좋아?'

"엄마는 내가 피아노 치는 걸 좋아해."

'나는 네가 좋아하느냐고 물었어.'

"엄마가 좋아한다니까." (22쪽)

현우의 말은 매번 엄마를 주어로 하고 있다. 현우는 자기 의식과 욕망의 주인으로 서지 못하고 엄마의 의식과 욕망의 대리자로 살고 있는 것이다. 그런 현우에게 주체적 자아에 대해 의심의 시선을 던지는 '그 아이'는 이제 위로가 되어 주던 상상친구가 아니라 현우 자신조차 인지하지 못하는 억눌린 욕망을 들추는 고발자이자 대답할 수 없는 질문을 자꾸만 던지는 억압자로 위치전환 된다.

자아란 특정한 방식으로 이해된 개별자, 즉 개체가 지닌 여러 종류의 속성들 중에서 의식의 속성을 중심으로 이해된 개별자이다. 결국 자아란 자신에 대해 경험하고 의식하는 능력을 지닌 개별자로서 의식의 주체를 일컫는다. 결국 자아의 정체성은 한 개인에게 결과로 주어지는 어떤 것이 아니라 개인의 활동 속에서 창조되고 지속되어야 할 어떤 것이라는 것이다. 그것은 바로 일인칭의 나, 주격의 나를 사용할 수 있는 능력이다.[105]

그런데 현우는 어린 시절의 분리불안이 심리적 기저로 놓이면서 엄마와 더 이상 분리되지 않겠다는 강렬한 소망이 엄마의 욕망과 자신의 욕

---

105 정덕현, 「한국 현대소설의 자아분열 및 대응양상 연구」, 한남대학교 박사학위논문, 2010, 5~6쪽.

망을 합일시키는 것으로 발현되었다. 엄마의 소망은 내 자식을 승리자로 만들겠다는 일념이었고, 현우는 그에 맞춰 자신을 본질적인 자신으로부터 소외시키는 방식으로 대응했다. 이제 이 소외된 자신은 낯선 타자가 되어 자신에게 되돌아왔고 두 개의 분열된 자아의 통합이 현우가 성장할 발판이 될 것임을 예고한다.

어느 날 현우는 다시금 그 아이가 불쌍하다는 듯 자신을 쳐다보자 결국 소리를 지르며 공책을 집어 던지고 만다. 일하는 아주머니가 놀라 달려오자 그 아이는 사라져 버린다. 수학 경시대회에서 한 문제를 틀린 날도 마찬가지 상황이 반복된다. "그 정도면 잘 한 거고, 넌 열심히 했다"는 '그 아이'의 말에 현우는 "백 점이 아닌 건 아무 소용이 없다"며 강변한다. 그리고 묻는다. "대체 넌 누구야?"

자아에 대한 물음은 두 가지로 제기된다. ① 나는 누구이며 ② 나는 어떤 존재인가, 라는 것이다. 첫째의 물음은 나의 동일성에 대한 물음이고, 두 번째 물음은 자아 정체성에 대한 물음이다. 동일성이 수적으로 다른 개인들을 확인하는 문제라면, 정체성은 개인들이 가진 속성들을 묻는 문제이다. 자아정체성은 타인과는 구별되는 자신의 고유한 신체적 · 심리적 · 사회적 속성의 소유를 통하여 형성된다. 현우는 자신에게 던져야 할 질문을 '그 아이'에게 던진다. '나는 누구인가'가 '넌 누구야'로 변해버린 것이다.

현우의 동선은 집 – 학교 – 학원 – 집으로 갇혀 있고 시간 또한 촘촘하게 관리된다. 빈틈없이 관리되면서 무한경쟁과 적자생존을 완전히 내면화한 현우는 감당하기 힘든 목표에 대한 달성의 욕망과 꼭 그만큼의 불안에 휩싸여 있다. 하지만 그 불안을 해소할 수 있는 길은 어디에서도 제시되지 않는다. 엄마의 생각과 자신의 욕망을 구분 짓지 못하면서 자기 분열의 신경증은 현우를 압도한다. 현우네는 학벌권력 취득의 궁극적 승리를 위해 더 치열한 경쟁이 보장되는 지역으로 이사를 하게 되고

현우는 이사한 첫 날 밤 '그 아이'를 떠올린다.[106]

밤에 자려고 누우니 그 아이 생각이 났다. 그 아이가 따라왔을까? 따라오지 않았으면 좋겠다는 생각도 들었고, 따라오지 못했을까 봐 걱정도 됐다.

'이사한 집이 마음에 들어?'

마치 내 마음을 읽기라도 한 것처럼 그 아이가 나타났다.

반갑기는 했지만 눈을 감은 채 잠든 척했다.

'여기서는 네가 친구를 사귈 수 있었으면 좋겠는데……. 그럴 수 있을까?' (54~55쪽)

현우는 자아가 분열된 상태에서 현실에서는 자신의 진심과 내면을 단 한마디도 드러내지 않는다는 점에서 거의 실어증에 가까워 보인다. 현우가 하는 말은 엄마가 원하는 말, 세상이 원한다고 생각되는 말이다. 그렇다면 현우의 진심이 담긴 말은 어디에 있는가? 그것은 그 녀석의 입을 통해 세상에 나온다. 하지만 그 녀석은 누구에게도 보이지 않고 누구도 그 녀석의 목소리를 들을 수 없다. 그 녀석은 오로지 나에게만 속해 있는 존재, 즉 분열된 나의 또 하나의 자아이기 때문이다. 그런데 현우 자신마저 '그 아이'를 알아보지 못한다.

현우는 독서 퀴즈 대회를 준비하다 급기야 '그 아이'에게 소리를 지르

106 차마 말할 수 없는 것과 쉽게 보이지 않는 것으로 가득한 세상 속에서 환상은 보이지 않는 것을 보이게 만드는 문학의 마법이다. 환상은 말하자면 외부 세계에서는 '허구'지만 우리 마음 속에 엄연히 실재하는 '진실'이다. 환상은 현실로부터의 생산적 도피처이기도 하다. 환상이 없다면 우리는 현실로부터 도피할 수 있는 마음의 안식처를 가질 수 없기 때문이다. 『빨강머리 앤』(1908)에서 친구 한 명 없던 앤이 책장 유리에 비친 자신을 '캐리'라고 부르며 세상에서 가장 소중한 존재로 여겼듯이, 환상은 현실의 강을 뛰어넘는 인간의 무기가 된다. 정여울, 『정여울의 문학 멘토링』, 이순, 2012.

고 놀란 엄마가 달려온다. "그런데 그 아이는 그때까지도 사라지지 않고 방 안에서 나를 지켜보고 있었다. 엄마 눈에는 그 아이가 보이지 않는 게 분명했다. 정말 내 머리가 이상한 걸까? 저 아이는 왜 내 눈에만 보이는 거지?"(64쪽) 하면서도 현우는 다른 문제를 생각할 겨를이 없다며 독서 퀴즈 대회 준비를 한다. 증상은 날이 갈수록 심해져 이제 그 아이는 학교에까지 나타나 시험을 보려는 현우를 불쌍하다는 표정으로 물끄러미 바라본다. 현우는 발작적으로 소리를 지르게 되고 이제 현우만의 증상이었던 '그 아이'는 모두에게 공개된다. 현우는 '그 아이'를 치료하기 위해 정신과 병원으로 향한다. 정신과 병원은 엄마와 일체가 되느라 자기 자신을 완전히 상실해 버린 현우를 더욱 선명하게 그려내면서 동시에 부모들 역시 치료가 필요한 존재임을 적시하는 장치이다. 또한 '나 말고 그런 병원 다니는 아이들 많아. 다들 숨겨서 그렇지. 너도 뭐 그렇게 창피해할 필요 없어'라는 반 친구의 말로 현우의 현실이 비단 현우만의 문제가 아님을 보여주기도 한다.

개인이 처한 상황과 역할과 맥락에 따라 정체성은 우연적이고 불안하며 가변적이고 다원적인 것이 되어 간다. 이런 과정에서 연유되는 현상이 '분열'[107]이다. 현실에 대한 심리적 대응방식이라고 할 수 있는 분열증은 모두 억압된 무의식적 본능 충동의 해소의 장이다. 따라서 이것들은 모두 억압된 무의식적 소망을 담고 있다고 할 수 있으며 우리는 그것들을 해석함으로써 억압된 소망의 의미를 이해할 수 있다.[108]

현우의 억압된 무의식적 소망은 무엇이었을까? "성공하지 못하면 사람들은 무시하기 마련이야. 아빠는 친구도 안 만나. 아빠 친구들은 다 시

107 '분열'은 생물학 용어로서 한 개체가 그 구성 물질을 복제하여 구조를 증가시키는 것이다. 분열증은 자아와 외부 현실 사이의 갈등의 결과이다. 이드와 현실 사이의 갈등상황에서 자아가 현실의 편을 들게 되면 신경증이 되고 이드의 편을 들게 되면 정신분열증이 된다. 분열증의 특징은 환상, 환각, 망상 및 환청 등이다.

108 정덕현, 위의 논문, 7~9쪽 참조.

험에 붙었으니까. 어쩌다 만나는 친구는 지금도 시험공부 하는 친구라고"(83쪽) 하는 부분은 아빠에 대한 현우의 생각의 일단으로 성공이라는 이름의 쓸모와 가치에 대한 추구를 드러낸다. 물론 이는 사람을 존재 자체로 보는 것이 아니라 도구적 실용적 관점에서 판단하는 시선이 전제되어 있다. 가정에서 아버지는 가족들을 이끄는 실체이자 사회화의 규범을 대리하는 상징적 존재이다. 아버지가 부재하는 상황에서 성장하는 소년은 아버지를 본받을 존재가 아니라 연민이나 증오의 대상으로 여기기[109] 쉽다는 말에 비추어 볼 때, 현우의 태도는 해석이 가능하다. 세상에서의 존재 증명에 실패한 무기력한 아버지는 도구적 가족이념에서 있어도 없는 존재, 즉 부재한 상태이기 때문이다.

"아니야, 난 열심히 안 한 거야. 결과가 말해 주는 거야."(93쪽)라는 말은 엄마의 준거 기준을 현우가 완전히 내면화하여 동일시하고 있음을 드러낸다. 여기에서 말하는 결과가 바로 성공이다. 아빠에게는 사법시험 합격일 것이고 현우에게는 영재시험 등 모든 평가에서의 최고의 성과를 가리킨다. 하이데(Heide)가 강조하는 바와 같이 어린 시절에 마음의 상처를 많이 받을수록 사람들은 일종의 '외상후 스트레스 증후군(PTSD)'에 시달리면서 생존의 두려움을 특히 강하게 느끼게 된다. 그럴 때 대개 생존 전략으로서 '강자와 동일시'를 하게 되고 이것이 곧 성과주의적 삶의 지향이나 강박적 노동관으로 연결되기 쉽다.[110] 생존경쟁을 마치 자신의 삶의 논리인 것처럼 굳게 받아들이는 '경쟁의 내면화'가 이루어지는 것이다. 아이는 부모의 증상이라는 말에 비추어 보면 현우의 증상이 어디로부터 연유하고 있는지 명확해진다. '인정의 욕망'은 궁극적으로 어떤 한 사람 – 부모 – 를 대상으로 하고 있는데 현우에게 부모로부터 인정받기란 전 존재를 걸어야 할 시험인 것이다.

109 선주원, 「환상적 공간을 통한 가족 서사의 재구성」, 『독서연구』, no.35, 2015, 149쪽.
110 강수돌, 『팔꿈치 사회, 경쟁은 어떻게 내면화되는가』, 갈라파고스, 2013, 31쪽.

결국 그 아이의 존재는 현우의 내면의 소리였다. 자신을 억압하는 현실에 대한 분노와 두려움이 만들어낸 존재인 것이다. 현우가 입 밖으로 발설하지 못한 내면의 욕망과 의지는 그 아이의 입을 통해 다시 현우에게 되돌아온다. 하지만 현우는 그것을 인정할 수 없다. 그것을 인정하는 순간 부모에게서 버려질지 모른다는 두려움과 성공의 대열에서 낙오가 된다는 무서운 예감이 온 존재를 조여오기 때문이다. 현실의 위협에 맞서 주체가 자신을 보호하기 위해 고안해내는 방어기제로써 현우는 '그 아이'를 자신으로부터 분리시켜낸 것으로 보인다. 그것은 무력한 주체가 그를 압도하는 불가지한 세계를 이해하기 쉬운 형태로 포착하는 나름의 방법이다. 현우의 억압과 무의식적 소망은 그 아이의 입을 통해 발설되는 위로와 인정 그리고 억눌린 자아의 해방이다.

> 문득 쓸쓸하다는 생각이 들었다. 이럴 때 누가 옆에 있었으면……. 내 마음을 이야기할 수 있는 친구라도 있었으면……. 그럼 얼마나 좋을까?
>
> '괜찮아.'
>
> 그 아이 목소리가 들렸다. 나는 반가운 마음에 고개를 번쩍 들었다 하지만 어디에도 그 아이는 보이지 않았다. 내 착각이었을까? 사방을 두리번거려 보았지만 그 아이 모습은 어디에도 보이지 않았다. 헛소리를 들은 걸까? 그 아이가 없다는 걸 확인하고 나니 왠지 마음이 더 쓸쓸해졌다. 그러고 보니 그 아이를 못 본 지 한참이 지났다. 언제나 내가 슬프거나 쓸쓸하거나 외로울 때 나타나던 아이였는데 요즘은 왜 나타나지 않는 걸까? 나는 지금 어느 때보다 힘이 드는데……. (142쪽)

그 아이의 정체는 서사의 마지막에 이르러서야 확인된다.

'내가 누군지 알고 싶으면 나를 자세히 봐.'

그 아이가 또 빙그레 웃으며 말했다. 나는 그 아이를 찬찬히 보았다. 저 눈……입……코……. 어딘지 낯이 익다. 대체 누구랑 닮은 거지? 빙그레 웃는 저 아이는! 이제 보니 나랑 똑같이 생겼잖아!

순간 머리가 멍해졌다. 왜 여태 나는 그걸 알아채지 못했을까? 그렇게 오랫동안 그 아이를 보았는데, 이제야 그걸 깨닫다니!

"너…… 넌…… 왜 나랑 똑같이 생긴 거야?"

'왜냐하면…… 나는 너니까.'

그 아이는 또 빙그레 웃으며 말했다.

"그게 무슨 소리야?"

'나는 너야. 네가 늘 마음속에 감추려고만 했던 네 마음이란 말이야. 너는 늘 아니라고 했지만…… 내가 하는 말은 네가 원하는 거였어. 네가 원하지만 마음속에 꼭꼭 감춰 두었던 말이었다고.'

"!"

'이제 네 앞에 나타날 필요가 없어졌어. 너는 이제 더 이상 네 마음을, 그러니까 나를 감추지 않으니까.'

(중략)

'잘 있어. 난 이제 갈 거야. 그렇지만 난 늘 네 안에 살고 있어. 조금 전에 나를 찬찬히 본 것처럼, 네 마음을 찬찬히 들여다봐. 그럼 나를 볼 수 있을 거야. 네가 원하는 진짜 마음을 말이야.'

그 아이는 빙그레 웃으며 사라졌다. (179~182쪽)

병인(病因)이 사회에 있다면 병리보다 먼저 비난받아야 할 것은 사회이고, 그럴 경우 병리는 역설적으로 사회의 병폐를 고발하는 진정성의 한 형식이기도 하다. 그런 측면에서 현우의 '그 아이'는 독자들이 듣고 싶어 하는 자기 편의 위로이자 솔직한 욕망이고 동시에 자신의 속마음을 항변해 주는 대변인으로 역설적 공감의 힘이 있다. 프로이트는 「창조적인 작가와 몽상」에서 "행복한 사람들은 몽상을 쫓지 않는다고 말할 수 있다. 오직 만족을 모르는 자들만이 몽상을 쫓을지도 모른다. 충족되지 않은 욕망은 몽상을 움직이는 힘이고, 모든 몽상은 욕망의 완결이고 동시에 만족을 주지 못하는 현실에 대한 보충이다."[111]라고 말한 바 있다. 문학에 있어서 환상의 방법은 현실에 대한 인식을 보다 깊이 있게 다룰 수 있다는 장점이 있다. 환상과 대립되는 개념인 현실은 인식론적으로 절대적으로 파악할 수 없으며 상대적이고 점층적인 개념이지만, 현실의 대척점에 있는 환상을 통해 불가능한 세계를 가장 현실적으로 보여준다.

하지만 엄마가 쓰러지고 정신과 병원에서 상담 처방을 받으면서 부모의 태도가 변하고 그 아이가 떠나가는 것은 손쉬운 결말을 유도하는 장치[112]가 아니었을까 하는 의구심도 든다. 정신과 처방이 한정적인 효과는 발휘할 수 있겠지만 사회적 문제를 개인적 차원의 해결로 마무리 짓는다는 측면에서 한계를 보인다. 현우가 처해 있는 근본적 문제 상황 자체가 현우의 힘으로 해결할 수 없는 전사회적 문제이긴 하지만, 아이는 아이 나름의 방도와 해결을 구하는 서사가 당연히 요구된다.

---

111 프로이트, 정장진 역, 「창조적인 작가와 몽상」, 『프로이트 전집 18』, 열린책들, 1996, 86쪽.

112 최근 동화들의 현실 진단은 잔혹하고 우울하다. 그런데 현실에 억압된 내성적 인물들이 스스로 감당하기 어려운 심리적 장애를 호소하며 등장하는 것과 짝지어, 그러한 내적 갈등을 해결하는 방안으로 상담이나 치료 등의 모델이 부쩍 많이 채택되는 것은 한편으로 우려되는 면이 있다. 현실 교정과 치유의 전문성을 인정받은 외적 권위를 텍스트에 삽입함으로써 서사의 갈등을 손쉽게 해결하려는 욕망을 드러내기 때문이다. 혹시 이러한 현상이야말로 우리 동화가 현실에 대한 응전력을 충분히 갖추지 못하고 있음을 보여주는 우울한 징후는 아닐지. 조은숙, 「우리 시대 동화의 상투성」, 『창비어린이』, no.33, 2011. 여름, 68쪽.

현우가 제한적이나마 스스로 구하는 방도는 처음으로 친구를 사귀는 것이다. 아이들은 자신을 둘러싸고 있는 많은 사람들 중에서 '친구'라고 부르는 사람을 선택하고 인연을 맺는다. 그렇게 시작된 우정과 가까운 친구들은 정신적인 자원이다. 아이들은 새로운 영역으로 나아가는 데 필요한 심리적 안정을 찾아 친구에게 기댄다. 우정은 상호적이다. 우정은 그들을 이어 주고 있는 끈이고, 그들의 친밀함은 아이들이 절실히 필요로 하는 마음의 안정과 믿음을 가져다 준다. 우정은 그렇게 개별 존재들을 관계적 존재로 변화시키고 소통을 가능하게 한다는 점에서 상호적이다.

아이에게는 우정을 가꿀 수 있는 터전이 요구되지만 현우의 현실은 우정의 가치조차 인정하지 않는다. 그런 와중에 현우가 민철이를 만나 서로에게 마음을 열어 가고 친구임을 확인하는 과정은 그 자체로 소망스러운 모습이라 볼 수 있다.

/ 제3절 /

가족 정체성의 대안적 제시

김중미의 『괭이부리말 아이들』, 『모여라, 유랑인형극단』을 중심으로

문학에서의 가족 모티프는 작가의 개인적인 경험[113]과 세계관의 표현으로 읽어낼 수도 있고, 당대 사회와 역사적 현실을 재현하는 하나의 알레고리 기능을 맡기도 한다는 측면에서 김중미의 서사는 주목할 만하다.

『괭이부리말 아이들』과 『모여라, 유랑인형극단!』은 작가의 욕망에 의

113 『괭이부리말 아이들』과 『모여라, 유랑인형극단!』은 1987년부터 인천 만석동에서 기차길옆공부방을 운영하며 지역운동을 해왔고, 2001년 강화 양도면으로 이사해 지금까지 기차길옆작은학교의 농촌 공동체를 꾸려가고 있는 김중미의 체험이 바탕이 되었다고 할 수 있다. 『모여라, 유랑인형극단!』의 중간에 실린 〈길, 동무, 꿈〉은 실제 기차길옆작은학교 식구들이 2007년 춘천 아마추어 인형극제에 나가 공연했던 작품이기도 하다. 하지만 두 작품 모두 등장하는 인물들과 사건들은 실제 있었던 일이 아니라 작가로서의 김중미가 창작해 낸 것임은 물론이다. 그런 측면에서 다음의 글은 참조할 만하다. "소설에는 현실적 요소와 창조적 요소가 혼합되어 있다. 현실적 요소란 작가가 살면서 체험한 실제 세계의 이야기 혹은 역사적 사건을 의미하고, 창조적 요소란 작가가 상상으로 꾸며 낸 허구의 이야기를 의미한다. 소설은 항상 이 두 가지가 결합되어 이루어진다."(296) 소설은 체험만으로는 되지 않는다. 하인리히 마이어는 "작가는 실제 삶에서 모티프를 가져온다. 그러나 하나의 완성된 이야기는 시작과 끝을 요구한다. 작가는 실제의 삶에서 그런 것을 거의 구할 수 없음을 알고 있다."(298) 현실적 요소를 도입한다 해도, 현실이 그대로 소설 속에 바로 들어오는 것은 아니다. 있는 그대로의 현실만으로는 소설을 구성할 수 없고, 작가의 창조력이 반드시 동원되어야 한다.(300) 많은 점에서 작가 자신의 삶과 닮았다 할지라도 그것은 자서전이 아니고 자전적 소설이다. 프랑수아 모리악은 "진정한 소설가는 관찰자가 아니고 허구적 삶의 창조자다. 삶을 관찰하는 것이 그의 기능이 아니고 삶을 창조하는 것이 그의 기능이다." 그러므로 소설가 자신이 느끼는 소설 내의 현실이란 실제의 현실이 아니라, 만들어진 현실이다.(300) 김천혜, 『소설구조의 이론』, 한국학술정보(주), 2010, 296~300쪽.

해 새롭게 만들어지는 '가족'의 상징적 의미와 그 지향점이 서사의 근간이 되고 있다. 일반적인 의미의 가족서사가 가족 삼각형을 기본으로 그 내부에서 벌어지는 가족 간의 갈등과 화해·성장을 그린다면 김중미의 서사는 내·외부적 상황으로 인해 가족이 해체되어 버린 이후의 가족을 공동체의 서사로 그려내고 있다.

성장의 입사 절차를 자발적 공동체의 공간으로 확장·변환하는 서사는 가족에서 출발하여 가족 바깥으로 향하면서 집단적 귀속성으로부터 자유로운 순수한 위무와 공감의 세계를 만들어내고 있다. 억압받는 타자들끼리의 공명과 연대는 구원의 가능성을 제시하는데, 이를 통해 한 시기의 지배세력이 이데올로기를 통해 강요하는 이상적·정상적 가족의 허상이 역설적으로 드러나는 효과를 낳는다. 특히 유교적 가족주의의 전통이 여전히 위력적인 가운데 도구적 가족주의가 강력하게 작동하고 있는 한국 사회의 현실에서 '가족' 관계의 변화는 그 자체로 한 시대의 패러다임의 변화를 암시하는 중요한 시금석이 될 수 있다.

1. 가족 아닌 식구로서의 공동체

『괭이부리말 아이들』은 인천에서도 가장 오래된 빈민 지역인 괭이부리말이라는 실제 지역이, 『모여라, 유랑인형극단!』은 서울과 인천을 잇는 고속도로 가에 있는 작은 동네 희망동이 서사의 공간적 배경이다. 이들 공간을 배경으로 괭이부리말 공동체의 중심인물인 영호는 밥상 공동체를, 인형교실을 공동체의 씨앗으로 삼았던 남궁사부는 인형학교라는 대안 공동체를 만들어간다. 이렇게 지역·공간을 중심으로 꾸리는 장소[114]의 공동체는 근대 사회로부터 위협받는 공동체들의 맹아 형태이다. 공동체와 장소 사이의 관계는 매우 밀접해서 공동체가 장소의 정체성을, 장소가 공동체의 정체성을 강화시키기 때문이다.

근대 대도시에 와서 공간적으로 가까이에 있는 사람에 대해 무관심한 태도를 취하는 것이 가능해졌지만, 장소적으로 가까운 사회적 단일체만이 공동체 형성의 능력이 있다는 생각은 여전히 공동체주의의 기본적 확신이다.[115] 하지만 물리적으로 같은 공간에 살고 있다는 사실만으로 공동체가 형성될 리는 만무하다. 공동체란 기본적으로 동질성을 가진 소집단을 일컫는 말로 타인과 일체가 되어 협동적 관계를 맺고자 하는 심성적 정신적 현상이기 때문이다. 공동체 구성원에게는 상호의존성의 덕목이 요구되는데, 이는 나는 너에게 이용당할 준비가 되어 있고 너는 내가 필요할 때 쓰임을 당할 준비가 되어 있는 태도를 말한다. 공동체는 특정한 사회적 공간에서 공통의 가치와 유사한 정체성을 가진 사람들의 집단으로 공간·상호 작용·연대를 핵심 요소로 한다고 할 수 있다.[116]

'괭이부리말'과 '유랑인형극단' 역시 공동체로서의 핵심적 요소들을 가지고 있는데 첫째로 공간의 요소부터 살펴보자. 이 지역들의 공통점은 모두 재개발을 앞두고 있거나 시작된다는 점이다. 재개발은 대개는 주거 환경이 낙후된 도시 변두리 공간을 일거에 정리하고 새롭게 주거단지를 조성하는 것을 말한다. 재개발 지역에 살고 있다는 것은 더 나은 주거 환경을 찾아 떠날 능력이 없는 현실의 반증이라 볼 수 있는데, 이

---

114 공간과 장소는 엄밀히 말하면 차이가 있는 개념이다. 공간이 막연하게 열려 있는 특정하지 않은 범위를 가리킨다면, 장소는 어떤 일이 이루어지거나 일어나는 곳으로 구체적이고도 특정한 범위를 가리킨다. 에드워드 렐프는 "장소는 상징과 의미를 공유하면서 경험을 함께 하고 관련을 맺음으로써 창조되고 알려지기 때문에 공적(public)이다. 장소는 반드시 그 장소를 경험하는 인간을 내포하고 있"다며 그 차이를 더욱 명백히 한다. 에드워드 렐프, 김덕현 외 옮김, 『장소와 장소상실』, 논형, 2005, 309쪽.

115 마르쿠스 슈뢰르, 정인모 외 옮김, 『공간, 장소, 경계』, 에코리브르, 2010, 217~225쪽 참조.

116 대개 우리는 공동체를 정의할 때, 언어나 지역, 혈연을 중심으로 정의한다. 이것들은 매개가 될 수는 있겠지만 공동체 개념의 본질적 정의에는 '관계' 중심의 정의가 필요하다. 즉, 서로 선물을 주고받는 관계, 서로가 서로에게 존재 그 자체로 선물이 되는 관계 말이다. 말의 어원 자체도 그렇다. 공동체(Community)란 서로(com) 선물(munus)을 나누는 관계다. 강수돌, 『팔꿈치 사회, 경쟁은 어떻게 내면화되는가』, 갈라파고스, 2013. 217쪽.

들은 경제적으로는 소외되어 있고 지역적으로는 안정성을 잃은 상태이다. 이러한 사회경제적 위치는 그 자체로 소외가 계급 성격인 별도의 사회계급을 형성하게 되고, 이는 지역민들의 심리적·정서적 연대의 기반이 된다. 게다가 한국 사회의 재개발 과정은 국가 주도의 토건개발정책과 맞물려 철저히 원주민을 배제·소외시킨 상태로 축출하는 폭력적 방식을 취하기 일쑤다. 이 폭력성은 두 가지 측면에서 이해할 수 있는데, 하나는 말 그대로 주거(住居)의 물리적 공간인 '집'을 빼앗는다는 의미이고, 또 하나는 삶의 심리적 터전으로부터 쫓겨난다는 의미다. 이를 에드워드 렐프는 "개인이 필요로 하는 것은…… 땅덩어리가 아니라 장소다. 그 안에서 자신을 확장시키고 자기 자신이 될 수 있는 맥락이 필요한 것이다. 이런 의미에서 장소란 돈으로 살 수 있는 것이 아니다. 보통 오랜 시간에 걸쳐, 평범한 사람들의 일상 생활을 통해 형성되어야만 한다. 그들의 애정으로 장소에 스케일과 의미가 부여되어야 한다. 그리고 나서 장소가 보존되어야 한다."[117]라고 설명하고 있다.

『괭이부리말 아이들』과 『모여라, 유랑인형극단!』의 등장인물들이 가지고 있는 사회적 경제적 배경은 이 '재개발'이라는 단어로 집약할 수 있다. 이러한 객관적 배경은 자연스럽게 그들만의 심리적 연대로 발전할 수 있는 토대가 된다.

'괭이부리말'은 인천에서도 가장 구석진 달동네로 부두와 이어진 만석동 공장지대 틈바구니의 땅이름이다. '괭이부리말'의 역사는 한국 근현대사의 축소판이라 할 수 있을 정도로 역사적 질곡이 지역에 고스란히 새겨져 있는, 말하자면 하층민들이 떠밀려와 쌓인 퇴적층의 가장 밑바닥 같은 곳이다.

---

117 에드워드 렐프, 김덕현 외 옮김, 앞의 책, 173쪽.

광이부리말에 사람들이 모여 살기 시작한 것은 인천이 개항하고 난 뒤부터이다. 개항 뒤 밀려든 외국인들에게 삶의 자리를 빼앗긴 철거민들이 괭이부리말로 들어와 갯벌을 메우고 살기 시작했다. 그러나 괭이부리말에 지금처럼 많은 사람들이 모이기 시작한 것은 일제 시대부터이다. 일본 식민지 정부는 항구가 가까운 만석동에다 공장을 많이 세웠다. (10쪽)

그러자 가난한 식민지 노동자들이 꾸역꾸역 모여들었고, 해방 후에는 6·25전쟁으로 피난 왔던 황해도 사람들이 돌아가지 못하고 실향민이 되어 주저앉았다. 근대화 바람에 밀려든, 돈도 기술도 없는 가난한 농촌 젊은이들이 빈민 지역에 또 둥지를 틀었고, 이렇게 괭이부리말은 어디선가 떠밀려 온 사람들의 마을이 되었다. 오게 된 까닭은 모두 달랐지만 가난하고 힘없는 사람들이라는 공통점 때문에 동네 사람들은 서로 형제처럼 지내게 된다. 이런 괭이부리말의 역사는 영호 어머니의 발언으로 다시 한 번 서술된다.

"영호야, 니 내 말 잘 들어야 헌다. 이 집, 니 앞으로 불하신청해서 돈 다 냈으니께 이제 니 집이여. 니가 3년 동안 고생혀서 번 돈 가지구 이 집이 앉어 있는 땅 샀다. 이 집이 나랑 니 아버지가 돌 나르고 시멘트 포대 한 봉지씩 사서 몇 달이나 공들여 지은 집이여. 뱃일 나갔다 와서 한밤중에도 시멘트를 발랐다니께. 근데 이 집을 너한테 물려 줄라면 시에다 돈을 내고 땅을 사야 헌다구 그러더라. 이게 왜 시 땅이라고 허는지 나는 모르겄다. 맨 갯벌 천지인 데를 동네 사람들이 굴 껍데기랑 돌이랑 쓰레기 갖다가 메워 만든 땅인데. 그래도 어쩌겄냐. 힘없는 백성은 나라에서 허라는 대로 혀야지. 그래도 이 땅이랑 집은 이제 니 꺼여." (40쪽)

그나마 이제 재개발마저 시작된 괭이부리말에 살고 있는 숙자－숙희네는 IMF로 야기된 극단적 생존경쟁에서 아버지를 잃게 되고, 동수-동준이네는 아빠가 돈을 벌어오겠다며 집을 나가 형제들만 남겨진 상황이다. 인류 역사상 공동체는 늘 생존을 유지하기 위해 함께 노력해야 했던 상황에서 출현하였고 괭이부리말은 특히 아이들의 생존을 위해 공동체가 절실히 요구되는 상황이다.

'유랑인형극단'이 둥지를 튼 희망동은 괭이부리말에 뒤이어 한국 현대사를 증언하고 있다. 희망동에서는 괭이부리말 아이들에게서 부모를 빼앗아간 IMF 직후의 한국 사회 현실이 이어지고 있는데 그것은 한마디로 거대자본의 습격[118]이라는 말로 집약될 수 있다. '유랑인형극단'의 남궁사부는 미술교실을 도시 변두리로 이사하는데 그 이유는 별 볼 일 없던 지역이 신도시로 개발된다는 소문에 유명 프랜차이즈 학원을 선두로 새로운 상권이 형성되면서 임대료가 치솟았기 때문이다. 그래서 몇 년째 빈집으로 버려져 있던 집을 새로 얻어 미술교실을 옮기게 된다. 그 집마저 본격적인 재개발이 시작되자 남궁사부는 미술교실을 중심으로 모인 공동체 성원들과 함께 시골로 이사를 가고 만다.

남궁사부의 미술교실의 아이, 치운이네는 대형 할인마트 때문에 아버지가 평생을 바쳐 일구어낸 정육점이 망했는데도 치운이 엄마는 그 할인마트 정육 코너에 취직을 하는 아이러니한 상황에 내몰린다. 경수네 할아버지는 기계화와 경비 절감 탓에 아파트 경비 일이 자꾸만 줄어들어 고용이 불안정하고, 네팔 사람인 안나네 아빠는 안나가 두 살 때 불법체류자 단속에 걸려 네팔로 쫓겨났다. 이들의 삶 속에 당대(當代)의 정치 경제적 질서가 침투해 있고, 그 질서를 이기고 헤쳐 나갈 힘이 없는 사람들은 괭이부리말 사람들이 그랬던 것처럼 희망동으로, 그리고 더 먼 변방으로 조금씩 조금씩 밀려날 수밖에 없는 상황이다. 이런 어려운

118 '무전유죄 유전무죄'라는 말은 이제 법을 어기고 감옥에 가지 않아도 돈에 의해 감금되는 시대가 되었다는 선언이다.

처지는 각자도생(各自圖生)을 할 수 없는 상황으로 닥쳐오고, 그래서 그들은 공동체로 모여들게 된다. 괭이부리말과 희망동은 생존의 공간 공동체이다.

두 번째로, 이들은 공동체 내에서 유사가족[119]의 형태를 띠는데 이는 공동체의 핵심 요소로서의 상호작용과 연대가 구체화된 관계이다. 아버지의 역할을 수행하는 남자 어른과 어머니의 역할을 수행하는 여자 어른을 중심으로 소위 '결손가정'이라 하는 집의 아이들이 모여 삶의 공동체를 만드는 형식이다.

『괭이부리말 아이들』에서는 유도 아저씨라 불리던 영호가 부모 없이 형제들끼리만 살아가는 동수–동준을 자신의 집에 들이면서 공동체의 씨앗이 싹튼다. 동수를 위해 자신과 같은 괭이부리말 초등학교 동창이었고 지금은 교사가 되어 돌아온 명희를 조력자로 얻고, 뒤이어 아버지를 잃은 숙자네 세 모녀가 합류한다. 아버지에게 학대받는 동수의 친구 명환이가 여기에서 새 삶의 의지와 활로를 얻고, 급기야 호용이라는 아이는 아버지의 편지 한 장과 함께 영호네 집 앞에 버려져 식구로 받아들여진다.

이 모든 과정은 한 가정의 아버지의 이상적 역할, 즉 가족 구성원을 경제적으로 정서적으로 든든하게 뒷받침하는 역할을 묵묵히 감내해내는 영호가 있어 가능하다. 명희 역시 (상담)선생님이라는 전문 영역에

119 이 논문에서 유사(類似)가족의 의미는 관습적 혈연관계에 대한 대타적 의미로 사용하였다. 또한 유사가족은 유사가족주의와는 아무런 상관이 없음을 밝힌다. 유사가족주의는 공동체 집단이 하나의 가족으로 인식됨으로써 개인의 정체성이 높아지고 비정한 사회관계에서의 인간다움을 느낄 수 있는 근거가 되지만, 한편으로는 각자가 속한 집단에 근거하여 개인을 판단한다든지 집단 내 혹은 집단 간의 이해관계에 따라 공사의 구분이 모호해질 수 있는 위험성이 있다. 한국 사회에서 나타나는 유사가족주의적 측면은 흔히 '온정주의'와 '배타성'을 그 특징으로 한다. 이 때문에 한국인이 살아가는 구체적인 모습은 '우리'의 범위가 어떻게 설정되느냐에 따라 여러 가지 사회적 징후로 표현된다. '우리'의 범위란 흔히 '정'이라는 특유의 매개체를 통해 형성되는 것이 보통이다. 구체적인 모습들은 학연, 지연을 따져 이를 하나의 '연줄망'으로 해석하는 것, 그리고 연고주의로 인한 사회의 분리현상들에 잘 나타나고 있다. 신수진, 앞의 논문, 90쪽.

걸맞는 자신의 역량을 바탕으로 공동체에 결합해 들어가 자신의 내적인 성숙을 이루고 이를 바탕으로 서사의 말미에서는 모성적 보살핌에 도달하는 성장을 보여준다. 이 과정에서 영호와 명희는 어린이를 '계몽' 하는 성인의 위치에 있는 것이 아니라 그들 역시 성장해 감으로써 어른/아이, 성숙/미성숙의 이분법에서 벗어나고 동시에 대안적 가치로서의 유사가족 공동체를 제시한다.

『모여라, 유랑인형극단!』은 미술교실에 아이들이 모여들고 이를 중심으로 인형극단을 만들어 공연을 하는 과정이 서사의 중심에 있기에 『괭이부리말 아이들』보다 가족 공동체의 서사는 약하지만 대신 대안공동체의 서사가 강화된다. 미술교실에 모여드는 아이들 모두 정상적인 혹은 완전한 가족 삼각형과는 거리가 멀다. 민주네는 이혼을 한 한부모 가정이고, 경수네는 비혈연가족, 안나네는 이모가 조카들을 맡아 키우고 있다. 해체된 가족들의 조각들로 구성된 이들 패치워크(patchwork) 가족들은 그 자체로 고정된 가족의 실체에 의문을 제기하는 역할을 한다. 특히 경수네와 남궁사부의 결합은 유일한 정상가족의 허구성을 폭로하며 가족 관계의 재구성을 통해 폐쇄적 혈연주의에 대항하고 있다.

부모 혹은 어른의 보살핌이 부족할 수밖에 없는 아이들의 상황은 '유랑인형극단' 으로 인해 더욱 풍부해지고 전망은 확고해진다. 이들 공동체로서의 유사가족은 공동체(Community) 개념의 본질적 정의인 서로(com) 선물(munus)를 나누는 관계다. 즉 서로 선물을 주고받는 관계, 서로가 서로에게 존재 그 자체로 선물이 되는 관계이다.[120]

---

120 흔히 '공동체' 라고 번역하는 코뮨(commune)의 어원학적 기원을 '선물(munis)' 을 '나눔(com)' 또는 그 나눔을 통해 '함께함(com)' 이라고 하면, 선물은 아무런 조건을 달지 않고 일방적으로 전해진다는 점에서 시장주의적 교환에 입각한 공동체와는 등치될 수 없다. 선물의 공동체는 '주는 만큼 받고' '받는 만큼 주는' 등가성의 원칙이나 상호 보답의 의무를 상대에게 부과하지 않으면서 지속하기 때문이다. 고병권 외 지음, 『코뮨주의 선언』, 교양인, 2007, 235쪽.

세 번째로는 이들에게는 공동의 전망이 있다는 점이다. 『괭이부리말 아이들』의 동수는 세상에 대한 피해의식과 패배감에서 벗어나 공장에 출근하며 학교도 다니겠다는 꿈에 부풀어 오른다. 명희는 가망 없는 아이들이라며 포기했던 태도를 버리고 자신이 등에 업어야 할 아이들을 기꺼이 기다리겠다며 괭이부리말로 삶의 터전을 옮겨 되돌아온다. 명환이는 제빵을 배우기 시작하고 그럼으로써 영호의 어깨는 한결 가벼워진다.

『모여라, 유랑인형극단!』은 공동체의 방향과 전망이 더욱 구체적으로 전개된다는 점에서 주목할 만하다. '괭이부리말' 공동체가 밥상 공동체적 성격이 강한 반면 미술교실에서 출발하는 '인형극단' 공동체는 대안 공동체의 맹아를 이미 포함하고 있다고 볼 수 있다. 미술교실이 인형학교로 발전하면서 전망은 훨씬 구체화되고 『괭이부리말 아이들』에서보다 한 발 더 나아간 가치를 도출해낸다. 동수의 성장이 학교로 복귀하고 공장에 취직하는 것이었다면 '인형극단'의 아이들은 제도권 교육에 직접적으로 문제를 제기하고 탈학교를 선언한다. 또한 이들은 온 사회가 내거는 '성공신화'에도 딴지를 걸며 추구해야 할 가치가 무엇인지를 재고한다. 이들의 변화는 그들이 속한 공동체에 근원적이고 지속적인 전망을 제시한다는 측면에서 의미가 있다. 결론적으로 김중미의 가족서사는 한국 사회 가족들의 두드러진 특징인 폐쇄적 혈연주의와 가족주의로부터 탈피하여 새로운 '가족'을 상상하는 서술 주체를 통해 작가가 지향하는 가족의 가치, 즉 사회적 공동체로서의 가족을 제시해 준다. 이러한 지향은 『모여라, 유랑인형극단!』의 대본 곳곳에 녹아 들어 있다.

> "나도 몰라, 하지만 어딘가에는 있을 거야. 우리처럼 가난하고 보잘것없는 사람들이 서로 돕고 나누며 어울려 사는 곳이. 가자!" (118쪽)

> "같이 가자. 힘들긴 하겠지만 우리가 서로 번갈아 부축하면 되지." (125쪽)

"음, 물론 좀 탐이 나긴 하지만, 저희는 부자가 되고 싶지 않아요. 가난해도 서로 나누고 행복하게 살 곳을 찾아간다니까요." (133쪽)

"우리가 마을을 떠났던 건 가난해도 춤과 노래를 잊지 않고 소박하게 살아가는 마을을 찾기 위해서였어."

"그래. 그런데 어디에도 그런 마을은 보이지 않았지." (137쪽)

"그래, 그러니까 우리가 만들자!" (137쪽)

위 인용문들은 소외된 존재들의 자발적 유대만이 물질만능주의에 사로잡힌 세상에 항거할 수 있는 유일한 방법이라는 점을 역설하고 있다. 특히 그들의 지향이 물질적 풍족함과 자본주의적 향유에 있지 않다는 사실을 확인할 수 있다.

2. 성장하며 견인하는 존재

『괭이부리말 아이들』과 『모여라, 인형극단!』은 공통적으로 가족 없이 홀로 살고 있는 성인 남성과 이 남성과 인연이 있었던 여성 선생님이 결합하는 형태를 띠고 있다. 이들의 결합으로 공동체는 풍부한 내실과 안정성을 확보하며 유사가족의 성격을 갖게 된다. 물론 이들이 꾸려가는 유사가족적 공동체는 근대 가족 이데올로기에 포섭된 개별 가정과는 완전히 다른 모습을 보여준다.

그것은 먼저 유사가족의 시발(始發)이자 기둥인 '괭이부리말'의 영호와 '유랑인형극단'의 남궁사부에게서 포착된다. 근대 가족의 아버지들이 한 가정의 경제적 영역을 전담하면서 누릴 수 있었던 효과는 가족 내적으로는 그들에 대한 가족 성원들의 복종이었고, 외적으로는 외부세계로의 유일한 통로 역할을 점하는 것이었다. 현대 사회에 접어들면서 공적 영역에서 남자들이 누리는 지위는 친밀성의 구조 변동으로부터 그들의 배제를 대가로 성취되어 온 것 또한 사실이다.[121] 한국 사회는 여기에 유교적 가부장제가 잔존하면서 남자들은 수직적 가족체계의 정점에 가부장으로써 위치할 수 있지만 대신 가족 간 친밀성의 영역을 내어놓아야 했다. '기러기 가족'이 그토록 급속도로 광범위하게 확산되었던 배경에는 이러한 아버지의 정서적 부재가 큰 원인으로 작용했었다는 점만 봐도 알 수 있다.

영호와 남궁사부는 공통적으로 수평적 관계를 구축한다. 영호는 무엇보다 먼저 형제만 남은 동수-동준이를 자신의 집으로 데려와 밥을 먹이고 재우는 밥상 공동체를 만든다. 나아가 구치소에 잡혀간 동수의 면회와 석방을 해결해주고 쌍둥이 자매와 엄마만 남은 숙자-숙희네의 정서적 의지처가 되어 준다. 영호의 일련의 행동은 같은 괭이부리말 출신이기에 알 수 있는 개인사적 공감과 그 자신의 외로운 처지, 그리고 성실하고 정의로운 성품이 바탕이 되었다고 할 수 있다. 남궁사부는 처음부터 무료 미술교실을 열어 두고 미술교실에 모여든 아이들과 새로운 전망을 찾아가는 대안 공동체를 지향한다. 영호가 '삼촌'이라 불리는 것과 달리 그는 '사부'로 불리며 실질적으로 아이들의 미술 수업과 인형극을 지도하는 위치에 있다. 그의 교육방식은 지도-피지도의 단선적 방식이 아니라 모든 발언이 자유로운 가운데 공동의 전망을 모색하는 원탁(圓卓)의 방식을 취하고 있다. 그들은 공동체에 소요되는 경비의 대부분을 자신들의 벌이로 충당함으로써, 능력에 따라 일하고 필요한 만큼 소유하는 무계급 사회의 원형으로서의 가족의 본질적 속성을 보여준

121 앤소니 기든스, 앞의 책, 237쪽.

다. 물론 서사의 진행에 따라 구성원들이 성장하고 자리를 잡아가면서 점차 그들의 경제적 짐은 분산될 것으로 전망된다. 결론적으로 영호와 남궁사부는 혈연적 가족에 연연하지 않거나, 나아가 공동체적 가족 구성이라는 새로운 상상력을 보여줌으로써 개별적 근대 가족의 가부장들의 독점적 지위에 균열을 발생시킨다.

두 작품에는 각각 김명희 선생님과 민주 엄마가 유사가족적 공동체의 또 다른 축을 받쳐 주고 있다. 김명희 선생님은 '괭이부리말'에서 동수와 더불어 가장 극적인 성장을 이룬다. 명희는 자신 안에 도사리고 있던 차별의식과 성과주의를 극복하는 인물이어서 자칫 어른들의 '계몽'의 목소리가 지배적일 수도 있었던 서사를 '성장'의 서사로 변화시켜 놓는다. 유랑인형극단은 서사 자체가 유랑인형극단이 꾸려지면서부터 인형극제에 참가하기까지가 중심이어서 민주 엄마의 비중이 그다지 크지는 않지만, 인형극 대본을 함께 쓰고 인형극에도 참여하며 남궁사부가 보여주는 교육철학에 동의하여 힘을 실어 준다. 그럼으로써 IMF 이후 자신들의 아이를 무한경쟁체제의 승자로 만들기 위해 기꺼이 조련사의 역할을 떠맡았던 도구적 모성의 정반대의 모습을 형상화한다. 이들 여성들은 결과적으로 공적인 남성/사적인 여성이라는 이분법적 구도를 깨어놓는다.

가족을 흔히 출생을 통해 이어지는 혈연관계이자, 생계를 책임지는 가장, 그리고 가사를 돌보고 가족을 배려하는 아내라는 성 역할과 더불어 생물학적 분업을 기초로 하는 자연적인 단위로 이해하는 것은 자본주의 체제의 가부장제도의 발상이다.

두 여성은 이런 가부장제도 안에서의 제약으로부터 벗어나 있다. 그녀들은 공통적으로 선생님[122]이라는 직업을 가진 공적 영역에서 물러나지

122 김명희 선생님은 초등학교 교사이고, 민주 엄마는 방문 글쓰기 교사이다. 게다가 『엄마의 마흔 번째 생일』의 가영이 엄마도 새로 찾게 되는 직업이 미술 강사이고, 『걱정쟁이 열세 살』의 상우 엄마도 학습지 교사로 설정되어 있다. 이렇게 어머니의 직업이 '교사'라는 공통점을 갖게 되는 것은 단지 우연의 일치만은 아닐 것이다. 이는 어린 아이들을 가르친다는 가정에서의

않은 여성이다. 민주 엄마는 한부모 가정의 생계 담당자이자 가장이고, 김명희 선생님은 독립적이고 주체적인 삶을 꾸려갈 기초인 사회적 경제적 여건을 갖춘 여성이다.

이는 여성들에 대한 교육 기회의 확대로부터 시작된 가히 혁명적이라 할 만한[123] 일이다. 물론 여성들에게 교육 기회를 제공하기 위한 목적이 아니라 아이들을 교육시키기 위한 방편으로 시작되긴 했지만, 교육을 통해 여성의 인생 행로에 새로운 문제와 전망과 목표들이 열린다. 학교 교육은 당연하게도 안주인과 어머니가 되기 위한 훈련이 아니라 근대 사회의 합리적 개인을 양성하기 위한 것이기 때문에 가정의 반경을 넘어 다른 경험 영역과 사유 형태, 전통으로 이어졌다. 학교는 '나만의 인생'에 대한 요구와 강요를 위한 훈련소의 역할을 했고 여성은 더 이상 타인을 위한 삶에서 장식물에 불과한 존재로 사는 것을 원하지 않았다.[124] 김명희 선생님과 민주 엄마는 이를 통해 가족을 넘어 주체적 삶을

분업과 노동시장에서의 분업 간에 발견되는 일치성의 측면으로 볼 수 있다. 역사적으로 근대에 접어들어 여성에게 교육 임무가 주어지면서 여성은 새로운 역량을 인정받게 되며 처음으로 교육을 받을 수 있게 된다. 여성의 교육 자체를 목적으로 한 요구는 여전히 거부되었지만, 아이들의 적절한 교육을 보장하기 위해 여성에게 특정한 교양 교육이 바람직하다는 생각이 차츰 생겨났던 것이다. 이런 상황에서 여성에게 천천히 최초의 직업적 기회가 열린다. 처음에 사적인 가정 살림의 테두리 안에서(집사, 보모, 가정교사 등) 이루어지던 구직이 나중에는 시장을 매개로 이루어진다. 그래도 여전히 가정과 가까운 형태로, 주로 사회봉사직 분야(유치원 보모, 교사, 간호사)에 국한된다. 이는 성의 차이를 강조해 나름의 활동 영역을 열기 위해 사회보장, 간호, 교육 분야의 직업에서 여성의 특수성, 그러니까 가장 광범위한 의미의 '모성적인 것'을 강조하는, 역으로 공략하는 방법이기도 했다고 한다. 그 정도로 현실적으로 여성에게 열려 있는 직업 선택의 가능성은 적기만 하다. 하지만 그나마 직업을 추구할 것이냐, 집에 남아 아이들을 돌볼 것이냐 간의 선택권 혹은 자아실현에 대한 요구는 부르주아 여성에게나 해당하는 말이고, 가정에서나 사회에서나 지칠 때까지 일해야 하는 노동자 계급 여성들에게는 이조차 무의미한 일이 되어버린다. 그래서 아동서사에서도 경제적 취약계층의 여성 · 어머니들은 물리적 폭력과 빈곤의 문제가 서사에 전면화되는 경우가 거의 대부분이다. 그들에게는 선택의 권리가 주어지지 않는 것이다.

123 근대 교육은 여성에게는 이중적 의미를 가진다고 할 수 있다. 학교라는 획일화된 교육시스템은 자본주의 생산의 동력이 될 인적 자본을 길러내는 것을 기본 목적으로 합리적 인간형을 추구한다. 그 인적 자본에는 제한적이나마 여성도 포함되는데 여성들도 역시 교육과정에서는 독립된 개체로 상정된다. 설령 그것이 자본주의 그리고 가부장제와 필연적으로 충돌한다 할지라도 말이다. 본고에서 분석하고 있는 『엄마의 마흔 번째 생일』에서도 그러한 모순의 충돌을 볼 수 있다.

124 엘리자베트 벡 게른스하임, 앞의 책, 137~140쪽 참조.

살아가는 여성을 형상화하고 있다.

1) 아버지 노릇, 삼촌 혹은 사부의 이름으로

『괭이부리말 아이들』[125]에 등장하는 모든 어린이 인물은 아버지가 부재한 상태이다. 동수-동준이 형제의 아버지는 돈 벌어오겠다는 쪽지를 남기고 집을 나간 이후 소식이 없고, 숙자-숙희 자매의 아버지는 가족 불화의 원인이던 술을 끊고 새 마음으로 일을 시작한 지 얼마 지나지 않아 작업장에서 목숨을 잃고 만다. 명환이의 아버지는 무자비한 폭력을 일삼아 명환이가 집을 나오게 만들었고, 호용이의 아버지 역시 다시 데리러 오겠다는 약속이 담긴 편지 한 장만을 남기고 사라졌다. 심지어 어른인 영호 역시 6학년 때 아버지를 잃었고, 김명희 선생님도 한 살 때 아버지가 돌아가셨다고 서술된다.

가족을 지키는 단 한 명의 아버지조차 생존하지 못한 이유는 무엇보다 빈곤이 일차적 원인으로 보인다. 아버지들은 '산업 역군'이라는 이름으로 산업전선에 동원되었지만 사회적 부는 균등하게 분배되지 않았다. 경제가 발전하고 그 규모가 커질수록 오히려 빈부의 격차는 벌어져만 가던 가운데 IMF라는 급작스런 경제 위기가 닥치면서 각 가정들은 결정

125 『괭이부리말 아이들』을 본고에서는 소년소설의 범주에 놓고 논의를 전개하지만, 이 작품의 장르를 어떻게 볼 것인가에 대해서는 다른 의견도 있다. 오세란의 주장은 다음과 같다. "2000년에 출간된 『괭이부리말 아이들』의 내용을 보면 소년소설보다 청소년소설에 가깝다. 물론 초등학생인 숙자나 숙희, 동준의 이야기도 한 축을 이루지만 IMF 이후 인천의 가난한 동네를 배경으로 한 이 작품에서 청소년인 동수의 상황은 작품 전개에서 매우 중요한 부분을 차지하고 있으며 동수나 그 밖에 고등학교를 다니지 못하는 청소년들의 갈등과 일탈이 핍진하게 드러나 있기 때문이다. 당시 이 작품이 소년소설로 출간된 것은 청소년소설이라는 장르가 보편화되지 못한 때문이며, 이 작품을 여전히 아동문학 특히 아동문학을 통칭하는 '아동문학'라는 명칭으로 지칭하는 것은 매우 부적절하다." 오세란, 「한국 청소년소설 연구」, 충남대학교 박사학위논문, 2012, 58쪽. 같은 논지에서 2007년 제1회 창비청소년문학상을 수상한 『완득이』도 비슷한 경우라 볼 수 있다. 청소년 도서로 출간되었지만, 그 독자층은 매우 넓고 다양해 굳이 청소년문학이라는 틀로만 규정지을 필요는 없어 보인다. 하지만 장르의 문제는 본고와는 관련성이 약해 다른 기회에 논의가 펼쳐지길 기대한다.

적 위기를 맞았다.[126] 동준이와 호용이의 아버지는 일자리를 잃었고, 숙자네 아버지는 어렵게 얻은 일자리를 어떻게든 지키려다 오히려 현장에서 목숨을 잃고 만다. 명환이 아버지의 태도에서는 가족들을 일종의 자신의 소유물 혹은 수직체계의 말단으로 여기는 가부장들이 흔히 보이는 폭력의 양태가 적나라하다.

한편 어머니들을 살펴보면 그 사정도 별반 다르지는 않다. 동수–동준이의 어머니는 돈을 벌어오겠다며 집을 나가고 없고, 호용이 역시 엄마가 집을 나간 상태이다. 명환이의 어머니는 남편의 폭력으로부터 자식들을 전혀 보호해 주지 못하며 숙자–숙희 엄마는 남편을 잃고 절망에 빠진다. 이 어머니들은 일견 한국전쟁 이후 더욱 강화된 '희생과 헌신'으로 표상되는 한국적 모성과는 거리가 있어 보이기도 한다. 그러나 가족과 모성은 사사로운 것이기도 하지만 사회적인 제도이기도 하다. 모성애는 그 자체로 부르주아 계급의 발명품인 까닭에 노동자 계층이나 빈곤 계층에서는 부르주아 이상을 내면화한 환상과 실제 궁핍한 생활 사이의 괴리로 인한 갈등을 경험하게 된다. 결국 어머니들은 자발적 선택이라기보다는 밀려나는 방식으로 가정으로부터 점점 일탈하게 되는 것이다.

이런 사정으로 각 가정에는 어린이들만 남게 된다. 전통적 공동체가 제대로 작동할 때는 공동체가 친밀감과 피난처를 제공하고 안정성과 내적 정체성의 토대가 되기도 했다. 공동체는 개인의 선택 가능성을 엄격하게 제한하는 구속이기도 했지만, 한편으로는 구성원들이 혼자가 되지 않으며 항상 더 큰 전체 속에서 보호받을 수도 있었다. 하지만 일제 강점기를 거치고 한국전쟁을 치르면서 전통적 공동체들은 다 해체되어 버

---

126 이득재는 이런 일련의 사태의 본질적 원인은 국가 권력 그 자체에 있다고 본다. 가족을 신성시하고 가족을 떠받들면서 정작에는 국가가 수행해야 할 책임을 가족에게, 가족의 대표인 아버지에게 온전히 전가시키는 체제에 주목해야 한다고 강조한다. 이득재, 앞의 책, 17쪽.

렸고, 현대 사회에는 개별화되어 버린 개인과 가족만이 남았다. 이 지점에서 영호의 밥상 공동체,[127] 식구(食口) 공동체가 출현한다. 영호가 추구하는 공동체는 식구(食口)라는 이름에 걸맞는 '밥 먹는 입들의 공동체'[128]이다.

여전히 쑥스러워하는 명희를 보고 영호도 한마디했다.

"우리 집에 오면 누구든 밥 먼저 먹어. 우리랑 친해지려면 밥부터 먹어야 되거든."

"맞아요. 우리도 여기 처음 왔을 때 밥부터 먹었어요. 그 때가 밤 11시였거든요. 그런데도 삼촌이 밥을 먹으라구 그러더라구요." (155쪽)

집 앞에 버려진 호용이를 데리고 들어와서도 영호가 하는 말은 "명환아, 얘 국에다 밥 좀 말아 줘라,"(237쪽)이다. 음식 나누기는 먹을 것을 만들어주는 어머니와 어머니의 온기로 충만한 모성적 세계에 대한 갈망을 담고 있는 것이지만, 『괭이부리말 아이들』에서는 이것이 어머니라는 성별의 문제로도, 아버지/어머니/자식으로 구성된 기존의 가족 개념으로도 수렴되지 않는다. 여기에서 주목할 점은 '어머니=밥'이라는 일반적인 공식을 벗어나고 있다는 것이다. '여성성' '모성성'의 표상인 '밥'을 남성인 영호에게 넘겨줌으로써 모성성의 고정된 신화를 벗어남과 동시

127 가족(家族)과 식구(食口), 구태여 이 두 용어를 비교해본다면, 식구는 공동거주와 공동생산, 그리고 일상적 식사를 함께 하는 사회적 단위를 지칭하는 반면 가족은 일제의 영향 아래 수입된 서양의 근대학문에 기초하여 공동거주와 경제적 협력 그리고 대(對)사회적 기능을 함께 감당하는 사회적 집단을 포괄적으로 지칭하는 측면이 더 강하다. (김규원, 「가족개념의 인식과 가치관」『가족학논집』, no.7, 1995, 222쪽.) 따라서 어떤 의미에서는 '식구는 아니지만 가족인' 사람들이 존재하게 되는 것이고 이것이 '가족'에 대한 이념을 반영하고 있는 것이라 해석할 수 있다. 가족의 범위를 설정하는 가장 기본적인 기준은 "나와 피가 통한 사람"으로서 부계혈연을 의미한다.

128 이명호, 「후기 근대에서 '살아남는 방법': 우리 시대 대안적 상상력의 존재방식」, 『문학수첩』, 제6권 no.21, 2008. 봄, 42쪽.

에 친밀한 남성이라는 새로운 성격을 만들어낸다. 영호의 모성적 사랑은 어리고 약한 존재를 보살피고 부서지고 허기진 마음을 채워 주는 측은지심이라 할 수 있다.

'가족'이 아버지의 기호를 통해 위계질서를 형성하는 혈연관계를 뜻한다면, '식구'는 말 그대로 '한 집에서 끼니를 같이 하는 사람들'이다. 그들은 식탁 공동체를 구성한다.[129] 이 식구들에게는 질서와 권위와 위계를 구성하는 아버지가 부재한 대신 새로운 아버지, 삼촌이 존재한다.

> 영호는 아침마다 동준이가 학교 갈 시간에 맞춰 아침을 준비하는 일이 마냥 즐거웠다. 동준이와 동수를 깨워 밥상 앞에 앉으면 어머니가 살아 있을 때처럼 마음이 따뜻해졌다.
>
> 동준이는 영호네 집에 온 지 얼마 되지 않아서 얼굴에 드리워 있던 그늘도 지워지고 버짐도 조금씩 없어졌다. (86쪽)

영호가 보여주는 애정은 인간 내면 깊숙한 곳에 저장되어 있는 보살핌의 에너지이고 생명을 길러내는 기운이다. 이 보살핌과 살림의 에너지는 인간을 사물화, 도구화하는 근대 자본주의 체제에서는 극도로 위축된 인간적 자질이지만 경제적 합리성에 의해서만 움직이는 이 체제에서 살아남기 위해 개발되어야 할 덕성이다.[130] 그렇다고 영호가 일방적으로 시혜를 베푸는 것이어서는 공동체의 기본 정신에 위배된다. 그래서 "꼭 고백하고 싶은 게 있는데, 아이들한테 내가 필요한 게 아니라 나한테 아이들이 필요해."(179쪽)라는 영호의 말에서 공동체는 결국 관계의 문제임을 확인할 수 있다.

가족은 '밥'이 전부는 아니다. 아이들은 정서적으로 보살핌을 받으면

---

129 정혜경, 「가족서사의 재구성, 그 지난한 탈주」, 『문학수첩』, 제6권, no.21, 2008. 봄, 87쪽.
130 이명호, 앞의 논문, 43쪽.

서 동시에 경제적 지원을 받아야 하고, 그들 삶의 길을 열어가는 역할 역시 가족에 부과되어 있다. 삼촌의 이름으로 가장 노릇을 맡은 영호에게도 역시 그 역할들은 쉽지 않게 다가온다. 아이들만 두고 일을 나갈 수 없는 처지에 생활비는 떨어져 가고, 학교 복학을 권하는 영호에게 동수는 "에이 씨, 며칠 밥 먹여 주구 재워 줬다구 유세하는 거예요? 왜 간섭이에요?"(87쪽) 하며 반항을 한다. 영호 역시 자신이 무엇을 하고 있는 건지 회의를 품는다. 수습해야 할 일은 계속 생겨나고 영호는 차마 외면하지는 못한다. 영호를 움직이는 동력은 동준이가 '유도 아저씨'라고 알은체를 하게 된 계기인 '싸우는 학생들을 말리는' 정의감과 한눈팔지 않고 제 갈 길을 가는 성실함, 어머니에 대한 지극한 효심 같은 것들이 복합적으로 작용한 결과로 보인다. 특히 어머니를 잃은 후 영호가 보이는 외로움과 방황은 '어디서든 위로를 받고 싶'(78쪽)다든가, '갑자기 마음 한구석이 축축이 젖어 든'(81쪽)다든가 하는 식으로 서술된다.

이런 영호를 보는 세상의 시선은 숙자네 부모에게서 확인된다. 숙자의 아버지가 "영호란 청년, 괜찮은 애야. 대견하잖아. 부모 없는 애들 데려다 거두고."라는 말에 숙자 어머니는 "대견하긴, 실속 없는 거지."라며 썩 달갑잖은 얼굴을 한다. 영호가 부딪치는 경제적 문제는 구치소에서 동수를 나오게 하기 위해 변호사를 구해야 하는 일이다.

> 수중에 돈 한 푼 없던 영호는 결국 법률 사무소를 나와 은행에 가서 적금을 헐었다. 돈을 찾으며 자꾸만 떠오르는 어머니의 얼굴을 지우느라 애를 먹었다. 이 돈을 모으느라 어머니는 김치 쪼가리 하나로 하루 세 끼를 때웠을 터였다. 이젠 날일이라도 나갈 수밖에 없었다. (112쪽)

동수는 구치소에서 나오게 되고 영호는 동수에게 학교에 복학을 하라고 권한다. 그 이유는 두 가지로 제시된다. 하나는 사회가 졸업장을 요구한다는 것, 또 하나는 영호 자신이 학교 울타리 안에서 보호받은 덕에 나쁜 길로 빠지지 않았고 그래서 동수를 보호해 줄 곳 역시 학교밖에 없다는 것이다.

학교는 근대 교육체계의 핵심적 제도이다. 급격한 산업화는 훈련된 노동자를 필수적으로 요구했지만, 기존의 도제식 훈련 방식이나 가정교육으로는 이를 감당할 수 없었다. 근대 사회는 대규모의 시스템을 만들어내고 아동, 청소년들을 연령에 따른 발달 단계로 구분하여 학교로 포획했다. 학교에서는 근대 국가들이 표방하는 교육이념을 바탕으로 인적자원을 양산해냈다. 이제 모든 교육은 오로지 학교에서만 가능하다는 인식이 전 사회적으로 확립되었고, 학교에서 주는 졸업장은 교육의 증거물이자 동시에 사회 진입을 위한 자격증의 상징물이 되었다. 반대로 정규 교육 과정을 학교라는 정해진 장소에서 정해진 시기에 수행하지 않는 사람은 시스템 밖의 사람으로 취급되었고 그들은 더 이상 갈 곳도 제공받지 못했다. 그렇게 튕겨져 나온 아동청소년은 그들에게 제공되는 단 하나의 지표인 '학생'이라는 신분과 '학생증'이라는 신분증을 박탈당했고 동시에 제도권 밖으로 추방되었다. 영호는 결국 동수가 사회로부터 거부당할까 봐 두려운 것이고 현실적으로 영호가 동수에게 제시할 수 있는 유일한 대안이 학교로 돌아가는 것이기도 하다.

이와 달리 『모여라, 유랑인형극단!』의 남궁사부는 미술교실이라는 학교 밖 교육 공간을 가지고 서사를 출발한다. 남궁사부 역시 결혼할 시기가 된 청년이라는 점에서 영호와 비슷하고 부모가 모두 생존하지 않는다는 점에서 공통점을 갖는다. 그러나 남궁사부는 영호에 비해 교육과 삶의 지향점, 가족 구성에 대해 좀 더 열린 태도를 취한다.

먼저 교육에 대한 면을 살펴보면 자신부터 정규 교육 과정을 밟지 않은 것으로 서술된다. 그는 어린 시절을 한센씨병 환자 정착촌에서 보내고 초등학교를 졸업하지만 중·고등학교는 검정고시를 봤다. 미술에 재능이 있어 미대에 입학하지만 경제적인 이유로 그만두고 거기서 만난 스승님 밑에서 개인적으로 미술 수업을 했다고 서술된다. 이런 그의 경험은 인형극 극단을 만들고 경수와 안나가 중학교를 가지 않고 대신 집에서 공부를 하기로 결정하는 데 밑바탕이 된다. 물론 그가 제도권 교육을 보는 나름의 시각과 판단도 제시된다.

> "솔직히 난 공부 공부 하면서 멀쩡한 애를 열등생으로 만드는 학교가 싫다. 경수 봐라. 얼마나 재주가 많고 감각도 뛰어나니? 그런데 학교에만 가 봐. 공부 못하는 학습부진아로 만날 나머지 공부지. 안나는 또 어떻고? 학교 선생님이나 애들도 다 혼혈아라는 이유로 따돌리고, 안나가 갖고 있는 가능성은 보려고 하지도 않잖아. 나는 중학교조차 안 다녔지만 다른 애들이 학교에서 배우는 것보다 많은 걸 배우면서 즐겁게 지냈어. 공동체 생활을 한 덕분에 사람들을 이해하는 능력도 학교 나온 애들 못지않고. 그래서 난 가끔 안나나 경수, 민주를 중학교에 안 보내고 우리 미술교실에서 그냥 공부시키고 싶어." (194쪽)

앞서 언급했듯 근대의 교육 시스템은 동질성을 바탕으로 기획되었고 또한 동질성을 지향하기도 한다. 결국 학교는 각각의 개인들을 일정한 효율을 발휘하는 기능인으로 훈련시키는 이데올로기적 제도인 것이다. 이는 필연적으로 자유롭고 창의적인 정신과 개성적인 개인을 억압할 수밖에 없는 데다 특히 근래의 신자유주의 경쟁체제는 학교에서의 경쟁이 초래하는 비인간적 결과에 관심을 갖기보다는 비인간화를 무릅쓰고라도 오로지 경쟁에서 승리하는 데만 관심을 갖는다.

남궁사부는 이데올로기로서[131]의 학교의 본질을 꿰뚫고 있다는 점에서

---

131 이데올로기는 한 사회에 보편적으로 퍼져 있는 아이디어와 믿음의 실체로, 그 사회와 문화의 구성원으로서 우리가 어떻게 세계를 보고 이해할지를 조종한다(혹은 최소한 조종하려고 노력한다). 이데올로기적인 믿음은 의식 혹은 무의식의 차원에서 표현되고 행동으로 옮겨질 수 있다. 보편적으로 이데올로기의 가장 중요한 효과는 우리의 권력이 다른 사람들의 권력과 어떻

영호와 두드러진 차이를 보인다. 당연히 선택하는 교육의 방법이나 지향도 다른데 남궁사부가 생각하는 교육의 본질은 아이들을 살리는 것이어야 한다는 것이다. 즉 아이들이 스스로 제 앞가림을 하고 동시에 다른 존재들과 더불어 살아갈 지혜와 의지를 갖추도록 도와줄 때 의미가 있는 것이다. 남궁사부는 재개발에 떠밀려 이주한 곳이긴 하지만 정착한 시골에 인형학교를 만들고 그곳에서 아이들과 장기적 전망을 수립한다. 그것은 동시에 경수의 미래의 대안이기도 하다.

> "그냥 천천히 공부해서 내후년에 볼 거야. 안나는 검정고시 봐서 고등학교에 갈 거지만 난 고등학교도 안 갈 건데 뭐. 난 혼자라도 인형학교 할 거야. 얼마나 할 게 많은데. 사부랑 움직이는 인형 오토마타 공부도 하고, 마리오네트 인형도 도전해 봐야 하고. 내년에 우리나라 꼭두놀이 인형에 대해서도 공부하기로 했어." (314쪽)

남궁사부와 경수는 "나중에 대학을 간다 해도 꼭 스무 살에 대학생이 되어야 하는 건 아니라고 생각"(314쪽)하는 것으로 개인을 무시한 획일적 구획짓기에도 반감을 보인다. 자아 발견이란 내가 좋아하는 것, 내가 잘할 수 있는 것, 내가 의미를 발견하는 것을 찾으며 나도 이 세상에서 뭔가 보람을 느끼며 살 수 있는 소중한 존재임을 깨닫는 것이다. 남궁사부와 경수는 인형극을 통해 자아 발견과 공부의 본질을 찾아간다. 남궁사부는 이 모든 과정의 중심에 서 있는 구심점이자 지휘관의 위치를 갖는다. 구체적으로 명시되는 것은 아니지만 경제적 필요 또한 그의 벽지 그림 그리기로 충당하는 것으로 짐작된다. 그는 왜 이런 삶의 방식을 택했을까? 남궁사부의 삶의 가치에 대한 진일보한 태도는 안나의 질문에

게 관련지어 있는가를 규정하는 일이다. 누가 누구에 대한 권력을 가지고 있는지, 그들은 왜 그것을 갖고 유지해야 하는지 등이다. 페리 노들먼, 앞의 책, 571쪽.

대한 답에서 드러난다.

"사부는 보통 어른이랑 달라요. 돈도 안 받고 이런 거 하는 것도 이상하고, 어른이 인형 갖고 노는 것도 이상하고, 가족 없이 사는 것도 이상하고. 민주가 그러는데 동네 사람들이 사부가 괴짜라고 별로 안 좋아한대요."

안나의 말에 남궁사부가 떨떠름하게 웃으며 변명을 했다.

"처음엔 그랬지만 요새는 나 좋아하는 사람 많아. 사람들이 다 똑같이 살 필요는 없잖아."

"그렇지만 사람들은 자기랑 다르면 다 싫어하잖아요."

남궁사부는 안나의 시무룩한 얼굴을 바라보며 말했다.

"그건 사람들이 쓸데없는 겁이 많아서 그래. 나와 다른 사람에 대해 잘 알지 못하니까 편견을 갖게 되고, 의심하게 되고, 그래서 피하고 떠밀어 내서 그런 거야."

(중략)

"그럼 그냥 손가락질하라고 그래. 내가 다른 걸 어쩔 거야. 난 달라도 상관없다, 아니 달라서 좋다. 그렇게 자기 최면을 거는 거야. 나도 그러고 살았거든." (84~85쪽)

상준이와의 대화에서는 남궁사부가 생각하는 행복, 그러니까 삶의 궁극적 지향이 드러난다.

"그럼 지금은 행복하세요?"

"응. 내가 좋아하는 인형이랑 마음껏 놀 수 있지, 경수 같은 수제자도 생겼지, 가족이 없는 내게 가족 같은 아이들과 이웃이 생겼지, 거기다가 벽지그림 덕분에 돈도 꽤 벌고. 상준이가 보기엔 별 볼 일 없어 보이지만, 나 다음 달이면 승합차도 사. 이만하면 괜찮지?"

"그렇지만 안정적이진 않잖아요."

상준이 말에 남궁사부가 고개를 갸웃거렸다.

"안정이라. 안정이라는 게 뭐 별 건가? 운명처럼 만난 인형극과 아이들이랑 즐겁게 지내는 건 안정이라고 할 수 없나? 사람은 저마다 다 다른 방법으로 사는 거야. 행복이라는 기준도 다 다를 수 있고. 내가 생각하는 행복은 좋은 집, 성공, 안락한 노후, 이런 게 아니거든." (193쪽)

남궁사부의 말의 핵심은 '다르다'이다. 그는 한국 사회가 획일적으로 추구하고 있는 가치인 물신주의와 성공 욕망으로부터 비켜나 삶의 진정한 가치는 자기 내면의 충만함으로부터 오는 것임을 역설하고 있다. 다르다는 이유만으로 잔인하게 배척될 수 있고, 다르다는 것이 너무나 자연스럽게 비정상으로 치부될 수 있는 이 세상에서 다름이 오히려 정상이라는 생각은 아주 강력한 힘을 갖는다.[132] 남궁사부의 '다름'에 대한 지향은 가족에 대한 가치관에서도 살펴볼 수 있다.

"그 사람들 널 만나고 싶지 않은 거 같다."

경수는 얼굴이 하얗게 질려 고개를 세차게 저었다.

"아니에요. 그럴 리 없어요. 그래도 가족인데……."

"그건 너 혼자 생각이야. 그 사람들이 널 가족으로 여겼다면 널 외할아버지에게 맡기지 않았을 거야."

(중략)

"경수야, 속상해도 들어. 그 사람들은 널 돌보기 싫었던 거야. 괜히 그 사람들을 변명해 주려고 하지 마. 지금 너한테는 다른 가족이 있잖아. 외할아버지, 상준이. 외할아버지 걱정은 하지 마. 그냥 감기몸살이실 뿐이야. 그리고 경수야,

132 마이클 톰슨 외 지음, 앞의 책, 347쪽.

부탁이 있는데……."

경수는 눈물이 흐르는 멍한 눈으로 남궁사부를 보았다.

"경수야, 나도 네 가족이라고 받아 주라. 나도 혼자잖아. 꼭 피를 나눈 사람들끼리만 가족이 되는 건 아니야. 나도, 상준이도 너에게 가족이 될 수 있는거야."

경수는 울먹이며 고개를 끄덕였다. (79~80쪽)

남궁사부의 가족 가치관이 혈연적 폐쇄성으로부터 벗어나 있기에 "내가 만약 어떻게 되면 우리 경수 좀 맡아 주겠는가?"라는 경수 할아버지의 부탁이 가능한 것이다. 게다가 경수 할아버지는 외손자인 경수를 데리고 오기 전에 이미 자신의 친구의 손자인 상준이와 함께 살고 있었다. 경수 할아버지에게서도 가족은 혈연관계만이 아닌 '가족이라는 정체성이 있다면 이미 그것으로 가족'이라는 일련의 의식을 엿볼 수 있다. 이제 가족이란 과거에 정의된 대로 당연시되는 어떤 것이 아니라 개별적인 선택과 선호·감정에 의해 다양하고 복잡해질 수 있다. 그러니까 당사자들이 가족 정체성을 가지고 있다면 어떤 집단도 가족이 될 수 있[133]는 것이다. 이는 개인의 존엄에 대한 수호 위에서 공공의 선과 가치를 위한 도덕적 지평을 열어놓는 문화적·정치적 기반이 유독 결여된 근대의 길을 걸어왔던 한국 사회에 마땅히 요구되는 이상[134]이라 할 수 있다. 그래서 『모여라, 유랑인형극단!』의 서사는 스스로 열망하는 진짜의 삶을 자발적으로 실행하고 확인하는 한 사람, 남궁사부의 생애의 서사이기도 하다.

결국 남궁사부는 재개발에 떠밀려 희망동에 있던 구성원들을 모두 데리고 시골 농가주택으로 이사를 가게 되고 그곳에서 인형학교를 열어 대안 공동체의 기틀을 잡는다. 그리고 민주 엄마와 결혼을 할 예정으로

133 김기봉 외 지음, 앞의 책, 116쪽.
134 이명호, 앞의 논문, 28쪽.

서사는 막을 내리는데 서사의 마지막에 예고처럼 슬쩍 언급되는 남궁사부와 민주 엄마의 결혼은 뜬금없이 느껴지기도 한다. 유랑인형극단의 남궁사부가 가족은 결혼으로 꾸려지는 것도, 혈연으로 지속되는 것도 아니라는 점을 내내 역설하고 있어 더욱 그렇다.

그러나 김중미의 서사가 결혼 자체를, 혹은 가족 자체를 반대하는 것은 아닐 것이다. 권위와 권위주의가 다르고 개인과 개인주의가 다르듯, 가족과 가족주의는 다르다. 오늘날의 가족이 감정과 헌신이 집중하는 장소이며, 내적 고향 상실을 좀 더 견딜만한 것으로 보일 수 있게 만들어주는 피난처이며, 낯설고 적대적인 것으로 되어 가는 세계 속의 하나의 항구라고 생각하는 것은 가족주의적 가치이자 발상이다. 가족 이데올로기는 이러한 관계가 이성간 결혼을 통해서만 가능하고 수용되는 것임을 가르친다.

하지만 이들의 결혼은 '남성'과 '여성'의 두 주체가 동등한 관계로 만남을 형성하는 것으로 부부관계의 새 질서, 더 나아가 새로운 가족서사가 탄생할 수 있음을 예견하게 한다. 독립적이고 주체적인 성인들의 결합으로서의 결혼은 한국 사회의 가정들을 짓누르고 있는 가족주의와 가족 이데올로기로부터 벗어날 수 있는 첫걸음이라 할 수 있다. 더구나 '결혼' 혹은 '가족 만들기'라는 지향점은 『괭이부리말 아이들』의 동수에게서도, 『모여라, 유랑인형극단!』의 상준이에게서도 '꿈'으로 직접적으로 발언된다. 동수는 "우리 동준이 대학도 보내 주고, 착한 여자 만나서 잘살고 싶어요. 그리고 좋은 아빠 되는 거, 그게 제 소원이에요."(228쪽)라고 고백하고, 상준이는 '행복한 가정을 갖는 게 꿈'이라며 '우선은 안정된 직장을 얻고, 그 다음에는 제가 사랑하게 될 여자와 아이랑 행복한 가정을 만드는 것'이라 말한다.

실제로 모든 사람들은 서로 보호하고 사랑하는 관계를 가지기를 원하며, 가족 안에서 살아보지 못한 동수와 상준이가 바라고 원하는 '가족'

은 인간의 기본적 의지처로서의 정서적 인간적 가정으로 그것은 당연한 소망이다. 그들이 서사 내에서 보인 변화와 성장으로 그들의 소망은 믿음직스러운 면을 가지기도 한다. 가족이 주는 필요와 만족감—애정·안정감·친밀성·성애·부모됨 등등—은 허위적인 것이 아니다. 그것은 병리적인 구성물이 아니라 인간의 욕구이다. 단지 현재 그것이 충족되는 방식이 만족스럽지도 않고 반사회적일 뿐이다. 그런 필요와 요구들이 좀 더 사회적인 맥락에서 충족될 수 있는 사회적·정치적 변화의 필요성을 보여주고 있다.[135]

원시 사회를 연구한 레비스트로스는 인간 사회에서 가족이 영원히 존재할 수밖에 없는 이유를 "인간이 어떻게 자연적인 규칙으로부터 이러한 사회적 종속 관계를 인식할 수 있었는가는 앞으로도 알지 못할 것이다. (……) 그러나 지상명령은 가던 길을 계속 가는 것이며, 사회는 여행을 하다 잠시 멈춰 쉴 수 있는 휴식처와 같은 가족으로 구성되어 있다. 사람들은 어느 사회에서든 가족이 사회의 조건인 동시에 반증이라는 점"[136]에서 찾았다. 즉 문제는 '가족'이 아니라 '가족주의'이고 해체되는 것은 가족 삼각형의 오이디푸스 구조이다. 가족 자체를 반대하는 것도 가족 공동체 전체를 부인하는 것도 아니다.[137]

2) 엄마노릇, 이모라는 이름으로

『괭이부리말 아이들』과 『모여라, 유랑인형극단!』은 대안가족 공동체

---

135 미셸 바렛·매리 매킨토시, 앞의 책, 167쪽.

136 김기봉 외 지음, 앞의 책, 26쪽.

137 우리가 논의에서 말하는 '가족'은 원시 이래의 어떤 가족 형태도 아닌 '근대의 가족'을 이름은 당연하다. 하지만 전망으로서 언급되는 가족은 '근대의 가족 이후의 상상'이다. 그 상상태는 김중미의 서사에서 공동체라는 하나의 대안으로 제시되고 있지만, 인류는 더 많은 상상을 필요로 할 것이다.

의 모습을 하고 있느니만큼 유사부모 역할을 하는 성인 남녀와 아이들의 구성이 기본으로 제시되고 있다. 앞서 언급한 영호와 남궁사부가 삼촌과 사부라는 이름의 '아버지'였다면 '어머니'의 위치를 점하는 인물로는 김명희 선생님과 민주 엄마, 안나 이모를 들 수 있다.

먼저 김명희 선생님을 살펴보면 그녀는 숙자의 담임선생님이자 영호의 초등학교 동창으로 괭이부리말 출신이다. 그녀는 선생님임에도 불구하고 아이들에 대한 차별적 사고가 매우 강하다. 아무도 모르는 비밀인, 자신이 괭이부리말 출신이라는 사실을 숙자에게 알려주면서 하는 말에는 그녀의 세계관이 잘 드러난다.

> "(전략) 우리 삼남매는 할머니가 돌보시고, 엄마는 신문 배달도 하시고 학습지도 돌리셨어. 그러다가 우유 배달을 하셨지. 처음엔 자전거로 하시다가 오토바이를 사고, 선생님이 고등학교를 졸업할 때쯤엔 다마스라는 작은 봉고를 가지고 배달을 하셨지. 그 다음엔 작은 슈퍼를 사서 장사를 하셨어. (중략) 선생님 어머니는 늘 그러셨어. '이 괭이부리말은 우리 가족에겐 정류장이지 목적지가 아니다.' 우린 그 말을 명심했어. (중략) 외할머니와 어머니가 고생하신 것만큼 보답해 드리려고 열심히 노력한 덕분이지.
>
> (중략)
>
> 숙자는 똑똑하고 착하니까 선생님처럼 생각해 봐. 지금 어려운 건 아무 것도 아니다, 난 이 어려움을 이겨 내고 훌륭한 사람이 될 거다, 이렇게 생각해 보는 거야. (하략)."(49~50쪽)

명희가 내적 성장을 이뤄내야 하는 두 가지 지점이 위 인용문에 들어 있다. 하나는 학생들에 대한 차별적 사고이고 둘째는 성과주의인데, 이는 명희가 어머니에게서 들었다는 말에서부터 엿보인다. 명희 어머니의 모습은 한국 사회의 역사에서 결코 낯설지 않다. 한국에선 오랜 세월 동안 국가가 가정을 지켜 주지 못함으로써 가족 중심의 각개약진(各個躍進)의 삶을 영위해 온 역사가 더해졌다. 각개약진이란 적진을 향하여 병사 각 개인이 지형지물을 이용하여 개별적으로 돌진하는 걸 뜻하는 군사용어다. 한국인은 그렇게 개별적으로 난관을 헤치며 살아왔다. 어머니는 강해지지 않으면 안 될 상황으로 내몰렸던 것이다.[138] 이러한 어머니는 '사랑과 헌신'의 이름으로 승화시킨 '모성'의 표상으로 서사화되었다. 이를 통해 모성은 인간의 한계를 초월한 자기 헌신과 사랑을 통해 현실의 모든 고통을 감내하고 승화시킬 수 있는 가치의 세계로 신화화된다. 그리고 이러한 신화화의 과정은 현실의 어머니의 고통을 사랑과 헌신으로 승화된 모성의 표상을 통해 지워나가는 과정과 맥락을 같이한다.[139]

그런 상황 아래서 자녀들은 미래의 사회 성원이 되어야 하지만 그들은 부모를 통해서, 그리고 부모를 위해서 길러지며, 부모가 이루지 못한 삶의 보상물이 되기도 한다. 또한 가족의 번영을 우선시하는 부모들은 자녀들에게 공동체 의식을 가진 민주 사회의 시민이 아니라 경쟁 논리에서 승리자가 되기를 기대한다.[140] 가족이라는 친밀한 관계와 감정 속에서 그것은 자녀에 대한 사랑과 격려로, 또한 부모에 대한 보답과 효로 인식되었다. 이른바 가족집단 중심주의가 단단히 뿌리내리게 되는 것이다. 가족집단 중심주의는 개인의 삶에 목적의식이나 동기 유발을 제공해 나약함이나 나태함을 극복하게 한 원동력이 된다. 역경을 딛고 일어선 많은 사람들이 가족을 위해 개인을 희생하고 가족의 기대에 부응하겠다는 집념을 드는 것을 보면 알 수 있다. 또한 가족집단 중심주의는 개인에게 안정감과 소속감, 그리고 상호부조를 제공해 주기도 한다. 하지만 이것은 자칫 배타적 이기심과 만나 가족이기주의를 낳곤 했다. 한

138 강준만, 앞의 책, 8쪽.
139 권명아, 앞의 책, 50쪽.
140 이재경, 앞의 책, 30쪽.

국의 가족주의는 이미 이데올로기다. 명희의 세계관은 숙자 아버지의 장례식장에서 우연히 만난 초등학교 동창 영호의 부탁을 거절하는 말에서 교사로서의 가치관이 되어 적나라하게 드러난다.

> "상담이 꼭 문제아들을 위해 있는 건 아냐. 나는 이런 학교 아이들을 만나려고 공부하는 게 아니야. 이 동네 아이들은 이미 가망 없는 아이들이 더 많아. 내가 중학교 때 제일 싫어한 말이 뭔지 아니? '너도 괭이부리말 사니?' 였어. 중학교 3년 내내 말썽 부리고 퇴학 맞는 아이들은 몽땅 이 동네 아이들이었어. 너도 생각나지? 우리 5학년 때 선생님이 우리 학교 아이들처럼 머리 나쁘고 지지리 가난한 아이들은 처음이라구 한 거. 그게 사실이야. 달라진 건 하나도 없어. 아이들도, 부모들도…… 이런 학교에서 선생 노릇하는 게 얼마나 힘든데. 난 이 학교 아이들하고 깊이 만나고 싶지 않아. 똑똑하고 뭔가 가능성이 보이는 아이들이라면 몰라도. 내가 왜 그런 불량한 아이들하고 만날 거라고 네가 생각했는지 이해가 안 돼." (132쪽)

이런 가치관과 교육관을 가졌던 명희는 마음을 바꿔 일주일에 한 번씩 동수를 만나러 괭이부리말에 가기 시작한다. 명희가 왜 마음을 바꿨는지는 동수의 물음에 대한 대답의 형식으로 서술된다.

> "(전략) 난 좋은 선생님이 되고 싶었는데…… 이런 애들 데리고는 좋은 선생님이 될 수 없다고 생각했지. 내 머리 속에 괭이부리말 애들은 안 된다는 생각이 박혀 있었거든. (중략) 근데 막상 영호한테 못한다고 얘길 하고 나니까 맘이 안 편한 거야. 영호가 나보고 '너도 똑같구나.' 그랬거든. 우리 어릴 때 선생님이랑 똑같다는 거야. 가만히 생각해 보니까 '괭이부리말 아이들은 구제 불능' 이라는 생각은 어릴 때 선생님들한테 하도 들어서 머리에 박혀 버린 것은 아닌가 싶더라구. 그래서 우리 아이들을 다시 보려고 노력하게 됐어." (163쪽)

명희는 자기 안에 도사린 패배의식을 직시하게 되면서 스스로 자신을 되돌아보게 된다. 이렇게 시작된 명희의 성찰은 괭이부리말 시절, 즉 오로지 괭이부리말을 탈출하겠다는 일념 하나로 공부에만 매진하던 어릴 적부터 청소년 시절까지를 되짚어보며 삶의 추억이 하나도 없다며 쓸쓸해 하는 데까지 이른다. 추억이라는 이름의 지나가 버린 시간은 늘 장소와 함께 하기에 사람들은 추억을 떠올리면 동시에 추억이 깃든 장소를 상기[141]한다. 명희에게 그 추억을 매개하는 것은 괭이부리말이라는 장소인데 명희는 정작 괭이부리말의 어떤 곳에서도 추억의 편린을 찾지 못한다. 괭이부리말에 뿌리내리고 이곳을 삶의 풍경으로 살고 있는 아이들과 비교해 보면 명희가 가지는 공간 연계성이 얼마나 미약했는지, 또한 자신의 삶에서 얼마나 철저하게 이곳을 배제했는지를 알 수 있다. 게다가 어린이(시절)은 한 사람의 시간의 고향이자 기억의 집이고 추억의 공간이기도 하다. 어린이는 자라면서 어른으로 불리지만 기억과 감각 속에서 그 세계는 영원하다. 그것은 줄지 않는 생기이며, 현존하는 활기다.[142] 명희는 괭이부리말에 다시 돌아오면서 자신의 어린 시절을 떠올리게 되고 비로소 삶의 진정한 생기를 회복하게 되는 것이다. 그러한 명희의 심경의 변화는 괭이부리말을 대하는 태도에서부터 감지된다.

명희는 예전에는 커다란 쓰레기더미처럼만 보이던 괭이부리말의 판잣집들이 정겹게 느껴졌다. 이제 연탄 냄새와 뒤섞인 비릿한 굴 냄새에도 익숙해져 가고 있었다. (157쪽)

---

141 실제로 사람들과 그들이 살아가고 경험하는 장소 간에는 깊은 심리학적 연계가 있는데, 이를 지리적 능력이라 할 수 있다. 지리적 능력이란 특정 장소에 존재하는 개인이며, 동시에 광범위한 환경적·사회적 힘으로 이루어진 네트워크의 한 부분으로 존재하는 우리 삶의 직접성(immediacies)을 깨닫는 능력을 말한다. 여기서 직접성이란 관찰자가 세계의 중심에 서서, 매개를 거치지 않고 대상을 직관하는 것을 말하며, 특히 이성보다는 감수성을 통한 생명 현상에 대한 체험적 관찰을 의미하는 것으로 생각된다. 에드워드 렐프, 앞의 책. 7쪽.

142 최기숙, 『어린이 이야기, 그 거세된 꿈』, 책세상, 2001, 144~145쪽.

그래서 서사 말미에 명희는 '다시는 혼자 높이 올라가기 위해 발버둥치지 않겠다'는 다짐과 함께 괭이부리말로 귀환한다. 명희의 이런 변화는 동수의 성장을 견인하고 그 대목에서 가장 빛을 발하기도 한다. 영호가 처음 명희를 찾아간 이유도 동수의 상담을 부탁하기 위한 것이었고, 명희와 동수는 서로에게 내면세계의 변화와 성숙의 계기가 된다.

명희는 상담교사로서 동수를 만나기 위해 처음 영호네 집에 발을 들이지만, 서사에서 가장 눈에 띄는 성장을 이루어내는 동수와 명희에게 정작 상담은 전혀 중요하지 않았다. 그들은 영호를 중심으로 하는 밥상공동체에서 진정한 인간적 유대를 발견하고, 이를 통해 명희는 선생님으로서의 자세를, 동수는 자신의 삶에 책임있는 자세를 배운다. 하지만 동수의 취업을 두고선 둘은 서로 다른 지향과 가치를 알게 되는데 이 지점이 명희에게는 또 한 번의 변곡점(變曲點)으로 작용한다.

> 명희가 꼬치꼬치 묻기 시작하자 동수는 뜨악한 표정을 지었다.
>
> "선생님이 무슨 말씀 하시는지 알아요. 선생님은 좀 그럴듯한 직업을 말씀하시는 거죠? 그런데 전 그냥 기술자가 되고 싶어요. 한 가지 기술로 오랫동안 직장을 다닐 수 있는 그런 기술자, 그게 제 꿈이에요. (중략) 꼭 그런 기술자가 되어서 우리 동준이 대학 보내 주고, 착한 여자 만나서 잘살고 싶어요. 그리고 좋은 아빠가 되는 거, 그게 제 소원이에요. 선생님은 제 소원이 시시하다고 생각하시죠?" (228쪽)

이 대화 끝에 명희는 자신에게 새로운 차원의 질문을 던지게 된다. '아직도 좋은 아버지가 되고, 듬직한 형이 되는 것이 작고 보잘것없는 꿈이라고 생각하는지. 아직도 착한 사람으로 사는 건 시시하다고 생각하는 것은 아닌지.'(228쪽) 하고 말이다. 성과(成果)는 자신의 내부를 향하지만 성과주의는 남들과의 경쟁 비교를 의미한다는 점에서 성과주의의

덫에 걸린 개인은 자기 자신과 경쟁하면서 끝없이 자기를 뛰어넘어야 한다는 강박에 시달린다. '할 수 있다'라는 성과주의적 기치는 자칫 긍정성의 과잉을 유발하기도 쉽다. 경쟁의 압박을 자신의 삶의 논리로 받아들여 인정과 성취를 통해 상층부로 상승하는 것을 목표로 삼는 순간 그것은 성과이면서 동시에 자기 착취로 작동한다.

이때까지 여전히 선생님으로서의 정체성이 강하게 명희를 사로잡고 있었다면 이후에는 호용이의 합류를 계기로 따뜻하고 넉넉한 '어머니'로서의 면모를 보인다. 명희는 성과주의를 내면화하려 했던 자신을 자각하게 되고 자신의 발걸음을 괭이부리말로 다시 돌린다. 이 발걸음은 명희가 주체적이고 자율적[143]인 개인으로 거듭났음을 상징한다. 그럼으로써 선생님으로서 가지고 있던 교육관 역시 변화를 이루어 "아이들이 상처받고 버려질 때 무엇을 했는지 자신이 원망스러웠"(173쪽)던 자세에서 한 발 더 나아간다. 호용이를 등에 업고선 "앞으로 자신이 업어야 할 아이들이 호용이만 아닐 것이라는 생각"(266쪽)에 이르러서는 모성애적 교육관을 보여준다. 타자성의 원리는 자기 자신을 비움으로써 타자와의 공존을 허용하는 뺄셈의 원리라 할 수 있다. 또한 니콜라예바의 말을 빌어 오자면 현대 아동 소설들이 '최소한 한 명의 성인과 조화로운 관계를 묘사하고 있는데, 이 사람이 반드시 부모일 필요는 없다.'[144]는 측면에서 보자면 거의 모든 아동문학 가족서사가 개별 가정·가족을 배경으로 창작되는 현 상황에서 『괭이부리말 아이들』이 가지고 있는 공동체적 공간은 새로운 지향점을 보여주기에 적절하다.

『모여라, 유랑인형극단!』에서는 민주 엄마가 유사 엄마의 역할을 한다. 민주 엄마는 혈연 관계로는 민주와 민우의 엄마이지만 남궁사부와

143 자율성은 개인이 스스로를 성찰하고 스스로 결정을 내림으로써 어떤 행동을 할 것인가에 대해 심사숙고·판단·선택·실행할 수 있는 능력을 의미한다.

144 마리아 니콜라예바, 앞의 책, 105쪽.

대학시절 뚝방 동네 공부방에서 같이 봉사활동을 했던 인연을 계기로 서사의 중심으로 들어온다. 민주 엄마는 남편과 이혼을 한 뒤 더 행복해진, 남매를 홀로 키우고 있는 한부모 가정의 가장이다. 늘 돈에 쪼들리지만 아이들의 생일 같은 특별한 날에는 다른 무엇보다 공연을 본다든가 하는 문화예술적 선물이 더 좋다고 믿는, 물질적 욕망만이 아닌 일상의 풍요로움을 추구하는 인물로 그려진다. 인형극을 해보자고 적극적으로 제안하면서 민주 엄마가 드는 이유들을 보면 그런 성격과 견해가 더욱 잘 드러난다.

"(전략) 그것보다는 뭔가 자기 힘으로 이뤄내 성취감을 갖게 하는 게 더 좋죠. 인형을 만들면서 집중력이나 예술적 감각도 기르고, 인형극을 통해 협동심을 기르고 발표력도 기르면 사실 학교 공부보다 훨씬 나은 교육을 하는 셈 아니겠어요?" (96쪽)

민주 엄마의 이 말은 서사 전반에 흐르는 교육에 대한 지향을 단적으로 보여주고 있다. 『괭이부리말 아이들』에서 제도권 교육의 불가피한 효용을 역설하고 있다면, 여기에서는 진정한 교육이 무엇인지, 그것이 학교라는 교육 시스템에서 가능한 것인지, 아니라면 대안은 무엇인지를 계속 묻고 그것을 실행에 옮기는 과정이 서사의 큰 줄기이면서 공동체의 기본적 방향과 궤를 같이 하고 있다. 민주 엄마는 남궁사부가 인형학교를 중심으로 아이들의 대안 교육을 기획할 수 있는 기본적인 동조자이자 조력자이다. 물론 교육에 대한 대안적 방안이 학교/탈학교라는 이분법에 사로잡혀 있는 것은 아니고, 기본적으로 교육은 삶을 행복하게 하는 것이어야 한다는 큰 방향에서 일치를 보고 있는 것이다. 또한 인형극단이 인형극 대본을 쓰고 연습하는 과정에서 흐트러지는 아이들을 다잡는 데도 논술 선생님이라는 민주 엄마의 역량이 발휘된다.

『모여라, 유랑인형극단!』에는 또 한 명의 엄마 아닌 엄마가 등장하는데 안나의 이모다. 안나 이모는 자신은 결혼을 하지 않은 상태에서 조카만 둘을 맡아 키우고 있는데 큰 조카 안나는 언니네 아이고 작은 조카 미영이는 동생 아이다. 안나는 일곱 살 때 네팔 사람인 아빠가 불법 체류자 단속에 걸려 강제로 추방된 뒤 안나 엄마가 돈을 벌면 데려가겠다고 맡기는 바람에 얼떨결에 떠맡게 되었고, 미영이는 미혼모인 동생이 맡기고 간 조카다. 안나 이모네 세 자매 역시 어린 시절 부모 없이 자란 터라 차마 조카들을 외면할 수 없었던 안나 이모는 키우기 쉽지 않지만, 그래도 조카들이 외롭고 고단한 삶을 견디게 해 준 버팀목이라 여긴다.

광범위한 핵가족화가 부부와 아이만으로 구성되는 그들만의 친밀함과 사생활 보호를 가속화시키면서 보통 생각하는 친족의 범위는 갈수록 좁아졌다. 농촌 공동체가 기능하던 시절에는 한 마을 혹은 가까운 친족이 나서서 거두었던 사회의 소외자들이 정작 갈 곳이 없어져 버린 것이 현대의 현실이다. 진정한 보호와 사랑이 특정한 가정이 누리는 특정한 혜택에 한정되어서는 안 된다. 또한 좀 더 많은 계층의 가족과 좀 더 다양한 형태의 결혼방식을 선택하는 가족이 진정한 의미의 보호와 사랑을 누릴 수 있으려면, 더 이상 가족과 사회와의 대립적인 이분법이나 특정 형태의 가족만을 옹호하는 편협함은 폐기되어야 한다.[145]

21세기 한국 사회를 지배하는 신자유주의 약육강식 논리 속에서 『괭이부리말 아이들』과 『모여라, 유랑인형극단!』은 살아남기 위해 자발적으로 '어머니 노릇'을 실천하는 인물들이 만들어가는 새로운 공동체를 보여준다. 잔혹한 세계에 노출되어 있는 상처 입은 존재들끼리 자발적으로 맺는 동정과 배려가 살아있는 보살핌의 관계는 그 자체로 종요롭다. 그들 가족들은 통념상 '해체의 위기'에 처한 경우들이지만 '위기'란

---

145 미셸 바렛·매리 매킨토시, 앞의 책, 6쪽.

기존의 질서는 붕괴됐지만 새로운 질서는 아직 도래하지 않은 시기에 나타나는 현상이다. 그래서 괭이부리말과 인형학교의 가족들은 위기가 아니라 '진화'라고 볼 수 있다.

한국 아동문학에서 어른이 주로 교훈(많은 경우 관념적이기도 한)을 전수하려는 입장을 취함으로써 계몽의 위치에 있었다면 이들 작품에서는 어른들이 더욱 성장하는 주체로 나서고 있다. 이들이 미성숙한 존재여서가 아니라 끊임없이 변화와 성숙을 지향하는 인물로 그려지기 때문이다. 또한 일반적인 성인의 세계로 편입해 들어가는 것으로 한정짓지 않고 새로운 세계를 창조해가는 과정으로 그려지고 있어 아이들의 세계 위에 군림하지도 겉돌지도 않는 일체감을 만들어낸다.

3. 어른의 견인으로 성장하는 주체

『괭이부리말 아이들』은 어른들로부터 어떤 보살핌도 받지 못하는 숙자, 숙희, 동준이로부터 서사가 시작된다. 숙자는 집 앞에서 아빠의 오토바이를 발견하고 반갑기는커녕 겁이 나 그만 가슴이 덜컹 내려앉자, 숙희와 동준이가 라면을 끓여먹고 있는 동준이네 집으로 향한다. 빈터에 동그마니 혼자 남은 동준이네 집은 재개발 충격으로 금이 가고 부서져 내려 판자로 올린 다락은 마치 피사의 사탑처럼 보일 정도다. 그 다락에서는 동수가 본드를 하고 있고 방에서 아이들은 김치도 없이 라면을 먹는다. 동수네 방의 벽지는 닳고 닳아 까맣게 반질반질 윤이 나는데 동준이가 날마다 그 벽에 기대 앉아 화면 끝이 늘었다 줄었다 해 눈이 어질어질해지는 텔레비전을 보기 때문이다. 근대 이후 발견된 '사적 가족'은 가족적 유대를 통한 사생활의 독립성을 뜻한다. 이 말은 뒤집어 생각하면 가족이 겪게 된 어떤 어려움과 위기도 이제 고립된 가족 구성원 이외에는 '아무도' 책임지지 않[146]게 되었다는 의미이기도 하다. 공동체의 붕괴는 가족이 아니면 어디에서도 구제될 길이 없는 위험한 사회를 만들어 놓았고 괭이부리말의 아이들은 그런 처지에 놓여 있다. 아이들이 제대로 자라고 성장하기 위해서는 어른들의 보호가 절대적으로 필요하다. 그래서 『괭이부리말 아이들』에 영호와 명희가 없었다면 이 서사는 원천적으로 성립하기 힘들었을 것이다.

숙자와 숙희, 동준이가 눈에 띌 만한 성장과 변화를 보여주는 것은 아니지만, 반대로 세 아이들에게 공동체라는 보살핌의 울타리가 없었다면 이런 안온한 일상은 불가능한 것이다. 부모가 모두 집을 나가고 형제만 남은 동수-동준이 역시 서로 외에는 기댈 데가 없다. 동수는 아이들의 주머니를 털어서라도 동준이에게 라면을 사다 주지만 한편으로는 동준이가 자신처럼 비뚤어질까 봐 마음을 졸인다. 동수 역시 형이 주는 돈이 정당하지 않다는 것을 짐작하고 받기를 거부함으로써 형에게 경고를 보낸다. 하지만 그들은 마음속에 깊이 도사린 외로움 앞에서는 속수무책이다.

"네, 본드도 그래서 한 거 같아요. 구치소에 있을 때도 그런 생각을 했어요. 내가 왜 점점 본드에 빠져 들었을까? 사실 난 되게 겁도 많고 동준이보다 더 외로움을 타는데…… 그걸 자꾸 숨기고 싶었나 봐요. 어쩌면 본드 같은 건 나 같은 겁쟁이들이 더 쉽게 빠지는 건지도 모르겠어요." (165쪽)

『괭이부리말 아이들』에서 가장 극적인 성장을 보이는 것은 동수다. 동수는 세상에 대한 믿음을 저버린 상태였는데, 이는 물론 어린 시절부터 차곡차곡 쌓여온 마음속의 울분과 패배감 같은 것에서 기인한다. 동수

146 나병철, 『가족 로망스와 성장소설』, 문예출판사, 2007, 92쪽.

가 영호네 집에 와서도 마음을 놓지 못하고 집을 뛰쳐나간 것은 "영호마저 동수와 동준이를 버릴지 모른다는 두려움 때문"이었다고 고백할 정도다. 본드를 하고 구치소에 가는 등 소위 비행청소년이 할 만한 행동들을 일삼던 동수가 변하게 되는 계기는 지속적인 애정과 관심에서 비롯된 신뢰다. 자신이 없는 사이에도 동생 동준이를 살뜰하게 보살펴 주고 자신을 경찰서에서 나오게 하기 위해 애를 쓰는 영호와 오로지 자신만을 위해 괭이부리말로 찾아오는 명희의 행보에 동수는 결국 진심을 내보인다.

동생만큼은 자신이 꼭 지켜야 한다는 결심에서 볼 수 있듯 착하고 책임감이 있던 동수는 그 이후 학교도 다니고 공장에 취직도 하며 내적 변화를 보여준다. 이러한 변화는 친구인 명환이에게도 영향을 미치게 된다. "명환아, 겁내지 마. 자꾸 망설이고 자신 없어하면 아무것도 못해."(252쪽) 이 말은 명환이에게 건네는 충고이지만 스스로 새삼 다지는 각오인 것도 분명하다. 그래서 서사의 대단원인 마지막 장의 주인공은 동수다.

동수는 새로 시작하는 마음이 이렇게 설레고 두근두근하는 것인지 미처 몰랐다.

(중략)

높다란 공장 천장 바로 밑에 벽돌 한 개가 떨어져 나가 생긴 구멍으로 마알간 햇살이 쏟아져 들어오고 있었다. 손바닥 만한 구멍으로 저렇게 밝은 햇살이 들어온다는 것이, 어두운 공장 한구석을 환하게 비출 수 있다는 것이 놀라웠다.

(중략)

동수는 걸레를 들고 기계를 닦기 시작했다. 그리고 자기도 모르게 노래를 흥얼거렸다.

"봄, 봄, 봄, 봄, 봄이 왔어요……." (273~274쪽)

동수의 친구 명환이는 극심한 가정폭력에 시달리다 못해 집을 나왔지만 마땅히 기댈 곳이 없다. 호용이는 편지 한 장과 함께 영호네 집 앞에 버려진다. 하지만 그들은 영호네 안에서 우리가 가족에게 부여하는 어떤 정서, 즉 가족이란 따뜻하고 부드럽고 사랑과 웃음소리 충만한 어떤 것이라고 사람들이 당연하게 느끼고 믿는 '가족 감정'이라고 부를 만한 것을 느낀다. 흔히 정상가족이라 불리는 가족의 형태가 서사의 중심에 있을 때 이러한 정서는 찾아보기 힘들다. 가족의 고유한 감정이나 정서는 가족의 형식적 구성이 아닌 가족의 정체성으로부터 발현되기 때문이다. 가족은 핏줄에 집착하거나 타자에 대한 배타적 권력 욕망에 의해 추동되는 것이 아니라 고통과 기쁨을 함께 나누는 연대와 공존의 관계인 것이다.

『모여라, 유랑인형극단!』의 아이들은 소위 말하는 정상가족은 아니지만 모두 누군가의 보살핌 속에 살아가고 있다. 경수와 상준이는 각각 외할아버지와 돌아가신 할아버지의 친구를 보호자로 두고 있고, 안나와 미영이는 이모가 있다. 하지만 이들 가족 구성원들은 통상적인 가족의 범위에서는 벗어나 있다. '피는 물보다 진하다'라는 관념은 여전히 가족 이데올로기의 매우 강력한 부분이다. 우리는 일찍이 혈연관계, 오직 혈연 관계만이 지속적이고 변함없는 애정의 원천이 될 수 있고 또한 우리라는 것을 잊어버리지 않도록 하는 아주 확실한 보증이 될 수 있다고 배워 왔다.[147] 그것은 오직 가족과 자녀만이 우리에게 삶의 목적과 머물 곳을 제공해 주고, 또한 명예 · 존경 · 사랑과 위안을 준다는 가정(假定)에 의해 끊임없이 강화된 신화이다.

하지만 경수네와 안나네가 보여주는 가족은 가족을 가족이게 하는 것이 무엇인지 근본적으로 재고하게 한다. 특히 상준이는 경수 외할아버

147 다이애너 기튼스, 앞의 책, 146~147쪽.

지의 친한 벗의 손자[148]이다. 소위 말하는 '피 한 방울' 섞이지 않은 관계인 것이다. 그럼에도 경수는 그런 상준이가 있어 다행이라고 처음부터 느끼고 경수네 세 식구의 가족애에는 아무런 이질감이 없다. 이들 경수네는 가족이란 태어나면서 갖게 되는 하나의 운명 공동체가 아니라 살면서 맺어지는 인연 공동체라는 것을 보여준다. 경수네 가족은 태어나는 것이 아니라 만들어지는 것이다. 이렇게 탄생한 가족은 국가주의 이데올로기가 아니라 시민사회를 형성하는 인자(因子)가 될 수 있다. 이제 가족이란 당연시되는 어떤 것이 아니라 개별적인 선택과 선호·감정에 의해 다양하고 복잡해질 수 있다. 그러니까 가족 당사자들이 가족 정체성을 가지고 있다면 어떤 집단도 가족이 될 수 있다. 이런 인식은 남궁사부가 경수와 나누는 대화에서 직접적으로 발설되기도 한다.

> "경수야, 나도 네 가족이라고 받아 주라. 나도 혼자잖아. 꼭 피를 나눈 사람들끼리만 가족이 되는 건 아니야. 나도, 상준이도 너에게 가족이 될 수 있는 거야." (80쪽)

『모여라, 유랑인형극단!』은 가족이 재구성되는 것을 통해 한 가닥 희망을 부여하고자 한다. 그 희망은 핏줄에 집착하거나 타자에 대한 배타적 권력 욕망에 의해 추동되는 가족이 아닌, 고통과 기쁨을 함께 나누는

---

148 친족은 생물학적이라고 상정한다. 그렇지만 우리 모두 들은 적이 있는 이야기를 생각해 보자. 부모(편부모) 밑에서 한 20년쯤 자라난 아이가 처음부터 내내 그의 부모를 그의 생물학적 부모로 믿었는데 사실은 그가 입양되었다는 것을 갑자기 알게 된 이야기 말이다. 이 경우에 처한 사람은 더 이상 '그가 누구인지' 또는 그의 부모는 누구인지 모르기 때문에 종종 심각한 '정체성의 위기'로 고통받게 된다. 그들의 고통은 우리가 우리 사회에서 친족을 정의하는 방식, 즉 엄밀히 생물학적 방식으로 말하면 '생물학적' 부모와 '사회적' 부모를 명확하게 구분하는 방식에 기인한다. 생물학적 부모는 아이가 강한 연대와 결속을 유지해야 하는 '진짜' 부모라고 우리 사회는 여긴다. 가족을 통하여 부모임을 인식하는 것은 개인이 사회적으로·경제적으로 '위치를 정하는' 핵심적 방법이다. 그렇지만 이것은 부모임과 친족관계를 정의하는 문화적·역사적으로 특수한 하나의 방법이다. 다이애너 기튼스, 위의 책, 100쪽.

연대와 공존의 관계이다. 어른들은 아이와 우정을 나눌 수 있는 친구이기도 하면서 아이에게 우정을 가꿀 수 있는 터전을 제공하기도 하다. 우정을 나눌 수 있는 어른이라는 존재는 정상가족에서 벗어나는 다양한 가족 형태를 반영하면서 '다른' 미래를 신중하게 타진하는 문학적 상상력[149]의 한 지점을 보여준다.

네팔인 아빠와의 사이에서 태어난 안나에게는 가족이라는 제도 외에 또 다른 억압이 작용하고 있는데, 한국인의 의식 깊숙이 녹아 있는 핏줄 의식이다. 이는 외연이 확장되면 좁게는 가족 중심주의로 발현되고 넓게는 단일민족 의식이 된다. 핏줄 의식은 가족 혹은 민족을 강하게 묶어주는 기제로 작용하지만, 타인을 향할 때는 공격적이고 배타적인 양상으로 표출되는 경향이 있다. 그래서 혈연관계 밖의 존재는 흔히 배타적인 경계의 대상이 되고 핏줄에 근거한 한국식 가족주의는 때로 타자에 대해 야만적인 공격성을 띠기도 한다. 그렇기 때문에 한국인은 이민족과의 혈연적 결연에 매우 부정적인 태도를 보여왔다. 안나는 이 이중의 억압에 고스란히 노출된 데다가 가난하기까지 하다. 경수와 안나는 인형극을 하며 비로소 자신의 내면을 내보인다.

"저기……. 용기를 갖게 해 주는 이야기는 어때요?"

민주 엄마가 경수를 바라보며 물었다.

"용기를 갖게 해 주는 이야기? 한번 자세히 말해 봐."

"깊게 생각한 건 아니구요……. 그냥 제가 힘들 때마다 그런 생각을 하거든요. 누군가 나한테 힘이 되면 좋겠다."

(중략)

"몰라. 그냥 아무 데나 가는 거지. 따돌림도 없고, 공부 못해도 업신여김 당하

149 정혜경, 「가족서사의 재구성, 그 지난한 탈주」, 『문학수첩』, 제6권, no.21, 2008. 봄, 78쪽.

지 않고, 가난하다고 기죽지 않아도 되는 데로."

경수 말을 안나가 받았다.

"맞아. 나도 그런 상상 많이 해. 근데, 여행 갈 때 친구들이 있으면 좋을 것 같아. 내가 어떻게 생겼건 상관하지 않고 마음을 열어 주는 친구." (108~111쪽)

이렇게 시작된 인형극 연습은 서툴고 박자가 안 맞아 서로 부딪치게 되고 그 과정에서 아이들 고유의 성격이 점점 더 드러나게 된다. 삐지고 포기하고 다투다 결국 서로 이해하게 되는 준비 과정은 인형극을 완성해가는 여정이면서 동시에 남궁사부가 실현하고자 하는 교육철학이 실현되어 가는 과정이기도 하다. 인형교실 아이들이 모내기를 하는 장면에서 남궁사부가 치운이에게 "이 논일은 절대 혼자서 못하는 거야. 우리 인형극처럼 말이야. 자, 봐. 네가 줄을 빨리빨리 넘기고 싶어도 논에 있던 우리가 모를 다 심지 못하면 옮길 수 없지? 그리고 나랑 저 농부 아저씨 손이 아무리 빨라도 경수나 안나, 민주가 느리면 뒤로 나아갈 수가 없는 거야. 알겠냐?"(231쪽) 하는 대목에서 드러난다.

이들은 모두 함께 인형극 축제에 참가하게 되는데 장터의 카니발적 공간과도 같은 원초적인 화합력을[150] 보여준다. 이를 계기로 아이들은 스스로 어떤 사람이 되려고 하고 스스로 무언가를 하려고 한다. 아이들의 그런 의지는 남궁사부에게 인형극의 가장 중요한 요소는 '사람과 사람의 마음'이라는 깨침을 준다. 스스로 성장하려 하는 아이들의 삶의 가치는 경쟁의 내면화를 핵심으로 하는 한국 사회의 지배적 가치와는 다르다. "기왕 인형극을 할 거면 더 많이 배워서 더 멋진 공연을 하면 좋잖아. 그래서 세계적으로 유명한 인형극단이 되면 더 좋고."(262쪽)라고 하는 민주에게 경수는 "난 유명하지 않아도 돼. 그냥 인형극이 좋은 거니

---

150 나병철, 앞의 책, 501쪽.

까."(262쪽)라 대답한다.

이들이 시골마을에 만든 인형학교로 이주해 하는 활동 중 특히 마을의 수생식물을 비롯한 식물과 동물을 관찰하고 기록하는 일은 지역 혹은 내가 살고 있는 땅과의 정서적 연계를 새삼 생각해보게 한다. 그것은 의식적 장소감이라 말할 수 있는데 의식적인 장소감이란 "장소가 동물적인 생존 수준을 넘어서는 어떤 것으로서, 기쁨, 놀람, 경이로움, 공포 등을 전달해 줄 수 있으며, 그런 의사 소통에 식견을 가지고 경청하는 능력은 인생을 더욱 풍부하게 한다."라는 인식에 기초하고 있다. 여기에서 '식견을 가지고 경청한다'는 것은 명확한 "판단 행위이며 자신의 기대와 새로운 경험을 대조"한다는 의미이다. 또 특정 장소의 모든 측면에 대하여 열린 마음으로 느끼고, 감정이입적, 그리고 공감적으로 경험하려는 시도를 의미한다.[151] 잘못한 일도 없는데, 오랫동안 살아온 동네에서 다들 쫓겨나듯 나왔지만, 새로운 희망을 가지고 터전을 잡은 장소는 그저 거주를 위해 이사를 한 집과는 분명 그 의미가 다르다. 그래서 서사의 결말은 끝없이 이어질 그들의 행보와 이야기의 향연을 암시하기에 충분하다.

이사한 마을에서는 다문화 가정[152]을 이루고 살고 있는 필리핀 여성이 영어를 가르쳐 주는 선생님이 되어 새로운 구성원이 된다. 다문화 가정의 엄마들은 인종적, 계급적 타자인 동시에 가부장제 사회의 젠더적 타

---

151 에드워드 렐프, 앞의 책, 151~152쪽.

152 '다문화'에 대해서는 그 범위를 명확히 할 필요가 있을 것이다. 일반적으로 다문화란 하나의 고유명사적인(proper) 문화에 대응하여 여러 가지 문화를 가리키는 말이며 다문화주의란 백인/남성/서구/이성애자 중심의 편협한 문화주의에서 탈피하여 다양한 주변부 문화를 제도권 안으로 받아들이자는 입장을 이른다. 다문화 가족 또한 이른바 '정상' 가족의 틀을 넘어선 다양한 형태의 가족들을 두루 아우르는 개념일 터이지만,(421쪽) 21세기 들어 급증한 한국의 국제결혼은 주로 젊은 여성이 떠난 농촌의 성별분업을 대체하기 위하여 중국, 베트남, 필리핀, 우즈베키스탄 등의 외국인 여성들이 결혼이민을 옴으로써 형성되었다.(437쪽) 박정애, 「한국 아동청소년 소설에 나타난 '다문화' 갈등과 그 해결 양상 연구」, 『현대문학의 연구』, 2010, 421~437쪽 참조.
다문화가정이란 한 가족 내에 다양한 문화가 공존하는 가정을 일컫는다. 국제결혼, 이중 문화 가정, 혼혈인 가족 등으로 불리던 국제결혼가족을 최근 들어 '다문화가족'이라 부르고 있다. 김화선, 「다문화시대, 아동문학의 현황과 전망」, 『비교한국학』, 제16권, no.2 2008.

자로 위치지어지기 십상이고, 실제 그들이 처한 상황은 여러 매체를 통해 익히 알려진 바다. 유랑인형극단에서는 그들이 낯선 땅에 정착할 수 있는 소망스러운 모습을 그려 보이며 공동체의 외연을 넓혀간다.

이렇듯 개인의 열망과 행동의 본질적인 부분이 '우리'로 통합되어 있는 곳에서의 사회관계는 공동체가 된다. 개별 가정만이 가족의 전부는 아니다. 가족이 조금은 덜 필수적인 것이 되게 하는 것도 필요하다. 이에 대해 기튼스는 "모든 사람은 특정 시점에서 다른 사람과 함께 공간, 시간, 기술, 성애, 사랑 등을 공유할 수 있지만, 개개인들이 서로 사랑하고, 싸우고, 상호작용하는 방식은 너무도 다양하기 때문에 이러한 행위들을 '가족'(the family)과 같은 용어 속에 담아두는 것은 불가능하다."[153]고 했다. 더구나 가족주의가 만연한 한국 사회의 경우 가족이 도덕적·물질적 지원을 제공하는 유일하고 특별한 존재로서의 역할을 부여받지 않도록 하면서, 이런 역할이 다양하고 광범위하게 수행될 수 있도록 하는 것은 중요하다. 사회의 존재방식에 다른 상상력의 한 지점을 살펴보는 김중미의 서사는, 이차적 근대의 위험사회에서 사회적 환경 변화의 도전에 대한 응전으로써 가족의 진화를 보여준다.

다만 김중미 서사의 육친성은 그 지향만으로도 충분히 의미 있는 시도라 할 수 있으나, 목적론적 의도가 등장인물들의 생기를 빼앗아 그들을 역할 수행을 위해 불려나온 캐릭터로 만들고 있는 점은 아쉽다. 게다가 서사 곳곳에서 눈에 띄는 계몽적 교훈적 대사들은 『괭이부리말』의 어른들이 함께 고민하고 성장해가며 피했던 것을 『모여라, 유랑인형극단!』에 와서는 이미 사부로 설정된 역할과 지향의 강력한 자장에 서사가 끌려들어간 버린 결과로 보인다.

---

153 다이애너 기튼스, 앞의 책, 243쪽.

제4장_가족서사에 나타난 성장서사적 의미

제1절 성장서사와 아동성장서사
제2절 독립적 주체로 서기
제3절 서정적 자아의 회복

/ 제1절 /

성장서사와 아동성장서사

인간의 삶은 본질적으로 성장을 지향한다고 할 수 있다. 성장에 대한 지향을 통해 인간 존재는 보다 나은 삶을 개척하고 영위할 수 있기 때문이다. 또한 성장 과정을 통해 나르시시즘적 삶의 양상에서 벗어나 타자를 배려하는 타자 지향의 윤리성을 함양할 수 있다. 시간 속에서 변화하는 서사적인 존재로서 인간[1]은 성장을 통해 정체성을 형성하고 갱신할 수 있다. 그렇기 때문에 인간 삶에서 성장은 지대한 의미를 갖는다.[2] 성장을 서사화한 것이 성장서사[3]라고 아주 범박하게 정의할 수 있다. 문학이 갖는 힘이 현실에 대한 이해를 통해 인간다움을 지향하는 것이라 할 때, 인간의 구체적인 성장 과정들을 형상화하여 인간 존재의 지향에 대한 성찰을 하게 되는 성장소설은 문학의 가치와 힘을 배가시켜 준다.[4]

---

1 근대소설은 본래 성장소설적 성격을 내재하고 있다. 근대소설 속 주인공은 당대 사회의 모순을 비판하고 지배 이념을 거부하면서 새로운 이념을 추구하는 문제적 인물이다. 모리스 Z. 슈로더는 『장르로서의 소설』에서 "소설의 주제는 본질적으로 인간 형성, 혹은 교육의 주체인 '순진한 상태에서 경험의 상태로의 이행 혹은 그에게는 지복(至福)인 사회적 현실에 대한 무지의 상태에서 원숙한 상태로의 이행"이기 때문에 모든 소설은 성장소설이므로 성장소설이라는 특수한 범주를 설정할 수 없다."고까지 주장한 바 있다.

2 선주원, 「환상적 공간을 통한 가족 서사의 재구성」, 『독서연구』, 제35호, 2015, 145쪽 참조.

3 소설 속에서 성장 혹은 성숙, 삶에 대한 통찰 등은 작품의 다양한 주제와 내용, 인물, 사건이 결합하여 나타나는 결과이지 처음부터 목적하는 의도가 아니다.

성장소설은 일반적으로 문학 가운데에서 미성숙한 자아가 다양한 경험을 통해 정신적 위기나 절망의 과정을 극복하고 성숙해 가는 과정을 그린 소설[5]이자, 청년 주인공이 자아의 내적 성숙을 통해 사회적 공동체와의 화해를 모색하는 소설이다. 정신분석학적으로 보면 이는 미성숙한 주인공(소년, 청년)이 상상계에서 상징계로 옮겨가는 과정에서 겪는 사회화(성장)의 경험으로 나타난다. 그 같은 성장 과정은 오이디푸스 구조(가족과 사회)의 타자의 위치에 있는 청년 주인공이 그 구조의 모순에 대처해 가는 모험과 탐색의 과정과 일치한다. 성장소설에서의 '성장'의 의미는 이중적이다. 성장이란 유아적인 세계에서 벗어나 사회화되는 것이기도 하지만, 타락한 사회와의 타협이기도 하다.[6]

아동문학에서의 성장은 다르다. 그것은 첫째로 아동의 존재적 특성에서 비롯된다. 아동은 성장하는 존재이고 성장은 아동의 본질적인 특성 중 하나이다. 물론 아동뿐만 아니라 모든 인간은 성장을 지속한다. 하지만 성장은 성인보다 아동에게 더 중대한 의미를 갖는다. 아동기가 다양한 동일시의 경험을 토해 사회와의 상호작용 속에서 자아를 확장시키고 처음으로 통합된 정체성을 형성하는 시기이기 때문이다. 따라서 아동에게 있어 성장이 갖는 의미는 성인에게 성장이 갖는 의미와 분명한 차이가 있다. 둘째로는 아동문학 장르의 고유한 특성에서 비롯된다. 아동문학에서 성장서사란 아동 인물이 자신을 둘러싼 세계와의 상호작용 속에서 내면적 갈등을 극복하고 자아 정체성을 확립하여 새로운 주체로 탄생하는 과정을 담은 서사를 말한다. 아동문학에서 성장서사는 본질적 측면이라 할 수 있고 거의 모든 아동문학이 성장의 주제를 품고 있다.

아동성장서사[7]는 아동문학 내 서사 유형 중 하나로 인물이 일련의 경

4 선주원, 위의 논문, 146쪽.
5 오세란, 「한국 청소년소설 연구」, 충남대학교 박사학위논문, 2012, 9쪽.
6 선주원, 앞의 논문, 150쪽.

험과 시련을 통해 정체성을 형성하고 새로운 주체로 거듭나는 성장의 과정을 탐색담 혹은 입사담의 서사구조로 아동문학적 관점에서 그린 작품군을 뜻한다. 즉 아동성장서사는 아동문학의 서사 장르 중에서 아동 인물이 내면적 갈등을 극복하고 정신적 성숙을 이루어 새로운 주체로 탄생하는 과정을 담은 서사를 말한다. 아동성장서사는 성장소설과 많은 공통분모를 공유하고 있지만 아동을 일차 독자로 하여 서술되었기 때문에 성장소설과 차이[8]가 있다. 김태호는 다음과 같이 정리했다.

첫째, 아동 인물이 작품 내에서 표상되는 방식이다. 성장소설에서의 아동은 성인의 관념으로 바라본 아동이기 때문에 미숙하고 불완전한 존재로 그려지며 냉엄한 현실세계를 폭로하고 비판하는 역할을 한다. 이와 달리 아동성장서사에서는 성인의 관념을 최대한 배제하여 하나의 완결된 존재로서 아동을 그린다. 이때의 아동은 미성숙한 존재이기 때문이 아니라 끊임없이 변화와 성숙을 지향하기 때문에 성장하는 존재이다.

둘째, 인물의 성장과정이다. 성장소설은 인물이 가지고 있던 환상의 세계가 부서지고 소멸되면서 현실에 편입되는 문제를 주로 다룬다. 따라서 인물의 성장은 성인의 세계로 안전하게 편입하거나 환멸로 인해 퇴행하는 과정으로 그려진다. 이와 달리 아동성장서사는 아동이 성인이 되기 위해 수용해야 할 성인세계의 가치와 규범보다는 아동이 성장해가는 과정 자체를 그리는 데 중점을 둔

7 아동성장서사라는 개념은 김태호가 처음으로 제안하고 있는 개념이다. 그는 일반성인문학의 성장서사와 아동문학의 성장서사는 본질적으로 차이가 있으므로 새로운 개념이 필요하다며 그 근거들을 본문과 같이 들고 있다. 이 개념은 아직 일반화되지는 않았지만, 아동과 성장이라는 조합에 별 무리가 없고 그 자체로 성인성장서사와 구분할 수 있다는 장점이 있어 본고에서는 필요한 경우 이 개념어를 사용하겠다. 김태호, 『한국 현대 아동성장서사 연구』, 한국교원대학교 석사학위논문, 2012. 참조.

8 남미영은 성장소설과 소년소설의 차이점을 주인공의 역할의 차이점, 언어의 차이, 선과 악의 대립으로 설명하기도 했다. 하지만 소년소설과 성장소설의 본질에 있어서의 공통점을 부정하지는 않았다. 남미영, 「한국 현대 성장소설 연구」, 숙명여자대학교 박사학위논문, 1991, 16~17쪽 참조.

다. 성장의 지향점 역시 성인의 세계로 한정되지 않고 새로운 세계를 창조해가는 과정으로 나타난다.

셋째, 담론의 제시 방식에서 차이가 있다. 성장소설은 서술자아가 회고적 시점에서 경험자아를 바라보며 젊은 날의 경험에 대한 의미부여와 주석을 하는 방식으로 서술되는 경우가 많다. 이와 달리 아동성장서사는 작가의 의미부여와 주석을 배제할 때 교훈 이데올로기로의 변질을 막을 수 있기 때문에 서술자아와 경험자아가 일치하는 서술방식을 주로 사용한다.[9]

아동성장서사는 아동이 자신을 둘러싼 환경과의 상호작용 속에서 끊임없이 시련과 고난을 극복하고 주체로서 성숙해 가는 과정을 그리기 때문에 아동을 보다 주체적으로 인식한다. '계몽'과 '성장'이라는 용어 자체에 이러한 관점의 차이가 반영되어 있는데, 계몽의 주체는 성인이지만 성장의 주체는 아동이다.

성장 대상으로서의 어린이를 조명한다는 것은 계몽과 가능성이라는 이중 잣대 위에서 줄타기를 하는 어린이를 연상케 한다. '성장하는 어린이'라는 개념은 지금의 상태를 미완으로 규정하면서 동시에 무언가 완성된 세계를 향해 나아간다는 기대로 부풀려지지만, 그와 동시에 이미 완성된 기성세계에 대한 학습과 적응이라는 도식에 의해 억압된다.[10] 이러한 측면에서 성장서사는 아동문학이 아동 본위의 담론으로 거듭나게 하는 서사 유형으로서 가치가 있다.

그렇다면 '가족서사'[11]와 '성장서사'는 어떻게 연결할 수 있을까? '가

---

9 김태호, 앞의 논문, 69쪽.

10 최기숙, 『어린이 이야기, 그 거세된 꿈』, 책세상, 2001, 129쪽.

11 '가족서사'는 프로이트의 '가족 로망스'(Family Romance)를 번역한 용어이다. '가족 서사'는 '가족'이 함의(含意)하는 개인적이고 심리적 맥락이 어떻게 사회적 · 정치적 맥락으로 확장되고 있는가에 논의의 초점을 맞추고 있다. 특히 이 개념은 '소재' 개념에 가까운 고전 서사의 '가족'과는 달리 근대적 현실에 대한 '은유' 관계를 포함한다. '가족 로망스'(Family Romance)는 '가족 소설'로 번역되기도 한다.

족'을 '사회'와 대립적인 것으로 파악하여 '가족'을 벗어나 '사회'로 편입하는 과정을 '성장서사'로 파악한다면, '가족서사'와 '성장서사'는 공통점을 찾기가 쉽지 않다. 하지만 부모로부터 독립하여 하나의 주체로 서기 위해서 아이들의 상상력이 가장 먼저 발휘되는 장소가 '가족'이다. 왜냐하면 '가족'은 단순히 주체를 성장하게 하는 수동적인 공간이 아니라 주체로 성장해나가는 인물들에 의해 끊임없이 역동적으로 변해가는 '가족서사'의 중요한 무대가 되기 때문이다.[12]

사실상 '가족'에 대한 많은 논의들이 사적 영역의 한 부분으로 '가족'을 취급하는 경향이 있다. 하지만 사적/공적 영역은 끊임없이 서로를 간섭하는 관계에 놓여 있고, 더 나아가 '가족'이라는 공간을 사회적 삶의 모든 관계가 집약적으로 형성된 곳으로 본다면 '가족서사'와 '성장소설'은 인물의 주체성 형성과 관련된 여러 부분에서 공통점을 찾을 수 있다. 그런 면에서 '가족 서사'는 '성장 소설'의 형식을 어느 정도 내포하고 있다고 할 수 있다. 특히 '가족'과 관련된 서사 형식에서는 사회적 은유로서의 '가족'을, '성장소설'의 개념에서는 인물의 '자아 정체성'과 관련된 측면을 '가족서사'의 범주로 포함시킬 수 있다.[13]

아동은 사회와 접한 최초의 경계인 '가족'을 통해 사회적 존재로서 지평을 넓혀 나가며 성장하게 된다. 이때 아동과 연결된 부모는 세상의 가치를 체현하고 대변하는 위치에 있기 마련이라, 아동 주인공의 성장은 가족 간의 문제만이 아닌 사회적·정치적 차원의 서사로 확장되어 간다. 특히 2000년대 이후의 성장서사들은 새로운 가족서사를 구성한다는 측면에서 이전과는 다른 모습을 보인다.

---

12 이용군, 「근대 장편 소설의 '가족 서사' 연구」, 숭실대학교 박사학위논문, 2006, 22쪽.
13 이용군, 위의 논문, 19~20쪽.

/ **제2절** /

독립적 주체로 서기

새로운 현실은 그것에 대응하는 새로운 글쓰기를 출현시킨다. 1990년대 한국 사회에서는 절차적 민주주의가 확산되면서 시민사회의 맹아가 싹트기 시작했고, 세계사적으로는 동구권 사회주의의 몰락이 급속하게 진행되었다. 이러한 변화는 그때까지 한국 사회를 규정해 오던 이분법적 사고들을 뿌리부터 흔들었다. 이 균열은 어른들의 삶과 아이들의 삶 전체에 적지 않은 영향을 미쳤다. 남성 중심의 호주제와 부계 성씨 사용 강제가 사회적 문제로 적극적으로 제기되어 폐지되거나 부모 양성 쓰기로 대항하는 사람들이 생겨났다. 이혼율은 급속하게 치솟은 반면 출산율은 급속히 떨어졌고 가족 유기 현상도 낯설지 않게 되었다.

변화의 일단은 당대의 시대상을 적극적으로 반영하는 서사의 변화를 통해서도 드러난다. 1990년대 이후의 한국 소설들은 가족과 가족 이데올로기 사이에서 힘든 시소 게임을 하고 있다. 가족은 종언되지 않았지만 가족 이데올로기는 종언되고 있[14]음을 그리거나 가족 바깥으로 향하는 억압받는 타자들끼리의 공명과 연대의 구원 가능성[15]을 서사화하고 있다.

---

14 김미현, 「가족이데올로기의 종언」, 『여성문학연구』, no.13, 163쪽.
15 백지연, 「장편소설의 현재와 가족서사의 가능성」, 『창작과비평』, 40, no.156, 2012.6, 245쪽.

성인, 남성, 혈연, 여성 소외 등 가부장제를 완강하게 지탱하던 키워드들은 해체되고, 그 반대편의 키워드들인 여성, 비혈연, 포옹 등이 새롭게 재조합되기 시작했다. 아동문학 역시 더 이상 가족을 희망과 화해의 공간으로만 한정짓지 않으며, 이전의 가족서사들이 해피엔딩에 대한 강박적 경향을 보여왔던 것과는 다른 결말이 등장한다. 주목할 점은 달라진 결말이 아동의 성장 방향과 주체적 자각에도 영향을 미친다는 점이다.

본고에서 분석하고 있는 작품 중 최나미의 『엄마의 마흔 번째 생일』과 『걱정쟁이 열세 살』은 그런 변화된 면모를 적극적으로 서사화하고 있다. 『엄마의 마흔 번째 생일』의 가영이의 성장은 여성으로서의 자신의 정체성을 인식하는 과정이라 할 수 있다. 서사의 초반부에서는 엄마의 자각과 적극적 대응 자세가 영향을 미치지만, 생리를 시작하고 축구부에서 강제 퇴출을 당하는 중반부에 접어들면서는 가영이가 인식 변화를 일으키며 전면에 나선다. 첫 번째 계기는 생리를 시작했다는 이유로 축구부에서 반강제로 빠지고 찾아간 외할머니 집에서 엄마의 어릴 적 사진을 보는 것에서 시작된다. "사진을 찬찬히 다시 보니, 엄마는 촌스럽기만 한 것은 아니었다. 입을 꼭 다물고 사진기를 쏘아보는 모습이 머리끝에서부터 발끝까지 야무져 보였다. 어쩌면 엄마는 이 사진 찍을 때 가장 행복하고 자신감이 넘쳤는지 모른다."(83~84쪽)는 가영이의 생각에서는 엄마를 엄마이자 부인이자 며느리로만 보던 인식에서 벗어나 처음으로 개체화된 한 인간으로 엄마를 바라보는 거리두기가 엿보인다. 그런 생각은 엄마를 따라간 화실에서 더욱 강화되어 "엄마는 저 자리가 좋은 거구나. 지저분한 이 화실에서도 엄마는 저 앞에만 앉으면 우리도 할머니도 아빠도 다 잊는 거구나."(96쪽) 하는 대목에서 더욱 강화된다.

엄마로부터 촉발된 인식의 변화는 학교에서 벌어진 축구부 탈퇴를 계기로 가영이 자신의 문제로 더욱 밀착된다. 영화를 보며 시작된 언쟁이 가영이 축구시합 불참 문제로 번지면서 반 아이들이 남자 아이 대(對) 여자 아이로 나뉘어 격렬하게 대립하게 된 것이다. 학급회의를 통해 우승이 목표가 아닌 반 아이들 모두의 즐거움을 목표로 반 전체가 참여하자는 결론을 맺게 되고, 가영이는 이를 통해 "그냥 포기하지 않"(154쪽)았을 때의 결과를 맛보게 된다. 엄마 아빠의 별거 중에 할머니는 돌아가시고 엄마는 여전히 집으로 돌아오지 못하는 상태에서 서사는 끝이 난다. 하지만 가영이는 "나는 여전히 아빠를 사랑한다. 그러나 예전처럼 엄마보다 아빠를 더 좋아한다거나 아빠 편이라서 사랑하는 것은 아니"(176쪽)라며 "나는 엄마 아빠의 딸이지만 나 혼자 살아가야 할 시간이 따로 있다는 것을 확실하게 알았다."(181쪽)는 자기 선언을 하기에 이른다. 이는 흔히 생각하는 아동문학의 희망적 결말, 화해의 결말에서는 벗어나 있지만, 가영이를 자기 삶의 주체로 세운다는 점에서 진일보한 측면이 있다.

『엄마의 마흔 번째 생일』은 결말에서 자칫 가영이의 성장이 남성성과 여성성의 대립 속에서 엄마의 세계를 전적으로 내면화하고 아빠를 타자로 규정지을 수도 있었을 것이다. 즉 "아빠의 세계를 부정하고 엄마의 세계를 전적으로 긍정하는 결론이었다면 기존의 이분법을 전도(顚倒)시킬 뿐, 또 다른 동일성을 전유하는 이분법을 위계화"[16]할 위험성이 있는 것이다. 서사 내적으로 가영이의 성장이 엄마를 통해 여성적 정체성을 깨닫는 것으로 시작해 엄마에 대한 연대의 심정을 더욱 강화하는 방향이기 때문이다. 그러한 위험성을 피해가며 아동 주인공이 성장의 기본 조건이라 할 독립적 주체로서의 자기 인식을 하게 한 점이 결론으로 주목할 만한 점이다. 이는 여성적 자아와 세계의 전면적이고 직접적인 갈등을 가영이 엄마의 문제로 분리시키고, 가영이의 주체적 성장은 다른 층위의 문제로 위치시켰기에 가능했다고 보여진다.

---

16 정혜경, 「2000년대 가족서사에 나타난 다문화주의의 딜레마」, 『현대소설연구』, no.40, 2009. 51쪽.

『걱정쟁이 열세 살』의 상우의 성장 과제는 자신이 스스로 규정해 놓은 정상과 비정상의 이분법적 세계관으로부터 벗어나 개별자로서의 자신을 인식하는 것이다. 다만 『엄마의 마흔 번째 생일』의 가영이와 결정적으로 다른 점은 상우는 가족인 엄마·누나와 연대를 하기는커녕 줄곧 그들과 대척점에 서 있다는 것이다. 상우는 서사가 말미에 이를 때까지도 자신의 의지와 무관하게 자신을 비정상의 범주에 속하게 만든 세계—가족과 학교—를 원망하는 자세를 보인다. 상우는 일관되게 자신을 한 편에 세운 채, 엄마와 누나에게서 감지되는 집단을 벗어난 개인으로서의 정체성을 긍정하는 태도에도 쉽게 동화되지 않고, 학교 친구인 연아와 석재마저도 정상가정과 비정상가족으로 나누어 판단을 한다. 다만 인터넷 채팅친구여서 "서로 누군지 모른다는 것은 불안하긴 하지만, 약간의 신비감도 있고 아무 말이나 할 수 있어서 오히려 학교 친구들보다 더 마음이 놓이"(25쪽)는 오폭별에게만 자신의 상황과 속마음을 털어놓는다.

그러다 가짜로 제출한 체험학습보고서가 들통 나고, 석재가 자신의 아빠가 부재한다는 사실을 이미 알고 있었다는 것을 들은 상우는 학교를 무작정 뛰쳐나온다. 학교 밖에서야 상우는 "이 곳으로 이사 온 지 벌써 삼 년이 되었는데, 학교 가는 길말고는 다른 길로 다녀보질 않았다."(127쪽)는 사실과 "오전 열한 시의 바깥은 학교와 전혀 다른 세상이"(127쪽)라는 것을 새삼 깨닫게 된다. 상우가 원하는 세상은 "정말로 모든 문제가 수학처럼 답이 하나인"(146쪽) 세상인데, 실제로는 그렇지 않다는 것을 그 순간에 어렴풋이나마 알게 된다. 그사이 선생님께 전화를 받은 엄마는 "어느새 너희 둘이 훌쩍 커서 엄마가 모르는 면도 엄청 많아졌"으니 자신이 부자가 되었다며 상우에게 말을 건넨다.

"하지만 상우는 엄마도 닮지 말고 아빠도 닮지 말았으면 좋겠어. 엄마는 세상에 똑같은 사람이 또 있는 거 싫거든. 앞으로는 일부러 밝은 척, 아무 문제 없는 척도 안 했으면 좋겠어. 네 마음을 믿고 마음이 가는 대로 행동했으면 해. 엄마가 왜 누나 걱정은 안 하는지 알아? 의지가 좀 약해도 상은이는 자기가 느끼는 걸 가장 중요하게 여기거든."

엄마 얘기를 듣다 보니 묘한 생각이 들었다. 우리 집에서 가장 정상적인 내가 오히려 엄마한테 걱정거리였다는 얘긴가? (150쪽)

인용문에서 엄마가 말하는 '같은 사람' '척'이라는 표현은 하나의 범주 안에서 동일화되는 것을 말하며, 상우의 기준으로 보면 정상의 범주를 말하는 것이다. 그러나 엄마와의 대화에서 정상과 비정상은 역전되고 상우는 비로소 '정상적이지 않으면 행복할 수 없다고 생각'했던 자신을 돌아보게 된다. "지금 이 순간도 나는 아빠가 돌아오기를 바라지만, 걱정하며 안달한다고 되는 건 아니다. 나도 이제 엄마나 누나처럼 걱정 대신 씨알만한 희망을 품고 싶"(153쪽)다는 결론에 이른다. 상우는 가출을 할 것인지 말 것인지 정하지 못해 던졌던 동전의 결과를 스스로 결정하고, 마음이 가는 일부터 한 가지씩 해결하기로 결심한다. 내일 아침에는 좀더 일찍 일어나 가엾은 잉어들을 더 추워지기 전에 수족관에 맡기겠다는 것이 상우의 단독자로서의 첫 걸음이다. 상우의 성장에는 엄마, 누나, 오폭별 세 사람이 기여하게 되는데 모두 여성이다. 이들은 상우가 생각하는 유교적 가부장제를 핵심으로 내포하는 정상가족 이데올로기에 문제를 제기하는 것은 물론 개별성과 포용성이라는 대안적 가치를 제시하기도 한다.

『괭이부리말 아이들』과 『모여라, 유랑인형극단!』의 아동·성인 인물들의 성장은 공동체 안에서 이루어지며 동시에 아동의 성장은 어른의 성장이 전제될 때 비약할 수 있음을 보여준다. 『괭이부리말 아이들』에서 가장 돋보이는 성장을 이룬 등장인물은 동수다. 학교를 그만두고 아이들의 돈을 갈취하고 본드를 흡입하는 등 동수는 소위 '문제아'라 할 만한 조건을 모두 갖추었다. 동수의 성장을 희미하게나마 기대하게 하는 측면은 동생인 동준이를 라면이라도 먹이며 바르게 키우고 싶다는 소망을 간직하고 있다는 점이다. 동수의 가족은 성장에 힘이 되어 주기는커녕 성장의 걸림돌로 작동하고 있을 뿐이다. "아동픽션에서 집은 안전함의 전형이다. 집은 주인공들이 속해 있으면서, 바깥 세계를 모험한 후에 되돌아오는 곳이다. 집은 음식, 따뜻함, 무한한 원천이다."[17] 하지만 현대 아동문학에서 집은 갈등과 좌절을 겪게 하는 피할 수 없는 곳으로 그려지기도 한다. 괭이부리말의 등장인물들에게 집은 가난으로 인한 사회적 소외를 불러오는 곳이고, 이는 한 가족의 틀 안에서 논의될 수 없는 성격을 가진다. 동수의 성장은 괭이부리말이라는 지역을 중심으로 영호가 꾸리는 공동체 안에서 이루어지는데 갈수록 개별화 고립화되어 가는 사적 가족의 한계를 뛰어넘을 수 있는 대안적 상상력의 발로이다.

사실 동수는 영호네 집에 온 뒤로 자주 외로움을 잊었다. 날마다 따뜻한 밥을 먹을 수 있는 것도, 밤에 함께 잘 사람이 있는 것도 좋았다. 그런데도 자꾸 영호네 집에서 나오려고 한 것은 영호마저 동수와 동준이를 버릴지 모른다는 두려움 때문이었다. 동수는 그래서 일부러 영호에게 마음을 여는 자신을 막고 있었다. 그러나 이런 이야기는 명환이에게조차 할 수 없었다.

동수는 월미도로 가는 버스에 올라타자 혼자말을 했다.

"돈 벌어야지. 그래서 동준이도 데리고 나올 거야. 영호 삼촌이 우릴 버리기 전에." (105쪽)

동수의 동생 동준이를 비롯한 괭이부리말의 아이들이 영호가 내민 나눔의 손길을 어린아이다운 단순함과 믿음으로 받아들이는 반면, 동수는

17 마리아 니콜라예바, 조희숙 외 옮김, 『아동문학의 미학적 접근』, 교문사, 2009, 179쪽.

두려움과 불안함을 떨치지 못한다. 세상에 대한 동수 나름의 상처가 자꾸만 동수를 나눔의 공동체로부터 벗어나게 하는 이 지점에서 성장의 지향점이 보인다. 동수는 세상에 대한 신뢰를 회복하고 그를 기반으로 자신의 삶을 스스로 꾸려나갈 용기와 힘을 얻어야 하는 것이다. 영호의 가죽점퍼까지 걸치고 집을 나간 동수는 경찰서 유치장에 갇히게 되고, 이런 동수를 영호는 정성으로 보살피고 결국 풀려나게 만든다. 동시에 단순히 함께 지내는 것만으로는 동수의 문제를 풀 수 없다는 사실을 깨닫고 숙희네 아버지 장례식장에서 만난 초등학교 동창인 김명희 선생에게 상담을 요청한다. 김명희 선생은 동수에게 오로지 동수만을 위한 관심과 애정을 보여주고 이를 계기로 동수는 삶의 방향을 전환하게 된다.

> "오늘 제 모습을 보고 그렇게 화를 내시는 게 이상해요. 왜 저한테 자꾸 관심을 갖는지, 왜 자꾸 우리 집에 오는지."
>
> (중략)
>
> "그럼 선생님이 저 때문에 여기 오시는 거라구요? 영호 삼촌 때문도 아니고, 숙자 때문도 아니고, 저 때문에요?" (163쪽)

자신에게 향하는 관심과 애정에 동수는 비로소 입을 연다. 엄마가 집을 나가고 아빠가 집을 나간 후의 외로움과 배신감을 토로하고 "마음 속에선 자꾸 뭐가 울컥울컥 올라오고 그걸 다 쏟아 내고 싶은데, 막상 쏟아냈다 싶으면 그 다음엔 또 텅 빈 것같이 허전해서 못 견디겠"(165쪽)는 심정을 고백한다. 그리고 "정말, 다신 거기에 안 갈 거예요, 본드 같은 거 절대 안 해요. 절대루요."(166쪽)라 다짐을 한다. 동수는 처음으로 번 돈으로 식구들 선물을 사들고 집으로 돌아가는 길에 또 다른 재개발 현장의 피해자인 생선 파는 할머니를 보게 된다. 추위에 떠는 할머니에게 따뜻한 오뎅을 선물하는 동수의 모습은 동수의 성장이 비단 동준이와 자신만을 위한 것을 넘어설 거라는 것을 예감하게 한다. 동수의 성장한 내면은 집 앞에 버려진 호용이를 선뜻 받아들이고, 명환이에게 제빵 기술을 배우도록 설득하고 자신은 야간학교를 다니며 공장을 다니기로 결심하는 대목에서 드러난다.

> 높다란 공장 천장 바로 밑에 벽돌 한 개가 떨어져 나가 생긴 구멍으로 마알간 햇살이 쏟아져 들어오고 있었다. 손바닥만한 구멍으로 저렇게 밝은 햇살이 들어온다는 것이, 어두운 공장 한구석을 환하게 비출 수 있다는 것이 놀라웠다.
>
> (중략)
>
> 그 동안 동수의 몸과 마음을 채우고 있던 어둠들을 말간 햇살로 다 씻어 내고 싶었다.
>
> 동수는 숙자와 숙희, 동준이, 명환이와 영호 삼촌, 숙자 어머니와 김명희 선생님, 그리고 갓난아이와 호용이의 얼굴을 하나씩 떠올렸다. 햇살을 가득 품은 식구들의 얼굴을 생각하니 힘이 솟는 것 같았다. (273~274쪽)

동수의 성장과 희망이 '햇살'의 이미지로 구체화된 부분이다. '햇살을 가득 품은 식구들의 얼굴'을 차례로 떠올리는 결말에서 동수는 영호와 자연스럽게 오버랩된다. 영호가 먼저 햇살이 되어 식구들의 얼굴을 비추었다면 이제 동수 자신이 뒤를 이어 햇살이 되겠다는 전망과 각오를 보이는 것이다. 자발적 공동체의 지속은 공동체 구성원들의 지지와 결속력에 좌우된다고 볼 때 동수가 보여주는 강한 의지는 괭이부리말의 장래가 지속가능한 것임을 시사하고 있다.

동수의 장기적 전망을 더욱 밝게 해주는 인물은 동수와 더불어 자신의 세계관을 근저에서부터 쇄신하며 괭이부리말로 거처를 옮기는 김명희 선생님이다. 김명희 선생님은 아동 등장인물의 선생님인 까닭에 계몽의 위치에 서기 십상이다. 그런 까닭에 그의 성장과 변화는 서사를 풍부하게 하며 동시에 주제의식을 더욱 강화하는 역할을 한다. 김명희 선생님의 내적 변화는 크게 두 단계로 나뉜다. 첫째는 영호와의 만남에서 비롯되는 교육관의 재고 단계이다. 선생님임에도 불구하고 성공에 대한 강한 열망과 집착에 사로잡혀 "난 가능성이 없는 아이들은 관심이 별로 없어. 난 문제아들에겐 관심이 잘 안 가."(132쪽)라고 동수를 상담해달라는 영호의 부탁을 일언지하에 거절한다. 그러나 곧 자신의 삶에 대해 진지하게 고민해 보고 괭이부리말로 향한다. "명희는 예전에는 커다란 쓰레기더미처럼만 보이던 괭이부리말의 판잣집들이 정겹게 느껴졌다. 이제 연탄 냄새와 뒤섞인 비릿한 굴 냄새에도 익숙해져"(157쪽) 갈 즈음, 김명희 선생님은 패거리에서 빠져나오기 위해 흠씬 두들겨 맞은 동수와 마주앉게 된다. 이 대화의 자리는 동수의 성장에서 살펴본 것처럼 동수에게도 커다란 계기로 작동하지만 김명희 선생님 자신도 선택에 확신을 갖게 하는 계기가 된다.

> 명희는 동수의 이야기를 들으며 동수가 명희에게 마음을 여는 것이 아니라 자기 마음이 열리는 것 같다고 느꼈다. 어쩌면 단단한 빗장으로 마음의 문을 닫아걸고 있던 것은 동수가 아니라 명희 자신이었는지도 모른다는 생각이 들었다. (165쪽)

이제 김명희 선생님은 "나도 우리 반 아이들에게 꼭 필요한 사람이 되고"(178쪽) 싶다는 소망을 갖게 된다. 이로써 교육관은 제자리를 찾아가지만 여전히 그녀에게는 스스로 점검해야 할 과제가 하나 남아 있다. 그것은 성공에의 욕망이다. "객관적 상황보다 주관적 의지를 강조하는 것, 모든 것은 마음 먹기에 달렸다는"[18] 강조가 특징인 성공 욕망은 그냥 기

18 유영진, 「동화의 윤리」, 『창비어린이』, no.33, 2011, 174쪽.

술자가 되고 싶다는 동수의 말에 “난 동수가 더 많은 능력을 가지고 있다고 생각하니까 좀 아쉬운 거야.”(228쪽)라는 대답에서 드러난다. 하지만 김명희 선생님은 가족들의 만류를 뿌리치고 괭이부리말로 되돌아옴으로써 세상과도 가족과도 타협하지 않고 자신의 길을 가겠다는 의지를 보여준다. 공동체의 존속과 발전은 구성원들의 삶의 방향 · 미래와 같을 때에만 담보될 수 있다는 면에서 그녀의 귀환은 의미가 있다.

『모여라, 유랑인형극단!』은 성장서사의 측면에서 보자면 경수의 성장서사가 가장 눈에 띈다. 『괭이부리말 아이들』에 동수가 있다면 『모여라, 유랑인형극단!』에는 경수가 있다고 할 수 있는데, 그들이 가족을 넘어서 공동체의 미래를 짊어지고 나갈 만한 성장의 내용과 방향을 보인다는 점에서 그렇다. 경수 역시 남궁사부의 수제자로 시작해 인형학교의 중심인물로 자리잡아 가는데 그 과정 자체가 경수의 성장담이다. 부모님도 없이 큰아버지 집에 천덕꾸러기로 얹혀살던 경수는 어느 날 찾아온 외할아버지를 따라 도시로 온다. 외할아버지는 경비일로 생계를 근근이 꾸려가는 처지이고, 경수는 공부도 못하는 데다 수줍음이 많은 성격 탓에 오자마자 왕따를 당하는 등 도시의 학교생활이 버겁기만 하다. 그런 경수를 남궁사부는 그 자체로 온전하게 인정해 주고 경수 역시 인형 만들기에 솜씨를 보이며 자신감을 되찾는다. 경수에게 “남궁사부의 작업실 문은 이제까지 모르던 세계로 들어가는 문이었다. 경수는 연필 쓰는 법을 배우고, 아름다운 색의 세계를 배우고, 책 속에 있는 상상의 세계도 알게”(22쪽)된 곳이다. 남궁사부, 나아가 미술교실과의 만남은 경수 인생의 방향 자체를 송두리째 돌려놓는다. 둘은 마음이 맞아 ‘무료 미술교실’을 열게 되고 이를 중심으로 희망동의 공동체가 시작된다. 비슷한 처지의 아이들이 하나둘 미술교실에 모여들면서 급기야 인형극을 하게 되는데 경수는 이때 처음으로 스스로 자기 의견을 개진한다.

"저기……. 용기를 갖게 해 주는 이야기는 어때요?"

민주 엄마가 경수를 바라보며 물었다.

"용기를 갖게 해 주는 이야기? 한번 자세히 말해 봐."

"깊게 생각한 건 아니구요……. 그냥 제가 힘들 때마다 그런 생각을 하거든요. 누군가 나한테 힘이 되면 좋겠다." (108쪽)

'누군가 나한테 힘이 되어 주면 좋겠다'는 경수가 내어놓은 인형극 주제는 경수 자신에게 절실하게 필요한 삶의 항목이자 공동체의 필요충분조건이기도 하다는 점에서 서사 전체를 관통하는 핵심이기도 하다. 경수는 인형극을 준비하고 공연에 올리고 인형학교를 여는 과정에서 스스로 '누군가에게 힘이 되어주는 사람'으로 성장해 감으로써 남궁사부의 수제자로서의 면모를 제대로 갖추어 간다.

경수는 정말 하고 싶은 게 너무 많았다. 민주 엄마나 상준이는 집에서 공부를 하더라도 대학은 가야 한다고 말하지만, 남궁사부와 경수 생각은 달랐다. 나중에 대학을 간다 해도 꼭 스무 살에 대학생이 되어야 하는 건 아니라고 생각했다. 경수는 지금도 초등학교 때보다 많은 공부를 한다고 생각했다. 학교에 다닐 때 억지로 외워야 했던 지리공부가 여행을 다니면서는 재미있어졌고, 그렇게 읽기 싫었던 책에도 재미를 붙여 이제는 짬만 나면 책을 펼쳐 들었다. 무엇보다 6학년 때까지 알파벳도 모른다고 친구들한테 놀림을 받았지만, 이제는 혼자서 외국의 인형극단 사이트에 들어가 영어사전을 펼쳐 놓고 더듬더듬 읽기도 한다. 남궁사부는 그렇게 천천히 가도 된다고 했다. (314~315쪽)

경수의 성장은 학교 밖에서 이루어진다는 점에서 더욱 주목을 끈다. 아동문학에서 가정과 학교는 아이들 일상의 대부분을 차지하는 배경이자 공간이며, 특히 학교는 근대가 아동의 의무로 지정해 놓은 정규 교육

과정이 이루어지는 곳이다. 선생님과의 갈등, 또래와의 우정과 소외, 학업경쟁 등은 아동성장서사의 주요한 제재로 빈번하게 등장하지만 그 결론은 대부분의 경우 학교로의 귀환으로 마무리된다. 경수의 탈학교는 근대 교육이 태생적으로 안고 있는 한계와 문제점을 되비추어 주며 대안적 시스템이 가능하다는 것을 보여주고 있다.

/ 제3절 /

서정적 자아의 회복

서정시의 세계에서 흔히 시적 자아·시적 화자라고 표현되는 '서정적 자아'는 시에 형상화되어 있는 주인공을 가리킨다. 서정적 자아는 세계와의 동일성을 주조로 하며 주로 사랑의 정감과 꿈의 세계, 자연과의 친화와 교감 그리고 생명의 서정적 숨결에 대한 순수한 응시와 애정을 노래한다.[19] 서정적 자아는 세계와의 동일성을 추구하는 인간 본성으로 대상을 자신의 욕망과 의지대로 변형시킨다는 점에서 대상에 자립적 의의를 인정하고 그 대상과 대립하는 서사적 자아와는 분명히 변별된다.[20]

본고에서 '서정적 자아'라는 용어는 억압 · 분열되었던 아동 주인공의 자아가 감성과 정서를 회복하고 본래의 자아와 합일되는 상태를 가리킨다. 남찬숙의 『괴상한 녀석』과 『누구야, 너는?』의 아동 주인공들은 외부적 억압에 의해 자아의 정체성 탐색이라는 성장의 첫걸음조차 떼지 못하는 상황에 처해 있다. 이들 아동 주인공들은 서정의 회복, 즉 자기 내면의 감정이나 주관적인 정서를 자각하고 표출하는 상태로의 전환 그 자체가 성장의 선결적 요인이다. 대부분의 성장서사는 '나는 누구인가'

---

19 김재홍, 『생명 · 사랑 · 평등의 시학 탐구』, 서정시학, 2014, 107쪽.
20 김준오, 『시론』, 삼지원, 2004, 36~37쪽.

라는 자아의 정체성 탐색에 초점이 맞추어져 있다. '정체성'은 자신의 본래 내면을 찾아가는 과정으로 인간이 어떤 사회적 환경에 처해 있는지가 지대한 영향을 미친다. 따라서 자아 정체성 개념은 개인의 심리적인 차원을 넘어서 집단이나 사회 전체의 문제이기도 하다.

남찬숙의 『괴상한 녀석』과 『누구야, 너는?』에서는 도구화되어 버린 가족 속에서 아동의 성장이 가능한지, 가능하다면 어떤 방식으로 진행되는지를 살펴볼 수 있다. 아동의 성장은 정체성의 문제이기에 그들은 나는 누구인지, 나는 어떤 존재인지에 관한 질문을 스스로에게 던져야 한다. 그러나 도구적 가족주의는 가족 구성원 각각이 말 그대로 도구적 수단으로 존재하기 때문에 개체로서의 나는 지워져 버린다. 특히 아동들은 부모의 욕망의 대리 충족자에 지나지 않기에 '나'에 대해 근원적으로 사고할 기회마저 잃어버리기 십상이다. 그들의 성장은 '개별자로서의 나와 나의 욕망을 인지'하는 것으로부터 시작되어야 한다.

그러나 부모들은 찬이의 경우 누명과 왕따, 현우의 경우 분열적 징후의 발현이라는 극단적 처지에 놓이기 전까지 어떤 변화의 조짐도 보이지 않는다. 부모들의 자녀에 대한 억압은 그들 자신의 자발적 의지인 듯 보이지만 무한경쟁체제라는 세계사적 질서에서 근본적으로 기인하고 있다. 아동 주인공들은 경쟁에서의 승리를 위한 사육의 대상으로만 위치지어져 스스로의 성장을 도모하는 것은 가로막혀 있고, 부모와의 관계의 회복도 세계의 변화가 전제되지 않는 한 요원해 보인다.

『괴상한 녀석』의 찬이는 엄마의 소망인 의사가 되지 싫지만 엄마에게 자신의 마음을 털어놓지 못하는데, 그 이유는 "엄마를 실망시키고 싶지 않기 때문이다."(13쪽) 찬이는 '엄마의 마음을 이해하는 착한 아들'이고 "착한 아이가 되기 위해서 화가 나도 꾹꾹 참는 것이다."(64쪽) 이런 찬이지만 석이의 정체를 알게 된 엄마가 석이를 만나지 못하게 하자 "엄마 말을 듣는 것은 아들인 나로서는 아주 당연한 일이다. 하지만 이번 일은 정말 마음이 편하지 않았다."(69쪽)며 마음의 동요를 드러낸다. 아동에게 친구는 학교라는 공간에서 함께 생활하고 성장해 가는 친밀한 존재이자 사회적 관계의 핵심적 축이다. 친구와 존중과 지지를 함께 나누며 형성된 친밀함은 아이들이 절실히 필요로 하는 마음의 안정과 믿음을 가져다 준다. 가족이 아동의 성장에 도움이 되기는커녕 오히려 억압자로 작동할 때 아이들이 찾아갈 수 있는 가장 안전한 피난처는 친구일 것이다.

그러나 찬이와 석이의 우정은 줄곧 엄마들의 방해에 부딪친다. 찬이의 엄마는 "동네 아이들과 어울려 놀면 그렇게 놀 시간이 어디 있느냐고 야단을 치기 때문이다. 어쩌다 반 아이들을 데려 와도 그다지 반가워하지 않는다."(26쪽) 그러나 엄마들이 모든 친구를 반대하는 것은 아니다. "그 아이가 아주 공부를 잘하는 아이일 때는 이야기가" 달라지는 것이다. 『괴상한 녀석』이 왕따 서사가 되는 이유는 여기에서 비롯된다. 엄마들의 구획 짓기가 학교생활에서도 고스란히 재현되기 때문이다. 찬이는 친구 문제에서 발생되는 두 가지의 갈등을 가지게 되는데 첫째는 석이와의 관계이고 둘째는 경태와의 관계이다.

『괴상한 녀석』의 찬이는 석이의 실체를 알고 나서 태도가 표변해 석이를 배제하려는 엄마의 태도에 마음이 편치 않다. 그래서 엄마의 반대에도 석이와의 우정을 유지하지만, 정작 석이가 학교를 다니기 시작하자 학교에서는 석이를 모르는 체한다. 거기에는 교실의 지배자인 경태에 대한 두려움이 있다. 경태는 반에서 제일 키가 크고 싸움도 잘하는 데다 공부까지 잘해 엄마들마저 선망하는 아이이기 때문이다. 그런 경태를 찬이는 '후크 선장' 같다고 생각하며 "가끔은 내가 피터팬이 되는 상상을 해보지만 그건 단지 상상일 뿐이다."(113쪽) 찬이가 해결해야 하는 성장의 과제는 여기에 있다.

나는 아이들에게 화가 났다. 녀석이 착한 것을 이용하면서 녀석을 왕따 시키는 것은 옳지 않다는 생각이 들었다. 하지만 그렇다고 녀석의 편을 들 수는 없었다. 만일 녀석과 친하게 지내면 아이들이 나까지 왕따를 시킬까 두려웠기 때문이다. (90~91쪽)

윤아를 사이에 두고 경태와 대결구도가 만들어지고, 찬이는 수련회를 갔다가 도난사건의 범인으로 누명을 쓰게 된다. 이런 상황에 찬이에게 도움의 손길을 내미는 유일한 사람은 석이이다. 그런데도 찬이는 "그런 녀석과 같이 어울린다면 내가 더 우스워 보일 것"이라며 석이를 밀어낸다. 석이는 아랑곳하지 않고 줄곧 찬이에 대한 우정을 지키며 경태와 싸우다 찬이가 한 대를 맞자 곧장 경태에게 주먹을 날린다. 이를 계기로 상황은 반전한다.

"석이는 참 착한 아이 같은데. 우리 반 아이들이 좀 심하지?"
"응. 하지만 나도 그랬는걸."
"나도. 우리, 앞으로는 석이랑 친하게 지내자. 석이 친구가 돼 주자."
"나도 그럴 거야."
윤아와 나는 마주 보며 싱긋 웃었다. (144쪽)

석이의 용감한 우정이 모든 오해를 풀고 찬이를 반성하게 하는 결정적 계기로 작동한다. 하지만 석이는 이 사건으로 인해 눈물을 흘리며 강제로 유학을 가게 되고 찬이 역시 눈물을 떨구며 "이제 막 친구가 된 우리"의 곁을 떠난다고 안타까워한다. 찬이는 이로써 엄마가 지어 놓은 한계를 벗어나 친구의 곁에 자신을 세움으로써 아들만이 아닌 독립적 개체로서의 자신의 정체성을 재고하게 된다.

『누구야, 너는?』의 현우는 자식을 자신을 위시(爲始)하기 위한 자랑스러운 트로피 정도로 생각하는 부모의 강제와 기대 속에서 그에 부합하기 위해 전력을 다한다. 하지만 무한경쟁체제는 누군가는 반드시 패자가 되어야 하는 구조이기에 늘 불안과 강박에 시달리는 한편으로 부모에게는 미안함과 죄스러움이라는 감정을 느낀다. 외할머니 집에서 자라면서 별다른 애정 어린 보살핌을 받지 못했던 현우는 부모에게 와서도 그들로부터 분리될지 모른다는 공포에 시달린다. 현우는 부모, 특히 엄마의 마음에 들기 위해 필사적으로 노력한다. 엄마가 현우에게 요구하는 것은 단 하나, 경쟁에서 승리자가 되는 것이다. 엄마의 욕망과 자신의 욕망을 일치시켜 자신의 것으로 완전히 내면화한 현우는 그를 실현하기 위해 전력투구한다. 현우는 엄마가 자신이 "피아노 학원을 다니겠다고 고집하는 걸 기특해하"기 때문에 "그만둘 수가 없"(24쪽)고, 갑작스레 이사를 하게 된 것도 시험을 잘못 치른 "내 탓이니 뭐라고 투덜거릴 수도 없다."(49쪽)고 생각한다. 현우는 어린 시절의 분리불안을 극복하고 부모로부터 분리되어 독립된 개체로서의 성장을 모색해야 하는 성장의 과제를 안고 있다.

그러나 현우는 "불쌍한 엄마를 위해서라도 이번 기말고사는 무슨 일이 있어도 일등을 해야 한다."(85쪽)고 거듭 다짐하며 억눌린 자아의 분열적 증상인 '그 녀석'과도 불화한다. 또 시험을 망친 자신에게 '그 녀석'이 위로를 건네자 "아니야, 난 열심히 안 한 거야. 결과가 말해 주는 거야."(93쪽)라고 오히려 소리를 친다. 결국 '그 녀석'은 모두에게 발각되고 현우의 증상을 부모들이 알게 된다.

"엄마……."

내가 정말 미친 걸까? 무서움에 온몸이 바들바들 떨렸다.

"괜찮아. 괜찮아, 현우야!"

엄마가 나를 품에 안고 말했다. 엄마도 떨고 있는 게 느껴졌다. 엄마도 나처럼 무서운 걸까? 엄마는 나를 한참 동안 안아주었다. 엄마에게 안겨 본 게 얼마

만일까. 스르르……. 내 안에서 무언가 빠져나가는 느낌이 들었다. (104쪽)

현우와 엄마는 이로써 반전의 계기를 맞이하고, 정신과에 상담을 받으러 간다. 현우는 의사 선생님께 "꼭 성공해서 훌륭한 사람이 되"고 싶고 "엄마가 자랑스러워 엄마에게 자랑스러운 아들이 되고 싶"(115쪽)다는 대답을 하고 진료실을 나와선 스스로 "바른 말만 골라서 했으니 별일은 없을 것이"(116쪽)라고 자평한다. 그러나 현우의 기대와 달리 엄마로부터는 질책만이 돌아오고 현우는 "내가 싫다고 하면 엄마는 무슨 수를 써서든 나를 설득한다. 그러면서 이제 외려 나더러 왜 '네네'만 하냐고 나무란다. 대체 나더러 뭘 더 어떻게 하라는 걸까?" 라며 혼란에 빠지고 만다. 이에 대한 해결책은 현우 엄마의 발언에서 확인할 수 있다. "아이 문제는 어른이 만드는 거야. 현우가 그러는 건 당신이나 내가 잘못해서 그런 거래. 우리가 변하지 않으면 현우는 지금보다 더 안 좋은 상태가 될지도 모른대."(147쪽) 가족의 가치를 부모가 근본적으로 재고하기 시작한다면 과도한 경쟁체제로부터 비롯된 아동의 문제는 돌파구를 찾은 것과 같다. 그러나 이는 성장의 발판을 마련한 계기일 뿐 그 자체가 성장을 담보하지는 않는다. 더구나 현우의 성장이 부모로부터 비롯되고 가능하다면 그러한 결말 역시 아동의 존재 자체를 대상화 수동화시킨 것이라 볼 수 있다.

아동들이 일상을 보내는 주요한 공간은 가정과 학교이고, 그곳에서 가장 밀접하게 만나는 대상은 가족과 친구들이다. 아동들은 커가면서 부모로부터 정서적으로 서서히 독립하며 대신 또래집단인 친구에게 강한 동질감과 친밀감을 느끼게 된다. 아동의 성장에 있어 친구라는 존재는 가히 절대적이라 할 수 있다. 『누구야, 너는?』의 현우는 소위 '공부하기 좋은 환경'을 찾아온 전학생이라는 공통의 처지에서 비롯된 동질감으로 민철이와 조금씩 가까워진다. 시험날 발작을 일으켜 조퇴를 한 현우를 다음날 누구도 알은체하지 않지만 민철이만은 함께 급식을 먹는다. 그러나 둘이 나누는 대화는 염려도 위로도 아니다.

"넌 좋겠다."

민철이는 자리에 앉자마자 대뜸 엉뚱한 소리를 했다.

"뭐가?"

"시험을 못 봤으니까. 결과에 신경 안 써도 되잖아."

민철이는 풀이 팍 죽은 얼굴로 말했다. 이번에도 시험을 망친 모양이다.

"난 시험 때만 되면 머리가 아파. 가슴도 답답하고……." (97~98쪽)

민철이가 느끼는 압박의 강도 역시 아픈 현우마저 부러울 정도인 것이다. 민철이는 급기야 무단결석을 감행하고 학교도 학원도 빠진 채 공원에 우두커니 앉아 시간을 보내고 그런 민철이를 현우만이 알아본다.

"그러는 넌 왜 그래? 왜 그렇게 신경을 써, 내 일에?"

민철이가 의아한 얼굴로 나를 보고 물었다.

나는 민철이 말에 그만 얼굴이 빨개지고 말았다. 내가 누군가를 걱정하다니. 내가 생각해도 이상하기는 했다. (130쪽)

현우는 민철이를 집으로 데려와 함께 밥을 먹는다. 하지만 뜻하지 않게 부모가 다투는 모습을 민철이가 보게 된다. 안절부절못하는 현우에게 민철이는 "우리 집도 자주 그"런다며 위로를 건넨다. 그리고 엄마가 쓰러지는 바람에 학교를 못 간 현우에게 전화를 걸어온 민철이는 걱정해 줘 고맙다는 현우의 말에 "야, 친구 사이에 당연한 거지, 그게 무슨 고마운 거냐."라고 답한다. 이 말은 현우의 귓가에 계속 맴돌며 "이상하게 자꾸 실실 웃음이 나"게 한다.

극단적 경쟁체제는 아동들에게서 친구마저 빼앗아갔지만 그렇다고 우정의 소중한 가치마저 사라진 것은 아니다. 아니, 가족마저 경쟁과 한 편이 되어버린 현실에서 아동들이 숨 쉴 수 있는 안온한 관계는 우정이라는 친밀함 속에서 찾을 수밖에 없는지도 모른다. 학교와 학원만으로 단출하게 짜인 아동들의 일상에서 친구는 선택의 여지없이 하루의 대부분을 함께 지내게 되는 외부인이자 동시에 같은 또래들만의 집단이 가지는 특유의 동질감을 갖게 되는 존재이다. 자아 정체감에 대한 고민이 시작되면 부모로부터는 심리적으로 점점 독립하게 되고 그 자리는 친구들이 차지한다. 아이들의 삶에서 친구와 우정을 빼앗아가려해도 그들은 생래적으로 친구를 찾고 우정을 느끼며 그로 인해 성장한다. 『누구야, 너는?』은 현우가 자신의 분열되었던 자아와 합일되며 서사는 끝이 난다.

'잘했어!'

순간, 그 아이 목소리가 들리는 것 같았다. 나는 뒤를 획 돌아보았다. 아무도 없었다. 하지만 이제 나는 그 소리가 어디에서 나는 소리인지 안다.

"그래! 잘한 거야!"

나는 옷장 앞 거울에 비친 나를 보고 말했다. 거울 속의 나도 빙그레 웃고 있었다. (184쪽)

찬이의 눈물은 비로소 찾아낸 우정의 가치를 잃어버린 데 대한 것이고, 현우의 자아의 복원은 비(非)성장의 상태에 있던 현우가 이제 성장의 계기를 찾았음을 보여준다. 아동들은 자신들의 본래적 생기를 우정으로 발산하는 것이다.

제5장_가족서사의 전망

가족은 그 사회의 정치 경제 사회 문화의 모든 부분을 살펴볼 수 있는 축소판과 같다. 축소판이라는 것은 단지 크기의 문제가 아니라 그 모든 실제와 모순이 집약적으로 응축되어 있는 측면을 말한다. 그래서 가족은 늘 인간 삶의 근원에 있으면서 동시에 모든 문제의 원인 제공자로도 이야기된다.

문학에서의 가족서사 연구는 이러한 측면에서 의의를 가진다. 특히 한국의 경우 굴곡진 역사로 인해 가족서사가 많이 쓰여 왔다. 문학작품이 진공 상태에서 태어나는 것이 결코 아니라는 측면에서 이는 당연한 결과라 여겨진다. 더군다나 아동에게 가족은 일상의 주요 공간이자 삶의 물질적 정신적 토대인 까닭에 그 영향의 폭과 넓이는 깊고도 넓다. 거의 모든 아동서사에서 가족은 작품의 배경이자 사건을 이루는 기본 인자 혹은 주제 등 어떠한 형태로든 연관되어 있다.

하지만 지금 특히 가족서사를 주목해야 할 이유는 따로 있다. 그것은 이제 더 이상 아동서사에 나타나는 가족이 따뜻하고 안온한 화해의 공간만은 아니라는 점이다. 이제 가족은 아동이 처음 만나는 타자이자, 또 하나의 억압의 기제이고 벗어나고 싶은 굴레로 작동하고 있다. 이는 가족이 사회적으로 야기되는 다기한 욕망 실현의 가장 원초적이고도 실제적인 단위이자, 말 그대로 살아남기 위한 생존 기제이기 때문이다. 더구나 앞날이 가변적인 아동은 욕망 실현의 가능성이 가장 많이 열려 있는 구성원이기 때문에 욕망의 대리 실현자로서의 역할을 강하게 부여받는다.

1990년대 아동문학의 르네상스기에 시작된 이러한 변화는 2000년대에 접어들면서 더욱 가속화되었고 이를 적극적으로 서사화하는 경향이 아동문학에 나타났다. 그 대표적 주자로 본고에서 다루고 있는 최나미, 남찬숙, 김중미를 들 수 있다. 이들은 해피엔딩에 대한 강박이나 정상가족에 대한 집착에서 벗어나, 가족 자체를 반성적으로 성찰하게 하는 작품들을 발표한다.

최나미는 조선시대의 전통적 가족 가치관임에도 여전히 한국 사회 가족이념의 골간을 이루는 유교적 가부장제 이데올로기가 현대의 가족에서 어떤 방식으로 가족 구성원과 충돌하는지를 서사화하고 있다. 『엄마의 마흔 번째 생일』에서는 특히 여성들에게 가하는 억압과 그를 이겨내고 자신의 삶의 주체로 서고자 하는 서사를 어머니와 딸의 연대로 그려낸다. 모녀의 연대는 어느 한 쪽으로 경도되지 않고 아동주인공의 자각과 단독자로 서는 결론을 보여주는 점이 주목된다. 『걱정쟁이 열세 살』에서는 어머니와 아들의 관계가 전면에 나서고 있고 서사의 주된 갈등은 아들이 집착하는 '정상가족'에 대한 열망에서 비롯되지만, 결국 그 정상성이란 판단 자체가 유교적 가부장제에 기인하고 있음을 보여준다. 어머니가 보여주는 가족가치관 자체도 『엄마의 마흔 번째 생일』과는 차이가 있어, 『걱정쟁이 열세 살』에서는 가족 관계란 무조건적이고 절대적인 것이 아니라 그 관계에 들어가 있는 각 개인에게 충분한 만족을 준다고 당사자 모두가 동의하는 관계, 즉 순수한 관계였을 때 비로소 지속될 수 있다는 점을 역설한다. 두 작품 모두 아동 주인공들이 자아의 서사를 재형성하고 가족의 일원만이 아닌 자기 삶의 주체로서의 자신을 선언하는 결론에 다다른다.

남찬숙은 도구적 가족주의가 가족을 점령했을 때 아동들에게 미치는 부정성을 질식과 분열의 증상을 통해 그려내고 있다. 도구적 가족주의는 한국인들이 격동의 시대를 살아오면서 오로지 가족을 중심으로 자신을 보호하고 부와 권력을 쌓아나가려는 가운데 생겨난 생존철학 같은 것이다. 이는 이기적 집착에 가까운 한국 사회 가족 중심주의의 골간이라 할 수 있다. 『괴상한 녀석』은 가족 지위 상승 욕망에 사로잡힌 엄마가 '다 너를 위해서' 라는 말로 아동을 실질적으로 조종하는 존재임을 보여준다. 『누구야, 너는?』은 아예 자신의 목소리를 잃어버린 주인공이 분열된 자신의 자아를 통해 겨우 스스로를 찾아가는 과정을 서사화하고 있다. 두 작품의 아동 주인공들은 '사육'이라 일컬어질 정도로 자기 결정권을 갖지 못하는 숨 막히는 상황 속에서도 친구를 통해 특유의 친근함과 신뢰를 회복해 가는 생명력을 보여준다.

김중미는 앞의 두 작가와 달리 개별 가족의 범주에서 벗어나, 공동체 서사를 통해 대안적 가족을 제시하고 있다는 점에서 두드러진 차이를 보인다. 새롭게 구성되는 비혈연가족의 이야기는 가족 해체와 재구성에 대한 희망으로 제시될 수 있다. 가족은 힘없는 이들의 연대에 의해 하나의 공동체로서 다시 강화되고 단단해진다. 이때 가족은 가족을 오히려 억압하던 기제로서의 가족과는 이미 다르다. 한국적 가족주의의 큰 특징인 '오로지 내 핏줄, 내 새끼'라는 혈연적 폐쇄성은 '가족의 정체성이 있으면 가족'이라는 말로 집약될 수 있는 공동체 가족을 통해 극복될 수 있음을 제시하고 있다. 가족을 통해 통치하지만 가족을 돌보지는 않는 국가주의가 또 하나의 한국적 가족주의의 특징이라 할 때 이러한 공동체 서사의 출현은 예견되어 있다고 할 수 있을 것이다. 『괭이부리말 아이들』에서는 밥상 공동체의 성격이 강했던 서사가, 『모여라, 유랑인형극단!』에서는 대안 공동체로 발전해가는데 교육과 삶의 장기적 대안을 마련하고 있다는 점에서 진일보한 측면이 있다고 보여진다. 아이들의 성장 역시 기존의 제도 밖으로 좀 더 전진해 탈(脫)학교, 탈(脫)제도교육의 상상력을 보여주는 지점이 커다란 변화이다.

이렇게 세 작가는 '가족'이라는 공통의 문제에서 출발하지만 각기 가족마다의 다른 문제를 제기하며 한국 가족의 다양한 모습을 드러낸다. 다만 남찬숙의 가족서사에서 무의식적으로 드러나고 있는 유교적 가부장제에 기인하고 있는 한계를 언급하지 않을 수 없다. 여성 등장인물의 성격 형성이나 역할 규정, 또 남성에 대한 가장으로서의 여전한 지위와 역할 부여 등은 가족으로의 회귀를 추동하고 나아가 아동 주인공이 주체로 성장하는 데에 걸림돌로 작용한다. 물론 서사에 나타나고 있는 엄마의 형상화 자체가 가부장적 이념이 여전히 강고한 우리의 현실을 반영하는 측면이 있지만, 서사가 나아가는 방향에서는 새로운 지향점이 제시되는 점이 더 나을 것이라는 판단이 들었다.

마지막 장에서는 아동문학의 가족서사는 가족서사이면서 동시에 아동문학의 본질적 성격인 성장서사의 측면을 동시에 내포하고 있다는 점을 밝혔다. 일반문학에서의 성장이 가족을 벗어나 사회로 편입하는 과정으로 그려지는 반면, 아동문학에서의 가족은 아동이 주체로 성장해가는 상상력이 가장 먼저 발휘되는 장소이자 역동적 관계를 내포하기 때문이다. 또한 성장소설의 성장이 유아적인 세계에서 벗어나 사회화되는 과정이면서 타락한 사회와의 타협의 측면이 있다면, 아동문학의 성장은 자신을 둘러싼 세계와의 갈등을 극복하고 자아 정체성을 확립하며 새로운 주체로 탄생하는 과정이기 때문이다.

본고의 연구를 통해 아직 그 역사가 짧은 아동문학 가족서사의 주제 연구적 측면에 조금이나마 진전이 있기를 기대한다.

참고문헌

1. 기본자료

김중미, 『괭이부리말 아이들』, 창비, 2001.
김중미, 『모여라, 유랑인형극단!』, 낮은산, 2009.
남찬숙, 『괴상한 녀석』, 창비, 2000.
남찬숙, 『누구야, 너는?』, 문학동네, 2009.
최나미, 『걱정쟁이 열세 살』, 사계절, 2006.
최나미, 『엄마의 마흔 번째 생일』, 사계절, 2012.

2. 국내논저

1) 단행본

강수돌, 『팔꿈치 사회, 경쟁은 어떻게 내면화되는가』, 갈라파고스, 2013.
강준만,『어머니 수난사』, 인물과사상사, 2009.
고병권 외 지음, 『코뮨주의 선언』, 교양인, 2007.
권명아, 『가족이야기는 어떻게 만들어지는가』, 책세상, 2000.
김경수 편, 『페미니즘 문학비평』, 프레스21, 2000.
김기봉 외 지음, 『가족의 빅뱅』, 서해문집, 2009.
김동훈, 『한국의 학벌, 또 하나의 카스트인가』, 책세상, 2001.
김보성 외 지음,『엄마의 탄생』, 오월의 봄, 2014.
김상욱, 『숲에서 어린이에게 길을 묻다』, 창비, 2005.
김상욱, 『어린이문학의 재발견』, 창비, 2006.
김서정, 『멋진 판타지』, 굴렁쇠, 2002.

김이구, 『어린이문학을 보는 시각』, 창비, 2005.
김천혜, 『소설구조의 이론』, 한국학술정보(주), 2010.
나병철, 『가족 로망스와 성장소설』, 문예출판사, 2007.
나병철, 『소설의 이해』, 문예출판사, 2012.
배은경, 『현대 한국의 인간 재생산』, 시간여행, 2012.
(사)여성문화이론연구소, 『페미니즘의 개념들』, 동녘, 2015.
서울사회과학연구소, 『근대성의 경계를 찾아서: 기원의 전복, 역사의 비판』, 새길, 1997.
신용하 · 장경섭, 『21세기 한국의 가족과 공동체 문화』, 지식산업사, 1996.
신헌재 · 권혁준 · 곽춘옥, 『아동문학의 이해』, 박이정, 2009.
오욱환, 『한국사회의 교육열: 기원과 심화』, 교육과학사, 2000.
원종찬, 『아동문학과 비평정신』, 창비, 2001.
원종찬, 『동화와 어린이』, 창비, 2004.
원종찬, 『한국 아동문학의 쟁점』, 창비, 2010.
윤택림, 『한국의 모성』, 지식마당, 2001.
이득재, 『가족주의는 야만이다』, 소나무, 2001.
이상섭, 『문학비평용어사전』, 민음사, 2001.
이재경, 『가족의 이름으로』, 도서출판 또 하나의 문화, 2003.
이오덕, 『시정신과 유희정신』, 창작과비평사, 1999.
이원수, 『아동문학입문』, 한길사, 2004.
이주영, 『어린이 심리학』, 지식프레임, 2010.
이진경, 『근대적 시 · 공간의 탄생』, 푸른숲, 1997.
임진수, 『환상의 정신분석』, 현대문학, 2005.
장경섭, 『가족 · 생애 · 정치경제』, 창비, 2009.
정여울, 『정여울의 문학 멘토링』, 이순, 2012.
조성숙, 『어머니라는 이데올로기』, 한울아카데미, 2002.
조정문, 장상희 『가족사회학』, 아카넷, 2007.
최기숙, 『어린이 이야기, 그 거세된 꿈』, 책세상, 2001.
최봉영, 『주체와 욕망』, 사계절, 2000.

최현주, 『한국 현대 성장소설의 한계』, 박이정, 2002.

2) 논문

김규원, 「가족개념의 인식과 가치관」, 『가족학논집』 no.7(1995).
김상욱, 「현실주의 동화, 선 자리와 갈 길」, 『창비어린이』 no.5(2004. 여름).
김성진, 「90년대 이후 가족동화의 특징에 대한 연구: 이금이, 최나미의 작품을 중심으로」, 『아동청소년문학연구』 no.1(2007.2).
김세서리아, 「유교적 가족서사로서의 친친에 대한 비판적 성찰」, 『인간연구』 no.17(2009.7.31).
김진경, 「제2의 인클로저와 유기적 지식의 불가능성, 그리고 대안은?」, 『어린이와 문학』 no.111(2013.12).
김태호, 「한국 현대 아동성장서사 연구」, 한국교원대학교 석사학위논문, 2012.
김현숙, 「나, 아빠, 엄마 그리고 가족」, 『창비어린이』 no.7(2004. 겨울).
김현숙, 「남찬숙론: 따라오라 할까, 같이 갈까」, 『창비어린이』 no.14(2006. 가을).
김화선, 「다문화시대, 아동문학의 현황과 전망」, 『비교한국학』 no.2(2008.12).
박정애, 「한국 아동청소년 소설에 나타난 '다문화'갈등과 그 해결 양상 연구」, 『현대문학의 연구』(2010).
배봉기, 「최나미론: 열세살, 그 넓고 깊은 세계」, 『창비어린이』 no.14.(2006. 가을).
백지연, 「장편소설의 현재와 가족서사의 가능성」, 『창작과비평』, no.40(2012.6).
백진아, 「한국 기혼여성의 가족 경험」, 『미디어, 젠더&문화』 no.8(2007).
선주원, 「환상적 공간을 통한 가족 서사의 재구성」, 『독서연구』 no.35(2015).
신수진, 「한국의 가족주의 전통과 그 변화」, 이화여자대학교 박사학위논문, 1998.
연효숙, 「한국 근(현)대 여성의 갈등 경험과 여성 주체성의 미학—가족과 모성의 서사에서 여성의 언어로」, 『한국여성철학』 no.1(2001).
오세란, 「한국 청소년소설 연구」, 충남대학교 박사학위논문, 2012.
윤소희, 「한국 아동문학의 가족서사 연구」, 중앙대학교 박사학위논문, 2010.
이경희, 「이금이 가족동화 연구」, 경일대학교 석사학위논문, 2008.

이금란, 「박경리 소설에 나타난 가족 이데올로기 연구」, 숭실대학교 박사학위논문, 2006.
이명호, 「후기 근대에서 '살아남는 방법': 우리 시대 대안적 상상력의 존재방식」, 『문학수첩』 no.21(2008. 봄).
이승득, 「1950년대 아동소설 가족담론 연구」, 부산대학교 석사학위논문, 2012.
이용군, 「근대 장편 소설의 '가족 서사' 연구」, 숭실대학교 박사학위논문, 2006.
이현옥, 「아동문학에 나타난 가족과 어린이의 삶」, 성공회대학교 석사학위논문, 2012.
장경섭, 「열린 가족, 공공가족', 동아시아 문화와 사상」, 『열화당』 no.5(2000, 11).
장경섭, 「위험회피 시대의 사회재생산: 가족출산에서 여성출산으로?」, 『가족과문화』 제23집, no.3.
정덕현, 「한국 현대소설의 자아분열 및 대응양상 연구」, 한남대학교 박사학위논문, 2010.
정혜경, 「가족서사의 재구성, 그 지난한 탈주」, 『문학수첩』 no.21(2008. 봄).
정혜경, 「한국 현대소설에 나타난 여성정체성의 변모과정연구」, 『문창어문논집』 no.45(2008).
조은숙, 「우리 시대 동화의 상투성」, 『창비어린이』 no.33(2011. 여름).
조은숙, 「사춘기 초딩'들이 몰려온다」, 『창비어린이』 no.14(2006, 가을).
최미령, 「한국 청소년소설에 투영된 가족 이데올로기 연구」, 가톨릭대학교 석사학위논문, 2010.
최윤정, 「1920~30년대 한국 아동문학의 가족모티프 연구—아동잡지를 중심로」, 건국대학교 박사학위논문, 2012.
최하영, 「권정생 성장소설 연구」, 영남대학교 석사학위논문, 2010.
최현주, 「한국 현대 성장소설의 서사 시학 연구」, 전남대학교 박사학위논문, 1999.
황현숙, 「가족 결손 성장 서사물 연구」, 한남대학교 석사학위논문, 2006.

3. 국외논저

다이애너 기튼스, 안호용 외 옮김, 『가족은 없다』, 일신사, 1997.
라이트 밀스, 강희경 외 옮김, 『사회학적 상상력』, 돌베개, 2004.
마르쿠스 슈뢰르, 정인모 외 옮김, 『공간, 장소, 경계』, 에코리브르, 2010.
마리아 니콜라에바, 조희숙 외 옮김, 『아동문학의 미학적 접근』, 교문사, 2009.
마리아 니콜라예바, 김서정 옮김, 『용의 아이들』, 문학과지성사.
마쓰이 다다시, 이상금 엮음, 『어린이와 그림책』, 샘터, 2005.
마이클 톰슨 외 지음, 김경숙 옮김, 『아이들의 숨겨진 삶』, 세종서적, 2003.
미셸 바렛 · 매리 매킨토시, 김혜경 옮김, 『가족은 반사회적인가』, 여성사, 1994.
장 자크 루소, 박호성 옮김 『에밀』, 책세상, 2003.
알리스 슈바르처, 김재희 옮김, 『아주 작은 차이』, 이프, 2001.
엠마누엘 레비나스, 강영안 옮김, 『시간과 타자』. 문예출판사, 2012.
앤소니 기든스, 배은경 외 옮김, 『현대 사회의 성 사랑 에로티시즘』, 새물결, 2003.
에드워드 렐프, 김덕현 외 옮김, 『장소와 장소상실』, 논형, 2005.
엘리자베트 벡 게른스하임, 이재원 옮김, 『모성애의 발명』, 알마, 2014.
울리히 벡, 엘리자베트 벡-게른샤임, 강수영 외 옮김, 『사랑은 지독한, 그러나 너무나 정상적인 혼란』, 새물결, 1999.
웨인 C. 부스, 『소설의 수사학』, 예림기획, 1999.
페리 노들먼, 김서정 옮김, 『어린이 문학의 즐거움』, 시공주니어, 2001.
프로이트, 정장진 옮김, 『프로이트 전집 18』, 열린책들, 1996.
프리드리히 엥겔스, 김경미 옮김, 『가족, 사적 소유, 국가의 기원』, 책세상, 2007.
필립 아리에스, 문지영 옮김, 『아동의 탄생』. 새물결, 2011.
한병철, 김태환 옮김, 『피로사회』, 문학과지성사, 2012.

찾아보기